野韻

巴代　著

這是虛構的人物與真實故事的交織

顯影部落的過往遺事

那些緊依主流社會又獨自律動的鮮明存在

也紀念我記憶中的美好野溪

目錄

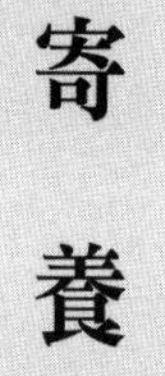

寄養

1

十歲以前，莎姑只會說日語，今年都快六十了，她仍然無法精準聽懂兒女們平時交談的國語（中文）。剛剛醫師所說的話，她大致聽懂了後面的兩句話：多休息，再觀察幾天。

她安靜的看著醫師走出病房，猜測著前面所說的「狀況很穩定」是什麼意思，隨即又將眼光望向病床的先生德里，期待他向她解釋醫師剛剛說了什麼。但德里重新躺平旋即側過身背向她。他已經一個下午沒跟她說話了。

算了，躺著也好，待會兒探病的家人親友一個個來，恐怕也無法好好休息了。她諒解著，心裡又嘀咕著。

德里因為肝炎、腹水以及潰瘍進出醫院幾回，今天顯得特別疲倦，眼球黃濁而無神，欲語又無言。她起了身，為他拉了被子，眼光移伸向窗外，病房大樓南面的幾扇窗，斜晝著幾道午後陽光。

「你休息吧，我出去給你買點果汁回來。」她說，也不期望有所回應，取了提包出了病房。

這是台東天主教聖母醫院，篤信天主教的莎姑生了九個孩子，後面四個都是在這裡生產的，她這一生幾次住院也都選擇到這裡看病住院。今年（一九九二）醫院特別開設了肝病檢驗的科別，她聽從醫院的通知，帶著她受肝病困擾已久的先生接受檢驗，並直接住進臨時設置當病房的診療間，今天已經是第三天了。

這個時間已經是下午三點多，住院病房南面的空地有不少病患出來曬太陽，探病的親友多半會選擇在這個時間陸續出現。莎姑穿過門診間走出大門，心裡又幾分猶豫，她不確信自己是真的想買果汁，還是只想離開病房。

病房是該有個人招呼的。她心裡想著，腳步仍朝著醫院外的市集走去。

這幾年，她的先生德里酗酒的狀況忽然變得嚴重，她也不敢多勸，怕被責罵咆哮。事實上，莎姑並不怕咆哮或者暴力相向，她經歷過她的父親麻迓以及姑姑夏絲最狂烈暴躁的對待，德里也不是會動手打人的男人。莎姑最沒辦法忍受的事是，有人對著她輕蔑的吼著：「妳懂什麼？妳這沒讀書的。」這話語總讓她感到自尊心受到深層的傷害，偏偏擁有高職學歷，在部落又有影響力的先生最常在做錯決定的時候，以這句話反駁或者回應莎姑所有可能的建議。

一九三七年出生的莎姑，不至於沒有上過學，她甚至比部落所有學童更幸運的，在二戰期間美軍對台東地區實施大轟炸以前，上過兩年給平地漢人和部分日本小孩上學的「國民學校」，而不是早年的「蕃人公學校」。她的日語遠比後來受過高職教育的先生還要好上許多。長久以來，莎姑對德里的任性不講理，過去許多年一路胡亂變賣家產，糟蹋自己身體的行徑感到憤慨無奈，現在又覺得憐憫、疼惜。不管怎麼說，他總是唯一愛過與相伴多年一起養育一群小孩的男人。

她走出醫院門口，走向一百公尺外的市場。她注意到市場幾棟房子天際線的建築空隙間，顯露著遠方鯉魚山北面的山頭前方，那個有著像魚眼窩凹洞的岩壁。她的心思忽然拉到四歲離開家的情景，自己稍稍感到意外，心頭頓時凝重，眉頭不自覺的皺在一起。

那是一九四一年十月的某一天下午，她的姑丈到家裡揹起了她，然後沿著通往利家村的小徑，轉搭巴士到台東。很多年的後來，她才知道她那嫁給日本人的姑姑夏絲，一直沒有孩子，所以，莎姑的父親同意將她送給他們領養。莎姑的母親桂妃當然反對將長女送給別人，但又阻止不了像日本警察一樣壞脾氣的先生所做的決定，只能哭著目送莎姑離去。莎姑當時不知道發生什麼事，但她一直清楚的記憶著，她是一路哭著，小小聲的哭著，慌得姑丈松本，不停的摘採路邊可發出聲響的植物送給她當玩具，分散她的注意力。但莎姑還是一路哭，巴士上哭，到了姑丈家還是哭，直到姑丈出門買糖的時候，她的姑媽夏絲忽然一個巴掌呼來，並大聲斥喝要她閉嘴不准哭，莎姑才驚慌的收起了眼淚、哭聲，甚至到了後來，她根本忘記了要怎麼哭。她從此改叫姑丈松本為多桑（父親），姑媽夏絲為卡桑（母親），她成了日本家庭的小孩，有衣服、食物，開始學說日語。

「我怎麼沒有想到要再找個時間到那裡走走呢？這麼多年了。」莎姑忍不住嘀咕著，她接過水果攤保證新鮮的柳橙汁，付了錢往回走。頓時警覺而憤憤地說：「才九月，哪來的新鮮柳橙？如果不是冷凍柳丁，就是還原果汁。」

莎姑懶得再回去計較，走過台東商職前的大馬路，左轉折回聖母醫院的路上。想起柳橙汁又不自覺的微笑。

她第一次喝榨汁的柳橙，是在她剛到日本父親松本家的幾天後。松本在台東鯉魚山東面山麓的神社擔任園丁，主要的工作是負責花草樹籬的栽植與修整。這個工作，從每天打掃神社環境開始，視狀況修剪樹籬或其他橫生肢展的樹枝。其中最有趣的應該是松本會用水管對著葉片或枝椏不停的沖水，沖掉附著在上面的毛蟲或蟲卵，以沖水代替使用消毒劑或農藥。這是後來松本告訴莎姑的。

莎姑剛到新家一個月後，松本便常帶著她到工作的地方，也常在沖洗樹枝葉面時，故意朝莎姑身上灑去逗笑始終不言笑的莎姑。十一月的台東，天氣還熱的，莎姑喜歡這種水珠濺灑的涼適，當水潑向她時，她總是迎向水柱開心的吱吱大笑。休息時，松本會在莎姑換乾衣服時，把帶來的橘子切半榨擠出一杯汁來，為莎姑擦乾頭髮的同時讓她喝。莎姑並不喜歡那種帶著橘皮油的酸澀味道，但感受得到新的父親松本所給予的，從未有過的一種疼愛，她喜歡這種感覺，每一次都會一小口一小口的啜飲，深怕一下子便喝完那個幸福的酸甜味道。甚至日後遇到挫折或傷心的事，她總是要以這樣的方式喝酸酸澀澀的汁液，看似隨性又甚為享受的含在嘴裡打轉幾回，再和著口水吞嚥的方式，然後感覺得到了撫慰。這樣的幸福時光沒有延續多久，因為她的新爸爸認為莎姑應該待在家裡學習準備上學校了。

想到這兒，一股莫名的戰慄忽然襲湧上來，莎姑打了個冷顫。適巧，台東志航空軍基地兩架剛結束空中纏鬥戰術訓練的戰鬥機，正劃過台東市區上空準備著陸機場，發動機暴烈的嘶吼聲，驅散所有的聲音，驚得莎姑快步躲進聖母醫院穿堂，喘息不定。她找了個座位坐了下來，眼前一片模糊，她想就這樣先坐坐，等身體平穩了再回到病房。她隱約感覺像是血壓上升，又像是糖尿病的前兆，她記得年初時醫生是這樣提醒她的。

稍後，莎姑視線逐漸恢復，看見診療大樓與病房之間的走廊樹陰下，散坐一些包紮著繃帶，吊打點滴的人。不知是錯覺還是怎樣，她覺得越來越多的傷患被推了出來。她感到極為不安，已經很久不曾復發的恐懼症，瞬間排山倒海似的像剛剛戰鬥機的引擎聲浪那樣地席捲。那是她在二戰時期大轟炸前後，對台東的記憶，尤其是炸彈炸傷了她熟悉的鄰居與家人，一部分送來醫院，一部分還留在防空洞裡哀號的血腥場面與記憶。

呼！莎姑閉起眼睛長長地呼了口氣，她緊抓著手上的柳丁汁提袋，心跳卻異常加速一時難以平復。

2

「莎姑！莎姑！」她的新媽媽夏絲，惡狠狠的尖聲叫喊著莎姑。

那聲音從屋子裡衝了出來，嚇得鄰近路旁狹窄的院子裡的莎姑停止了所有動作，豎起耳朵，張著眼珠朝門口望去。

「人呢？天都要黑了，還不進來煮飯。要我每天煮給妳吃啊？妳這個沒人要的小孩，只會流鼻涕笨得連話都說不清楚的蕃童。光顧著玩，妳給我進來！」

新媽媽夏絲似乎沒有要出來的意思，待在屋子對著屋外喊著。莎姑覺得兩腿有些因為恐懼而軟疲。她知道夏絲睡完午覺沒出門，就一定是哪裡不對勁，這下要拿她出氣了。昨天傍晚夏絲氣沖沖的回來，見到莎姑在院子逗弄著幾隻小雞，便隨手拿起了牆邊的掃帚朝她身上抽了去。莎姑悶哼了一聲不敢哭出聲音來，她知道一定又是夏絲跟她常去找的叔叔吵架了，因為每一次吵架夏絲就會拿她出氣。

莎姑大氣也不敢吭趕緊進屋，才跨過門檻，額頭忽然被一個堅硬灼熱的東西磕上，耳朵被一隻手狠狠的擰住了。莎姑痛得忍不住哭出了一聲趕緊摀嘴，她一抬頭，只見夏絲把菸斗送回嘴邊，然後硬擰著莎姑的耳朵往廚房拖去。

「我告訴妳，妳別以為妳到了這裡，妳就變成了日本小孩，什麼都不用做，光吃光睡等著我來服侍。」夏絲用力的將莎姑推向灶子旁堆著的柴薪前，瞪著她說。

莎姑痛得忍不住哭了兩聲，淚水不停的落，她知道折磨才正要開始，這正是她的多桑松本不再帶她去工作的地點之後，每天要上演的事。她趕緊站直了，半低著頭不敢看她的新母親，深怕夏絲又抽起柴薪朝她身上打。她太害怕她這個姑媽，不，她太恐懼這個卡桑的脾氣，就像莎姑恐懼她在部落的父親那樣。

「我問妳，妳幾歲了？」夏絲口氣忽然變軟了。而莎姑倒吸了一口，忍不住一股寒顫從身子裡往上竄，令她不自覺的發抖。她不知道發生了什麼事，她不明白夏絲口氣怎麼忽然變和善，甚至，因為過度恐懼，頓時感覺身體的疼痛消失了，她本能的張起耳朵，腦袋清醒著怕聽漏了什麼。

「卡桑，我五歲多了。」

「五歲多了，都快要可以上學了。來了一年多，妳居然什麼都還不懂，什麼都不會做。妳要是還留在蕃社可以這樣嗎？」夏絲說著，聲音忽然變大了，語氣裡熟悉的戾氣，令莎姑渾身打哆嗦。

「哎呀，這要是傳回蕃社，別人怎麼說我？別人會說我沒把妳當成自己的孩子疼愛，沒有好好教妳基本的生活技能。這樣子可以嗎？」夏絲的聲音又變得平和了，嚇得莎姑冒起了冷汗，她覺得自己已經窒息了。

夏絲吸了口菸，頭低下來湊過臉繼續說：「所以，從現在開始，妳每天負責煮晚飯。知道嗎？」煙從夏絲說話張合的唇間一口一口的漫了出來

「可是……」莎姑被夏絲嘴裡噴出的煙嗆得接不上話，囁囁的說：「可是我不會煮飯。」

「妳看看妳，我說妳是院子裡那些小雞，光會吃，什麼都不會做。我有說錯嗎？妳來我

這裡一年多，光看我煮飯做菜把妳餵得這麼胖，這麼簡單的事妳都沒看懂，都沒學會？妳根本沒有心思跟我們住在一起啊。如果那樣，我乾脆把妳送回蕃社去，讓妳每天吃地瓜、吃野菜，髒兮兮的餓著。」夏絲邊說著，邊伸手擰住莎姑的腮幫子，搖了幾下推送出去，仿若她說話的對象是一個待嫁的養女，而不是一個五歲多的小女生。莎姑踉蹌著又不敢倒下，驚嚇的、怔忡的看著夏絲，想弄懂她的意思。

「去妳拿那幾片小木材、小樹枝，還有那些柴過來。」夏絲重新填了一鍋菸絲坐著抽菸斗，並指揮莎姑拿取生火的木柴，以及作為起火種的油杉刨片，開始教她生火，然後又拉著她洗手，量米，洗米煮飯。又教她如何處理準備烹調的蔬菜、食物。

莎姑學得很快，才一週的時間，她已經可以自己一個人生火煮飯，而且煮的跟她的卡桑夏絲一樣。夏絲看在眼裡心裡很不是滋味，但是因為有了幫手，整個下午可以不在家，不必為了煮飯而提前回家而感到開心。但，她依舊沒有給莎姑好臉色。

莎姑是後來才知道夏絲，幾乎是每天下午跟一個男人在一起，但她不知道他們在忙什麼。因為可以一個人整個下午待在家裡，或者偷空出門找鄰居玩耍，沒有夏絲在家挑剔拿她當出氣筒的壓力，讓莎姑感到自在開心，心想，最好夏絲天天不在家。

那是一九四三年夏天的事。莎姑來到新家已經有一年半，這段時間，夏絲幾乎已經將莎姑視為仇人。莎姑當然不知道什麼是「仇人」，但是夏絲動不動就斥責她，甚至在松本不在的時間動輒打她；喝了點酒或者與她在外面的男人吵架時，回到家一定先抽起竹棍狠打她一頓。對莎姑來說這是很難理解，卻也清楚自己必須每天很小心的戰戰兢兢的過日子。這個情形也令很多人不解，就算孩子調皮為什麼要如此責打一個孩童，更何況莎姑是個乖巧能幹的小孩。她們的鄰居不解，松本也不明白，但又似乎每個人都明瞭是怎麼回事。

莎姑的卡桑松本與多桑夏絲結婚幾年，一直沒有生下孩子，松本渴望有個小孩，因此提議領養夏絲哥哥的大女兒莎姑。剛開始夏絲並不在意，直到莎姑住下來，身為姑媽的夏絲忽然意識到她跟松本無法生育自己的孩子，便開始覺得莎姑刺眼，進而厭惡與敵意。加上松本對莎姑疼愛有加，擔心脾氣火爆的夏絲沒有能力照顧小孩，從第一個月開始便經常帶著莎姑到上班的地方，令夏絲忌妒之火無限延燒。他們不只一次為著莎姑瑣碎的小事爭吵，甚至大打出手，這也讓夏絲將怒氣轉向莎姑發洩。

莎姑盡可能的小心，不讓夏絲有生氣的機會，但似乎是很難的事。夏絲發脾氣與莎姑聽不聽話無關，夏絲毒打莎姑也不需要理由，甚至根本已經成為一個習慣，每天必須做的一件事。這一點莎姑異常清楚，她不只一次回想著當時松本揹著她走路、搭巴士來到這個地方的過程與路線，她想找機會逃出這個家。但五歲多的她，根本無法拼湊出一個起碼可以離開鯉魚山範圍的路線。而邪惡的夏絲，一個無法生育，對所有小孩充滿敵意的夏絲，依然是莎姑日常生活裡充滿變數與絕對暴力的來源。

開始上學前的六月底的某一日，夏絲依舊在早上收拾完家務，睡過午覺之後出門打發時間，放任莎姑自己一個人在家或四處遊蕩。幾天前，部落的家人送來一些小米，她出門前特別交代莎姑，要她傍晚前把小米全部舂搗去殼。以莎姑小小的身體，自然沒有能力很快的舂完，加上鄰居小孩玩耍鼓譟與不停的叫喚，莎姑忍不住放下工作跟著玩耍，又忽然惦記起工作跑回來舂小米，那進度自然是有一搭沒一搭。沒想到，夏絲因為與人吵架提前回來，看見院子堆著的小米，只舂了一點點，而莎姑正忘情的與鄰居小孩嬉戲、追逐、大聲嬉笑，火氣瞬間爆發。她大吼著叫喚莎姑，然後一把抓著莎姑的頭髮將她拖進小院子，抽起了棍子一陣猛打，莎姑的哀號吸引剛才的玩伴趨近院子外圍觀。夏絲火氣更大，將她拖進屋子，拿了繩子綑綁吊在屋梁，再打一頓。不多久，莎姑的哭嚎聲已經變得微弱了，這情形嚇得鄰居小孩趕緊找大人來，鄰居們也被眼前的狀況驚嚇到難以置信。

「妳教訓小孩也就算了，這樣打小孩萬一打死了怎麼辦？」

「是啊，放下來吧！」

「她是暈了過去嗎？」

莎姑意識到有人正在解開繩子將她放下，那些在耳邊縈繞的交談聲音顯得杳遠、不真實又混濁的在耳邊迴繞。她感覺到兩腳已經著地，便立刻掙扎著想站起來免得挨揍，卻怎麼也站不起來，踉蹌著又摔向客廳的牆上，暈了過去。

「莎姑，妳醒醒，妳醒來。這是怎麼回事啊？」

莎姑隱約聽見男人的聲音，她聽出是她的多桑松本，便忍不住放聲大哭。她睜開眼，只見松本已經撲向夏絲一陣拳打腳踢，夏絲跌向牆邊的櫥櫃，櫥櫃被撞倒了，發出巨大聲響。

莎姑忽然癱軟又失去了意識。

3

「莎姑，妳怎麼了？醒醒，妳醒醒啊。」一個聲音似乎是遠遠的傳來，伴隨著渾身疼痛，莎姑想睜開眼睛。

「莎姑，妳怎麼在這裡？姊夫還好吧？」莎姑睜開眼，發覺是認識很久的，隔壁村的朋友，她的先生也在另外的內科病房。

「喔，剛剛去買了果汁，覺得頭暈，所以坐了下來休息一下。」

「妳的身體好嗎？臉色怎麼那麼蒼白？」

「是嗎？」莎姑下意識撫了撫臉頰，「哎呀，也不知道是怎麼了，最可能最近沒曬太陽吧。」

「呵呵，有可能啊，妳的皮膚一向白皙，不曬太陽有可能更白。」

莎姑感覺尷尬，不好意思說明剛剛的飛機聲音讓她陷入自己的回憶，繼續寒暄了兩句，隨即回到病房，恰巧先生德里乾咳了兩聲。

「你坐起來喝點果汁吧。」

「妳出過門啦？」德里在床上坐了起來。

「咦？我剛剛不是跟你說過？你沒聽見吧？我去給你買果汁，你起來喝一些吧。」

「喔。」

「今天你一整天不說話的，想什麼？身體不舒服住院治療是應該的，其他的就別想了。對了，醫生怎麼說？」

「咦？醫生說話的時候妳在場，還要我重說一次啊，很累的。」

「他說的話，後面的我聽不懂。」

「唉，妳還真是沒讀過什麼書。」

「你……」莎姑一股火氣忽然上來。她知道這是她丈夫德里四十幾年來的口頭禪了，可怎麼就忽然覺得一整個不舒服，特別是剛剛自己跌落童年回憶，那股挨打的疼痛又是如此的鮮明的這個時候。

「你就不能不說這個嗎？就算我讀書沒有你的學歷高，你的日語說得比我好嗎？這麼多年你做過的糊塗事還少啊，學歷高又怎麼？」莎姑的聲音稍稍提高，令她先生詫異，鮮少見莎姑這樣的反應。

「哎呀，我沒有別的意思。」德里覺得身體疲乏又不想擴大爭吵，他急忙辯解著。作為二戰結束後少數可以讀完農校的部落青年，這麼多年來，他的確習慣在學歷上拿來說嘴別人。

「你就是看不起我，你想想，這麼多年為你生了九個孩子，我抱怨過嗎？你沒事惹麻煩，我指責過你嗎？」

「唉，妳就別說了吧，醫生說要再觀察，也不知道要再觀察幾天。我總不能一直待在這裡吧。」德里的聲音明顯低沉了下來，見莎姑不理會他，悻悻然重新躺下，又側過身背向莎姑，因為稍稍動了氣，深呼吸了幾口。

莎姑火氣只升起一下下，又心疼病人。

說起讀書，你們有幾個人像我一樣，讀的是有日本學生和平地漢人的國民學校。莎姑心裡嘀咕著。

當個學生上學多快樂的事啊。莎姑心裡念著，倏地想起了夏絲，頓時懷疑了自己的想法。

但，童年真是一件快樂事嗎？莎姑忍不住自己問自己，心裡嘀咕著。那些快樂確實存在，只要她的卡桑夏絲不在的任何時刻、任何地點，她還是肯定那些日子都是快樂的。

一個人怎麼可以這麼凶暴、這麼厭惡小孩呢？莎姑心裡又說，自己也忍不住苦笑。

五歲半那年，她進了位在鯉魚山東麓的國民學校，一所供台東市附近「本島人」（註：非原住民的台灣人）學童上學的學校，這所學校還有部分像松本這樣的日本人，因為工作方便或者讓領養的小孩入學讀書。

莎姑是快樂的，因她是日本人的「小孩」，比一般家庭有著較好的生活條件，莎姑白皙漂亮聰明也深得老師的歡喜。而莎姑的上學，也讓她的卡桑夏絲覺得歡喜，因為整個白天的時間，她可以自己一個人到處串門子或者閒蕩，背著松本找她的男人鬼混。不過，這些原本該讓夏絲開心的事，並沒有減少莎姑挨罵挨揍，而松本與夏絲之間的爭吵卻越演越烈。這些記憶幾乎成為莎姑日後回憶起這一段日子最主要的印象。她不願記起，而回憶卻一再重返、盤據腦海。例如松本常為了莎姑的便當應該多加一顆雞蛋補充營養，要求夏絲早上多煎一顆蛋。這讓夏絲感到極度反感，不是不放鹽，就是抓一大把鹽撒在一顆煎蛋上，或者煎蛋的當下掐一把擰一把莎姑的身體，痛得莎姑哭也不是不哭又忍不住，總是嗚嗚的逃離廚房，帶著烏一塊紫一塊的皮肉痛上學。她記得有一次松本話說得稍微重了些，夏絲拿起煎匙直接往莎姑頭上狠狠敲了下去，痛得莎姑尖叫起來，引來松本的注意而兩人大打出手。

想起這段記憶，莎姑隱約感覺額頭一陣疼痛且逐漸清晰。她望了一眼床上的先生，她慶幸他還算是個疼愛小孩的丈夫。她趨身收拾剛剛他喝的果汁，發覺德里並沒有闔上眼睛，眼角還泛著淚水，莎姑嚇了一跳，覺得不忍。

「你怎麼了？」

「……」

「耶？你怎麼了？想到什麼？」

「我忽然想到……」德里聲音帶著濃濃的鼻腔音，「也許我這一生已經走到盡頭了。」

「吥，說這個幹什麼？醫生都說了你狀況很好，你剛剛不也說了，要再觀察幾天？」

「醫生是這樣說的，但我知道自己的身體狀況，總是疲倦，肚子也一天比一天大，憑良心說，這兩三年我確實糟蹋我自己的身體。」德里輕慢慢的伸了指頭撥掉淚水。

「這……」莎姑頓時接不上話，心想德里說的也沒錯，這幾年他確實糟蹋了自己的身體。他個性豪爽，無會不酒，有酒必醉，近幾年部落祭司老邁，年輕的準祭司還不願接任，大小事都需要他出面協調，外省籍的村長與幾個部落的領導人之間常有不同的意見，這幾個長老之間也因為領導中心不確認而陷入分歧，德里成了核心，但商議事情必飲酒的習慣，加劇他身體的崩壞。

「這些年，讓妳吃了不少苦頭，我很自責。」德里說。

這話讓莎姑心頭一陣酸，眼角也泛了淚，「你別說這個，跟你過日子，你也很辛苦，你努力工作，對我對小孩也不像別人那樣的凶惡。」

莎姑說的是部落早年家暴情形嚴重的情況，但心裡卻似乎又直指著自己的童年回憶，那些關於短暫收養她的母親夏絲，以及生父麻迓的行徑。她心裡輕輕咒罵一聲，罵自己今天無端想起那些已經跟小孩子們說了無數次的童年記憶。

「說起孩子們，的確讓我感到有些安慰，還好當年妳阻止我把卡子跟惠英送給別人。若真是那樣，就算我死了，也很難瞑目的。」

「別多想了，我曾經被送到別人家裡當孩子，我知道那個痛苦。當年我的母親沒有能力阻止我的父親把我送走，現在換成了我當母親，我當然也要想辦法阻止這件事發生，誰也別想把我的孩子送給別人。還好你不是我父親的脾氣，要不然，真要把孩子送出去，我也會跟著你愧疚一輩子。」莎姑說，而額頭又隱隱作疼，像是剛剛被人用力敲打過一般，那個痛楚感覺又浮了上來。

「我知道妳說了無數次的故事。」德里的聲音已經恢復正常，但仍然背過身子，「請原諒我。」他又說。

莎姑沒再回應，她又陷入了她先生所說的，她一說再說的童年往事的記憶，而呆立著。被送養不會比較壞，但得看送到什麼地方，遇到怎樣的人。莎姑心裡說。腦海自然又回到她當年短暫上學的時光。

4

那是莎姑開始上學後的某一天早上，莎姑發覺她的木屐斷了繩子，她跑去跟夏絲說，夏絲才剛剛調整完灶裡的柴火，起身拿起煎鏟準備把煎蛋翻面，熱得汗水順著頭髮滴落，見莎姑嘟囔著跑來，火氣來了，煎鏟朝著莎姑頭上拍去，莎姑尖叫逃離。

「妳別跑啊！看我打死妳這個蕃童。除了吃飯、玩耍給我找麻煩，妳還會什麼？木屐壞了不會自己修啊？」夏絲吼著，煎鏟拍向煎鍋，鍋子翻了地。

「妳的脾氣怎麼這麼壞？小孩子木屐帶子斷了，妳好好講不行嗎？」松本已經聞聲，正扣著上衣鈕扣走出房間來，邊走邊說。

「你閉嘴，別以為你是日本人就了不起，我必須什麼都聽你的，這小孩是你要來的，不是我。你心疼她，她有問題不是你該處理的嗎？什麼事都推到我這裡來？」夏絲嗓門大開。

「馬鹿野郎，妳這個蕃婦，妳在想什麼啊？就算不是妳生的，她總是妳哥哥的孩子，當初我們不說好的，要把她當成自己的小孩子好好的教養疼愛嗎？她聲聲叫喚妳卡桑，再怎麼不喜歡，妳當個女人當個卡桑的，心裡怎麼連一點柔軟也沒有？怎麼可以這樣凶殘的對待小孩子？」

「我是蕃婦？我凶殘？你跟我吼來吼去的，是把我娶來只是當你的清潔婦嗎？你跟我上床的時有像現在這麼有力嗎？馬鹿野郎！你有本事你跟我生一個啊？呸啦！你最好小心點，哪一天我殺了你。」

「妳……」松本氣得瞠了眼，一掌摑向夏絲，夏絲悶哼了一聲，踉蹌著偏過身，甩了煎匙走出門外，經過莎姑旁順手賞了個巴掌。

莎姑早就嚇得待在屋外聽著大人叫吼直掉淚，聽到夏絲說要殺多桑，更是直打哆嗦。夏莎一掌打在臉頰，那力量讓她跌向牆邊，紅腫辣痛的令她暈眩著站不起來。她忍著不嚎啕，卻也伊伊嗚嗚的哭著泛淚。看在松本眼裡著實心疼不忍，他抱起來讓她坐上小椅子。

「來，讓多桑看看，不哭啊。我可愛的小莎姑。」松本撫了撫莎姑的頭軟聲的說。

莎姑的木屐上腳夾著的帶子是磨損到斷掉，這是極常見的事，松本很快的修復讓莎姑穿著，又進屋子拿了濕毛巾為她擦了臉，輕聲的說著要莎姑開心的上學好好的念書。莎姑感到開心的笑了又忽然傷心起來了，抱著松本不敢哭出聲的一直啜泣。

「喂，松本的女兒，要開心喔。」

「嗯，多桑，我出門了。」莎姑擦了眼淚，朝松本鞠了個躬，紅腫著臉頰笑著離去。走了十幾步遠的轉角處，莎姑回頭望了望，卻發覺松本半低著頭似乎是哭泣著的。她楞住了，旋即又快步走向學校。很多年以後，莎姑才理解到松本常常跟她說的事。

松本是一九四一年初隨著日本在台東設立日本村時，從日本本州的長野縣移民過來的，當時前後來了五十七戶，一起定居在一九三七年官方所設立、經營的移民村「敷島村」（註：今之康樂里）。松本的妻子來到台東，不到一個月就病逝，考慮到日後生活照料，他經介紹與大巴六九社的夏絲結婚。因分配的工作場所在台東鯉魚山東麓，所以在認養莎姑之後，搬遷到現在工作的宿舍群。

松本的身體並不是很好，在家鄉長野縣，一直沒有生下小孩，松本懷疑是自己的問題。妻子意外病逝，松本原本想藉著娶一個女人回家，能平撫喪妻之痛，生活有個照顧，他也想試試自己的生育能力，並計畫著若能生下小孩，就在新移居的台灣重新建立起家庭累積財富，那將是一件圓滿的事。但是他與新婚的夏絲的磨合不順利，脾氣向來火爆的夏絲有時溫馴的讓松本疼愛與感到幸福，卻也常常為了小事與松本爭吵，有時候會搬出「部落女人最大」的說詞，辱罵松本。這讓松本難以忍受，一時又不知道該如何應對。後來與他一起來台的日本同事，建議松本領養一個小孩，看看能不能激發夏絲的母愛，軟化夏絲，在她受孕前也可以因為有個孩子讓家庭圓滿和樂些。但依目前的狀況看來，頗讓松本感到挫折，他忽略了夏絲作為一個女人潛藏的妒意，也忽略了夏絲本身所隨伴的家族性格難以馴化，加上常有流言說她不守婦道，令松本更加不安。還好莎姑乖巧聰明，甚討松本歡心，卻又頻頻遭夏絲嫉妒，無端責打。這讓松本感到痛苦不堪，常常獨自一個人發呆掉淚，而身形日漸憔悴；偶爾飲酒便對莎姑說說自己的苦悶，下了工的時間裡，松本多半是沉默的。

莎姑走出沒幾步，回頭又看屋子前低著頭掉淚的松本一眼，當她又掉過頭往學校的方向走去時，感到異常的掙扎，而舉步維艱。她想回去抱抱她那個可憐的父親，又擔心上課遲到要挨老師的棍子，步履變得非常沉重，而淚水卻不停的流。她全然懂得夏絲不喜歡她，也隱約理解松本的苦處，只是她不知道怎麼用言語安慰她這個日本父親，畢竟自己是一個才六歲的小孩。

那天，莎姑遲到了，她在門口直挺挺的站著不敢進入教室。同學看見她了，沒人敢出聲，因為老師拿著藤鞭迎了上去。莎姑感覺自己的眼睛逐漸放大，一股驚恐隨著老師身影逼近變得巨大，令她喘不過氣。出乎所有人意料，老師沒有懲罰或鞭打莎姑，因為老師看見她臉頰上的紅腫，以及已經哭腫了的眼袋。莎姑不久前被吊著打到暈厥的事，老師知道，莎姑有一個發瘋凶狠的蕃人卡桑，大家也都知道了。

那一整天，莎姑除了上廁所，沒事的時候，幾乎是呆坐在座位上。她想起了以前的家，想起了坐落在村子左側的「法魯古」溪，以及松本揹著她離開的那一條長長的，向東又向南的，可以通行牛車的馬路，她忍不住頻頻掉淚。

莎姑出生的村子叫「大巴六九社」，大致是一九三六年前後由日本台東廳規畫的新式社區。背著中央山脈東麓的大巴六九山，坐西朝東，面向台東平原與太平洋。巷弄皆為四米的寬度，四橫四縱的形成井字形設計，每一格住進四戶人家，每一戶人家擁有近三百坪的居住空間。大多數的部落人逐漸從舊部落遷徙的時候，莎姑的母親正懷著她，她的父親麻迓對於遷村也有所疑慮，所以一直到隔年，莎姑出生後，他們才遷下來。先遷來的家庭多半選擇靠近灌溉水道的幾個區塊，後遷來的只能選擇靠山腳的西面幾個區塊居住。莎姑的家就住在右上方靠近「法魯谷」溪的區塊。她的記憶裡，只記得那裡有很多樹木，穿過雜樹林就到了溪邊，那是天熱戲水、洗澡或者抓毛蟹的地方，她還記得有一次，因為好奇水面下有一隻黃黑色的毛蟹，正快速移動躲避在一個石頭邊，她不自主的伸出手指去觸動，結果被毛蟹大螯夾了指頭，痛得大哭。

莎姑想到這兒忽然笑了。

「莎姑，因為要下課了，所以妳笑了嗎？」老師的話傳來，嚇得她立刻收起了笑容。

回家路上，她照例循著學校旁的一條小溪流回家，那是一條半人工的小水道，一直流到父親松本工作地點的水塘。她走得極慢，以至於後來整條路上只剩下她一個人走著，她想著事，也畏懼著回家見到她的母親夏絲。無意間，看見水裡一條魚，約略她的兩個手掌大，她停下腳步呆望著，隨即下了水道去捉。她一路逆著水追那條魚，抓著了又溜手，捉到了又滑溜掉，最後她靠著水道旁撿起的一個破舊丟棄的畚箕，把魚捉著了帶回去。松本大加讚賞她的機伶，但夏絲卻遠遠的冷眼看著莎姑，即便後來松本要夏絲把魚煮了，夏絲也只是將魚煮熟了端上桌，一口也沒吃。

5

「妳在想什麼？站在那裡發呆？」

「我想起……」莎姑被德里的聲音喚回神，她看見他坐了起來，「我想起，那一年我穿了木屐，讓夏絲差點敲破頭的事。」

「這麼多年的事，妳還一直念著。我坐了起來，看見妳發著呆，居然沒反應。」

「不是，我沒有刻意想起，但是往事就這麼回事，哪能說忘就忘，它就在那裡，只是暫時被掩蓋了。你剛剛提到，還好小孩沒送給別人，我就想到這事情。」莎姑停了停，「不是，今天，我其實也不知道怎麼回事，從剛剛出門買果汁，腦海就一直想著過去住在鯉魚山的情形。」

「你要喝水吧？」莎姑移向放置水壺的桌上問。

「也好，老覺得口渴，住院還真不是滋味啊。妳那些事，要多跟孩子們說一說，要知道以前日子苦。」

「偶爾也說了，誰會多聽我講這些啊？不過，說真的，卡子跟惠英真要送給人家，依她們的活潑的性子，說不定早被打死了。」

「哪有這麼嚴重，我相信我們的小孩，聰明，也能適應各種環境的。」德里說，想起什麼又說：「對了，卡子回去了？」

莎姑沒回話，任她先生那種已然失去往日氣力，又略帶啞嗓的說話聲在診療間迴繞。

「卡子回去了嗎？妳在想什麼？沒聽見我說話。」

「昨天回去的，唉！」

「妳說話便說話，嘆什麼氣啊？」

「我們的孩子們個個能歌善舞，如果能像電視那些歌星，出唱片，賺些錢多好？他們有這個實力的。要不……起碼出個錄音帶，讓大家聽聽他們唱歌也很好，再不行自己花點錢錄個錄音帶當成紀念也很好。」莎姑想起同部落的陳繁雄二十幾年前出過的錄音帶，到現在還在許多的部落傳唱，不免也想到自己曾經錄過的錄音帶，她語氣中多了許多緬懷與期盼。

「你今天應該過得不好，一開始跟我生氣，後來話又反常的說了好多。莎姑啊，我知道我沒給妳過過什麼好日子，過去也給妳添了不少麻煩，無論如何妳也要想開一點，妳看我現在這個樣子，可幫不上妳的忙啊。」

「你說這個幹什麼，我也不知道自己怎麼了，今天淨想這些事。我是說，孩子們都很能唱歌跳舞，我相信鄰近的幾個村子，沒有人比他們更好的，他們應該比我們更有成就，過得更好的。」莎姑只撇過頭看她先生一眼，她實在不想看著他說話，那感覺像是等著先生下達指令或者徵求同意，她今天只想順著自己的感覺說話，不論講多少，講什麼。

「卡子確實可惜了，五燈獎都到了四度五關，她應該可以再往上突破的，她那些競爭者沒有一個人的聲嗓比她好。」德里的語氣倏地變得有力。

「這是比賽啊，聲嗓好不好到了臨場表現一個錯便是錯了。我倒是覺得可惜，她從小參加歌唱比賽，不管大小，總會拿著第一名回來，所以你給了她『卡子』的名稱，表示她總是勝利。不是嗎？」莎姑說。

兩個護士進了門，打斷了他們的交談。護士檢查了德里手臂上扎針的部位，又看了看點滴瓶的劑量。兩人相互的問答了幾句，又一起離去。

「我看，得鼓勵她重新報名參賽。她是個好強不服輸的人，她心裡一定有一萬個不甘心，如果因此振作不起來，埋沒了她的歌唱天分，她這輩子都要不快樂了。」

他們談的是第四個女兒卡子，參加五燈獎比賽，因為感冒影響幾個咬字發音，又忘詞而遭淘汰的事。後來卡子窩在她那二樓的房間，傷心了好長時間，她成長的記憶中，沒有輸過任何一場在台東的大大小小歌唱比賽。五燈獎比賽期間，絲毫不敢大意的日日安排時間練唱。她特別喜歡在那漆上粉紅色漆的女兒牆邊，遠眺著太平洋，把比賽的歌曲一遍一遍仔細的背誦與練唱，再回到房間，自己上妝，穿上比賽服，打上燈光，想像著現場，認真的演唱與詮釋歌曲。前兩個月的比賽，她選擇一首非常有把握的歌曲〈海上花〉參賽，臨場卻意外的忘詞，隨後的第二首歌也受了影響，搶了拍而遭淘汰。大家都知道她感冒了，但卡子自己知道不是這個原因，是她太投入了，連情感也融入了，她想起了自己過往的一些情感記憶，以致亂了、慌了。她沒多說什麼，卻消沉了近一個月，直到她的大姊找她北上工作，離開台東療傷。

「她選的那首歌很好聽啊，妳應該指導她一下，她太年輕，而這首歌太滄桑。」

「我指導她？你忘了，我讀了幾天書？那些國字我一個也沒認得？你啊，別想那些事了，先把身體養好，出了院，等哪天她回來，你好好當面的鼓勵她。她一定可以的。」莎姑說。她不是個愛說話的人，也不知道怎麼鼓勵自己的孩子，但她先生就不同了，況且小孩心都向著他，他了解孩子，也懂得說些話鼓勵旁人。

說到保護孩子，莎姑一個念頭上來，想起了她的日本父親松本。心裡嘆了口氣，覺得今天真不對勁，老是想著往事。

「我上個廁所吧。」德里說，「不礙事，我自己來。」

自己的先生也像松本多桑，總是愛護著小孩。莎姑心裡想著，不自覺，記憶又洄游到那個慘澹甚至悲慘的童年。

6

夏絲與莎姑的關係沒有進一步的改善，反而越來越敵意。莎姑始終以為自己隱約知道其中的原因。但夏絲似乎沒有警覺這其中究竟有什麼問題，只覺得莎姑礙眼，是她與松本爭吵的主要導火線。夏絲無法思考如何處理這個問題，她恨死了莎姑，卻壓根也沒有要將莎姑送回哥哥家的念頭，只是感到焦慮、憤怒與無處宣洩。松本清楚這個脈絡，除了保護莎姑安慰莎姑，他也無法耐著性子向夏絲分析並改善這情況。然而，一件悲慘的事發生了，大出所有人意料——松本忽然死了。

那是某一天莎姑放學後發生的事。

莎姑照舊沿著溪水邊回家，天氣熱，一個小男孩已經選擇一區水窪較大位置戲水。見到莎姑走來便召喚著一起玩水。受不住吸引，莎姑放了書包踏進溪水，小男孩很快的掬起水朝莎姑身上潑，兩人一陣往來，小男孩敗陣下來，一時惱羞成怒，拿起了一個石塊，朝莎姑的額頭砸去，頓時，鮮血噴濺而出。小男孩嚇壞了，拿起書包逃離，莎姑見狀也拿起書包一路追了出去，直追到那小男孩家裡。小男孩家長被滿臉鮮血的莎姑嚇壞了，問明狀況後，在後院拔了些草藥剁了，鋪在一塊布面讓莎姑敷上。

莎姑暈眩的跌跌撞撞回到家，她感到天旋地轉，又虛弱想吐。進了屋便倒在床上。她原先擔心夏絲回來，見沒人生火煮飯會生氣，本能的想掙扎起來生火，但很快的失去了意識。

夏絲回來，只見到莎姑那個以簡單的卡其布縫紮的書包，丟在客廳的桌上，廚房沒有生火的跡象，心想莎姑一定出門撒野了，頓時火冒三丈，抽起了炭火夾，屋裡屋外想找人，見到莎姑抱著頭側躺在床上，頭髮、衣服濕淋淋的一動也不動，便不由分說的朝莎姑身上抽打，活活的把莎姑打醒來。莎姑慌張想爬起來，一時站不穩跌落床邊，滿頭都是血漬讓夏絲嚇了一跳。

「妳怎麼了？」夏絲幾乎是吼著說，想平撫自己被莎姑的樣子嚇著的驚恐。

「有人拿石頭打了我的頭，我頭好暈，現在就去煮飯。」莎姑的聲音夾雜著恐慌，有幾個音忍不住蹦出哭腔。她掙扎的想爬起來，但實在太暈了，又頻作嘔。

夏絲瞠著眼，一語不發的呆望著莎姑掙扎爬起，她不敢上前攙扶。莎姑左額頭敷貼著一塊布，布面透染著青綠與血液混雜的血漬，包布之下，順著左眼、左臉頰、左頸、左側的上半身，流有一灘血漬。夏絲嚇壞了，以致不知所措。

「有人在嗎？」門外有人叫門，讓夏絲回了魂，她放下炭火夾，應門發現是一對夫婦帶著小孩。

「實在是失禮，我們的小孩子頑皮，把你的小孩的頭打破了，我們幫她上了些草藥，現在帶著小孩向你們道歉，請原諒。」兩夫婦說完連同小孩都鞠了躬。

這下，夏絲完全清醒了，勉強擠出笑容說：「沒事了，是我的小孩頑皮。」

待來人離去，夏絲走向已經蹲在灶子準備起火煮飯的莎姑，要她把事情原委說一遍。莎姑才說完，夏絲心情平撫下來了，隨即又狠狠的抽打莎姑出氣，責怪莎姑太頑皮，這情形剛好落入松本眼裡，才正要數落夏絲，卻看見莎姑滿臉的血漬，衣著濕漉。松本嚇了一跳，以為夏絲要打死人了，衝了上去一腳踹開夏絲，將莎姑抱開，進了浴室清洗，讓她換了乾衣服後，取了備用藥重新為莎姑包紮。

莎姑已經不記得那一晚是幾點吃的晚餐，只記得是松本下廚；也不記得是多晚才上床睡覺，她頭暈噁心，睡睡醒醒。只記得當晚松本與夏絲在隔壁房激烈的爭吵，乒乒乓乓的物體摔碰撞聲。莎姑非常害怕的下了床躲在牆後偷看，卻聽到松本長長的驚呼聲傳來，接著看見松本摀著下檔跑出房間隨即倒在客廳。莎姑不知道發生了什麼事，只見夏絲散亂著頭髮，臉部多有紅腫，嘴角眼角流著血，眼睛都睜不開來了的跟了出來。夏絲胸膛劇烈起伏著急促的呼吸，像一個剛吃過人的厲鬼。莎姑嚇得躲回床上，不敢哭出聲音的裹在棉被裡直發抖。後來她聽到來了一輛車，來了一些人抬走了松本。

第二天，她跟著夏絲到醫院，松本已經死了，臉色泛青，聽說夏絲把他的睪丸捏破了。

莎姑失去了松本的疼愛，更慘的是，松本死後沒多久夏絲在外面的男人。一個日本人，三、五天就來到家裡過夜，甚至整天在家，脾氣跟夏絲一樣的凶暴，動不動就要罵人摔東西。還好他不打小孩，讓莎姑稍稍透氣與安心。但這也讓莎姑對生活變得疑懼，全收起了笑容，隨時豎起耳朵傾聽夏絲的聲音與位置。所幸夏絲也把莎姑視之為不祥物，能避免碰頭就避免碰頭，母女倆各過各的生活。莎姑照樣晨起煮飯，準備便當，傍晚放學時生火煮飯。吃飯時，夏絲總要等到莎姑動過以後才敢吃，她總是覺得這個不說話，總是盯著她看的小女孩會下毒害死她。日子一久，兩個倒也相安無事，只不過夏絲沒停止過挑剔她，不太多的見面時間裡總要唸東唸西，或者順手擰她或打她。

莎姑實在太思念松本了，傍晚放學後夏絲還在外遊蕩未回家的空檔時間，她一邊生火煮飯，一邊把家裡跟松本有關的東西都摸上一遍又一遍。可惜松本死後，相關的東西也讓夏絲丟得乾淨，能摸的能撫的，大致只剩松本經常坐的木製大椅子，以及房間門口一個隨手放置書本及紙筆的小桌子，加上門口一張松本上班出門前穿鞋子坐著的椅子。某一天，莎姑不知哪來的想法，嘗試著把學校教的幾個童謠，加入了對松本的思念，變成歌謠，她思念松本的時候，一個人哼著唱，卻也得到不少的寬慰。

有一天，下課的時間，她忽然哼起了這首歌，其他同學笑她亂唱，還說要向老師報告。她正想辯解，她的老師卻已經站在她的身後笑著問她：「莎姑，妳唱的是什麼歌？」

莎姑嚇著了，她看其他同學都跑掉了，忽然感到害怕。

「說吧，我偷偷聽妳唱了幾次，雖然沒有按規矩唱先生教的歌，但是我覺得很有意思，這是妳自己改編的嗎？」老師輕聲的說。

莎姑，瞠著眼望著老師，不敢回話。她其實是喜歡老師的。老師年紀大約同她的父親松本一樣，卻比松本溫和與斯文，平時對她也很好。她很想唱給老師聽，但是又怕老師責備。

「不用害怕，我知道妳想念妳的多桑，我也覺得妳唱得很有意思。現在呢，我命令妳現在就唱一次給先生聽。」老師看著莎姑說。

「先生，我……」莎姑忽然想哭，眼睛隨即泛淚。松本過世後，她已經很久沒有聽到一個大人這樣跟她說話，「先生，是的，我現在唱給你聽。」

莎姑沒擦去眼淚，跟老師鞠了躬之後，輕聲的唱了起來：

弁当の中に、玉子が一個増えた（便當多放了一顆蛋）
それは、父さんの注意する言葉だ（那是多桑的叮嚀）
学校でしっかり勉強し（上了學認真讀書）
家できちんと家事をする（放了學勤勞整理家屋）
いい子だぞと、父さんに言われた（多桑說我是個好女孩）
胸に、黄色い花がついた（胸口多了一朵黃花）
それは、父さんがくれたご褒美だ（那是多桑帶來的獎賞）
私はいい学生だ（我是好學生）
私はいい子だ（我是好孩子）

私は父さんのおとなしい娘マサクだ（我是多桑的乖女兒馬莎姑）

莎姑著實得到老師大大的讚賞，但是夏絲可不這麼認為。她認為開始唱歌的莎姑分明已經走出失去父親的憂傷，正準備快樂地過生活。於是她升起了妒意，決定不再迴避莎姑，經常以「沒人要的小孩」大聲叫喚她。莎姑並不為意，只要夏絲不會隨意找理由打她，她也樂得有人陪著。但，事情似乎不是那樣安排的。

松本的死，讓他們家按月領到一些由工作單位提供的糧食與油鹽。這個月包括了一些帶殼小麥，據說是農業改良所種植實驗性的產品。一個不上學的日子，中午睡過午覺之後，夏絲要莎姑在煮晚飯前舂完，交代後，自己便出門找她那些住在附近的姊妹好朋友嚼舌。

莎姑準備好了杵臼，估算著一個下午應該可以全部完成舂去麥殼，剩餘的時間，她可以好好的找鄰居小朋友一起玩。但她又犯了上一回的錯誤，舂了一會兒，耐不住鄰居小朋友嬉戲召喚，出去玩一會兒，回來又舂幾下，又跑出去玩，然後一個下午玩瘋了，完全忘記舂小麥這件事。只見天色將暗，莎姑警覺到事情的嚴重性，整個嚇得失了魂，趕緊跑回家，只見夏絲已經站在門口，手持著約手臂粗的竹棍等著她，一見到莎姑，大吼一聲衝了上來，莎姑頓時驚醒回頭就跑。夏莎一路追一路罵，莎姑則緊閉著嘴朝著鯉魚山方向逃命。她頭也不回的沿著神社旁的山坡，見路就跑，見小徑就鑽，一路跑到山稜線，又沿著稜線山脊往南邊跑。山上已經沒有任何人，傍晚上來爬山健身的人也都回家了，莎姑鑽進一座爬山人休憩的涼亭旁的矮樹叢躲了起來，大口喘氣，夏絲早被她甩得老遠，沒跟著上山。

莎姑忽然覺得舒坦，那是一股從未有過的輕鬆。幾近癱瘓的感覺，像是忽然解脫了一切。所有來自於夏絲的壓力，統統被剛剛自己逃跑的時候，那些向後掠過的風一樣，被她遠遠的甩掉。她安靜的蹲坐在樹叢裡，看著天光暗沉入夜，她走出樹叢坐在涼亭的長椅上，向東望向已然漆黑的太平洋，那是一片暗黑。台東市區的燈火，隔開了鯉魚山與海面相同的黑。

好漂亮啊。莎姑心裡說。她從沒有居高臨下的見過燈火整齊排列而又處處明亮的市區夜景。她看見有零星的幾輛車子開著燈移動著，除此之外，遠遠的有些人影走動著，其餘顯得安靜。

應該都在吃飯了。莎姑心裡又說。她估算這個時間應該是吃飯的時間，在平常的傍晚她生火煮完飯，夏絲會在天黑前一段時間回來煮菜，然後松本下班回來，簡單梳洗後一起吃飯。此刻她並不覺得餓，幾隻夜歸的鳥兒聒鳴著，也讓她覺得興奮莫名。不過，這些興奮與新奇，隨著汗水乾掉，夜色越沉越凝而蕩然無存，取而代之的是因為山上無人，夜行性動物開始出沒發出聲響而愈發恐懼。

她升起了一個念頭：離開夏絲。但她不知道該往哪兒走，她甚至不知道自己為什麼想要離開。她沒有錢，不知道自己的生家父母的住家、部落在哪個方向。她有限的生命記憶中，松本與夏絲給她的家，才是真正有實質生活意義的家。她在這裡嬉戲、長大、上學；在這裡吃食、歡笑、挨揍與哭泣。對她一個六歲多一點的小女孩而言，除去夏絲在家的恐怖時光，她不知道哪裡可以允許她好好的安靜的唱一首歌，或者與鄰居嬉戲的住處。但現在，莎姑也知道，她將別無選擇的回那個有著凶惡的媽媽夏絲，以及她那個像野獸凶暴的男人出沒的家，卻又害怕頭被敲破然後滿臉都是血，或者又被吊起來打到暈過去。

她不知不覺地睡著了，過了不算短的時間，被涼亭附近草叢突然發出的聲響驚醒，她不確定是什麼，卻也沒多加害怕，只覺得有點涼。她忍不住又唱起了歌，小小聲的近乎呢喃的唱著。她想起松本還在的時候，總在吃過飯的這個時候，陪著她一起唸誦複習上課的字詞與數字。她忍不住哭了。

莎姑決定回家，她起了身，一個人摸黑的沿著登山小徑回到家裡。夏絲已經關上了小小院子的外門，連屋子的大門也關了。她靠向外門邊坐著休息，沒多就睡著了。

她夢見她回到了部落媽媽的家，媽媽抱著她一直哭著，輕聲的哭著，怕吵醒已經睡著的酒醉父親。不一會兒，她卻已經不在媽媽懷裡，而是一個人跑了出門。門前那一條位在部落最上層的巷道，兩側的樹木把巷道圍成長長的拱門，一直延伸到很遠的前方，她似乎看到有人向她招手，令她心生歡喜往前走去。一條蛇忽然橫過她的面前，抬頭瞪視著她，她本能的退了兩步，恰巧樹冠上一隻貓頭鷹「咕咕」的叫鳴著，她嚇著了，全身僵硬的呆立著。她知道吃小孩的「人鳥」隨後就要來臨了，部落媽媽是這樣說的，夏絲也是這樣說的。她趕緊回身跑開，卻撞進一個人懷裡，那人捉住她的肩膀，莎姑身體不自覺的被搖晃了一下，她醒了。

「你怎麼睡在這裡？」原來是他們鄰居的一位媽媽，正搖晃著莎姑的肩膀嘟囔著：「這個夏絲，怎麼這樣對待孩子，才幾歲的小孩，要這樣折磨？」

「夏絲！夏絲！妳的孩子睡在門口，妳怎麼搞的？這樣對待小孩。」另一個鄰居叫喚著。

「我去叫她！」喚醒她的那個鄰居媽媽，推開院子小門，拍了屋子大門。

夏絲似乎是被叫醒的，一臉惺忪，她一眼瞧見莎姑被推了進來，整個人醒了過來，眼神凌厲了起來。她不等鄰居碎唸著她不善待小孩，她道了謝，關上了門，還不忘賞莎姑一個巴掌。

7

診療間裡，五十六歲的莎姑坐回她看護專用的躺椅，望向窗外，想著，一個人可以這樣對待小孩，究竟是為什麼？她不自覺的濕了眼眶。從廁所出來的德里才坐回床上，看見這情形，也嚇了一跳。

「妳怎麼了？從來沒見妳這樣，這麼多年來，就算我做了什麼糊塗事，也沒見妳這樣自己一個人掉淚，怎麼回事呢？是擔心卡子嗎？不用擔心的，我們家的孩子一向堅強，一定可以找出個方法，解決困境的。」

「不是，不是這個。我也不知道為什麼，今天特別想起過去的事，就好像是……唉，這怎麼說啊？就像是我過去都忍下來不說的，現在卻像是心裡破了個洞，一點一點滲漏出來，又是酸又是苦的，我也不知道怎麼回事了。」莎姑伸起拇指，輕輕劃過眼底，把幾滴淚水抹去，站了起來說：「或許是我老了吧。」

「老？妳才五十六歲，萬一我現在死了，妳改嫁都還算年輕。」

「呸，你什麼不說，說這個幹什麼？」莎姑忽然感到生氣，這輩子，她絕少這樣對她先生說話，「別說死不死的，我們人都必須一死，回到天主的國度，但不是你說了算，你也不能說這個，我們需要你。」

莎姑整個嚴肅起來了，「明天，我找部落女巫給你『搭拉冒』（註：作巫術）。」

「才說著天主的國度，妳怎麼就提起了『搭拉冒』？」德里幾乎笑著說。

莎姑還想說什麼，發覺門口站了兩個人。

「伊娜（註：卑南語，對母執輩的敬稱），妳們怎麼來了？」莎姑撇過頭驚訝的說。

臨時作為病床的診療間，室內光線還算好，即使不開燈，拉開窗簾能清楚看到西邊投下來的夕陽在幾個建築物斜劃而過，病床內一片明亮，清楚的照映兩個剛進門的老婦人，她們臉上堆著笑容正溫煦的看著莎姑夫婦。她們是姑嫂關係的熙安與阿郞，年紀只大莎姑五、六歲，卻足足大了一個輩分。阿郞與莎姑的生母是表姊妹關係，她們的先生也大上德里一個輩分。今天下午天氣稍微轉涼，她們決定一起搭車前來探視。

「我們真是失禮，現在才來看你們。」阿郞說著，隨手遞上一籃水果，以及一包檳榔。

「這怎麼好意思麻煩妳們來，妳們正忙著整理小米田，還要花時間來看我們。」

「一點也不麻煩，我們總要休息一下，上午整理完田地，我們商量了，要等明天一大早再來播種，這樣也不至於太熱。」阿郞說。

「妳們最好了，可以一起工作種田，相互幫忙。」莎姑說，她是真心羨慕能有一塊可以種植小米的田園，他們早在許多年前就失去了田地，想到這個，心裡又有一點氣，忍不住瞄了一眼她先生。

「你們請坐吧，都是我的不好，讓你們跑這一趟路。」德里說。

「怎麼能這麼說話呢？誰喜歡生病啊？你這麼重要的人，要多多健康，部落還需要你……哎呀……」較年長的熙安正說著，被橫空掠過的戰鬥機引擎聲浪打斷，稍稍受到驚嚇。

「這飛機是怎麼回事，這樣飛過頭，真是的。」熙安撓了耳朵說。

「這要像以前那樣，這些飛機要是下了炸彈，我們一定閃躲的機會也沒有。」阿郞說。

「是啊，今天飛機怎麼這麼飛啊，我記得他們應該是稍微靠向海邊一點飛才對啊？」莎姑其實也沒多少概念，只是阿郞提起炸彈時，她心裡抽動了一下，當年美軍對台東地區的大轟炸，她可是在幾個防空洞之間慌亂的來回找人，親身沾染過那些傷患濺起的血。莎姑盡量的克制自己，不讓自己的心思又陷入當時的情境，她隨意的說說。

德里想解釋這飛機其實就是這個航道，正常的情況下，飛機由南往北返航時，越過台東市區、卑南大溪之後，接著就要著陸，飛機是不可能拉高航行高度的。今天的飛機在一個小時內接著返航著陸，一定是訓練科目的關係。但德里想想，又覺得沒必要，畢竟部落人也就這樣了，這離他們的生活太遠，也離自己太遠，剛剛就只是一道聲音，兩隻鐵鳥橫空掠過罷了。

「的確有一點吵，不過應該結束了，我們來了三天，每天都是這個時候結束，偶爾這樣也有意思啊，把一些無趣沉悶都趕跑了。妳們坐吧。」德里說。

「哎呀，德里啊，聽你這樣說，我都感受到你住院辛苦，你再忍耐忍耐啊，應該就快出院了。等你出院，我買幾瓶酒過去慶祝慶祝，請你一起喝酒唱歌。」阿鄔感受到德里的無奈，體諒的說。

「還喝酒啊，伊娜，我恐怕不能再喝酒了。」

「那多可惜啊，公賣局又少了一個客戶，賺不到錢，他們的員工要過苦日子了。」

「就是啊，不能喝酒了，部落的男人要看不起你了，那多糟糕的事啊，你這麼個領導人物，上了桌喝不了酒，你要被那些人譏笑到底了。」

知道訪客是開玩笑，德里也只能陪著笑，這是事實，也很殘酷，聽起來卻也很舒服。

「不過，開玩笑是一回事，能不喝還是別喝了，酒不是什麼好東西啊，那是我們這種苦命人喝的壞東西，你喝的夠多了，別再跟我們搶了啊。」阿鄔嚴肅著表情開玩笑說。

「妳真是的，好了吧，別逗他了，我們來探視他，祝福他，不是要來弄哭他的。說起來，我們要感謝他，要不是他生病住院，我們還不知道喝酒會生病呢。」熙安也表情凝重的說。

「好了啦伊娜們。」莎姑忍不住笑了，「妳們這樣子說，德里都笑不出來了。過兩天我還要請伊娜給他搭拉冒呢。」

「你們都是天主教徒，多多禱告就好了，現在又住了院，有好的醫生，好好聽醫生的就可以了，不用麻煩還要搭拉冒。」阿鄔說。

「不行，還是要的。」莎姑認真的說。

「如果真的想要搭拉冒，部落裡還有老巫師呢，等你們回家了去拜訪一下慕雅、端娜以及老祭司拉尤吧，他們應該可以好好的處理的。」阿鄔說。

「再看看吧，也許明天我們就出院了呢。」

讓德里接受部落傳統的巫醫治療，原先只是莎姑昨天一閃而逝的念頭，但看到阿鄔親自來探病，莎姑忽然認真起來了。幾年前，莎姑大弟的小兒子生病，接受了不同醫院、醫師的診療，仍然持續惡化全身蠟黃無力幾近病亡。家人決定問卜，他們請教了隔壁村擅長斷竹占卜的巫師。占卜師認為應該接受巫醫，幾次占卜的結果，都指向必須由一個新進的女巫進行，十幾支卜卦的最大公約數指向剛剛接受成巫儀式的阿鄔。阿鄔由部落一位老巫師指導進行儀式，最後成功的救回病人免於病死。都過了幾年，阿鄔仍不算資深的部落女巫，當時救活小姪子的例子也許巧合的成分多，但莎姑願意讓德里嘗試，即使接受巫醫並不是她作為天主教徒的選項。

為了讓病人多休息，阿鄔與熙安的訪視並沒有持續太久，便主動告辭離開。兩人離開後，莎姑忽然想起一件事，在德里躺回床上的同時，問：

「阿鄔伊娜的家，在大轟炸的時候被炸過吧？」

「妳怎麼問起這件事。」

「是吧？」

「是啊，我記得那個時候，飛機出現在豐年上空，然後飛向初鹿的方向，我們全都躲進防空洞，沒多久就聽到一聲很大的爆炸聲，『巴拉冠』（註：男子集會所，包括部落集會的建築與廣場）響起了敲鐘的聲音，所有年輕人立刻被告知往他們家衝去。怎麼了？」德里說。

「我不知道怎麼回事，剛剛飛機飛過，那個巨大聲音硬是把我拖向過去的記憶。你還有精神嗎？跟我說說當時的情形吧。」

「這個事，我記得好幾個人都說過吧，那麼小的事，沒什麼特別吧？」

「過去我沒有特別去注意這個，今天不知道怎麼了，我好像必須回到那個時期，心情才能平撫。算了，你休息吧，不一定要跟我說這個，等你精神好了，再慢慢跟我說吧，如果那時候，我還想聽的話。」莎姑說著，自己也不知道有什麼理由堅持要德里說那些往事。

德里躺著，略略調整了姿勢，他還是說了一九四四年十月美軍轟炸台東前後一兩年，部落的一些狀況，而莎姑似乎是聽著的，卻整個交錯地陷入她在台東市區遭遇轟炸的現場慘狀。

「我這樣說，妳可能搞混了，我先把前面的情況講給妳聽。」德里說著說著又坐了起來，「妳給我倒杯水吧。」

空襲

1

一九四三年的五月，九歲的德里，已經是「蕃人公學校」改制後的「利家國民學校」二年級的小學生。他決定明天不上課，偷偷跟著大人一起到機場，看看傳說的「飛機」究竟長得什麼樣子。學校老師說皇軍在太平洋獲得空前勝利，一直向南向太平洋深入，英武的在南太平洋擊落了無數架的米國飛機。老師說話的表情雖然沒有前一年的興奮，感覺上還隱約帶有著說不出的平靜或者稱之為憂心的味道，德里很清楚那是母親在每一段時間裡，因為缺米缺地瓜，煮飯時會出現的表情。但是，德里還是覺得老師是認真的，因為他說完話時又露出抿著嘴唇，輕皺眉頭往遠處直視，堅定又自信的一貫表情。

週日，學校休息一天，但是參加勞役的大人一樣得出門上工，德里決定跟著大人一起出門，前一夜便徵詢母親的意見，母親翻著白眼瞪了他一眼沒回話。德里知道那個意思，但是他心裡暗暗打算，明早他就是要偷偷跟著大人後面，他定要去機場看飛機長得什麼樣。德里夜裡便一直注意著大人的動靜，他不斷提醒自己不要睡得太沉，深怕睡過頭沒跟上大人出發的時間。

德里醒來時，屋子裡外安安靜靜，陽光已經射進屋子，窗框整個映在牆上，看來太陽已經升起很久了，德里不清楚現在是幾點鐘，本能翻下了床衝出屋外。

屋外，除了遠遠的東面的農地上祖母已經在除草工作，已經看不到什麼人，院子一角的構樹下，父親的兩條狗分別瞇著眼半臥著，見到德里出來，只抬起頭看一眼。

「呸，連你們也不理我，一大早就懶在那邊。」德里學著他父親的語氣朝那兩隻狗嘟噥。「哎呀，真是的，這下子我怎麼辦，他們走多久了？地方那麼遠又不知道確實的位置在哪裡，一個人怎麼去？對了，我找他們一起去。」

德里想起了平時玩在一起的達基斯與杜麥，心想他們一定也願意一起去。他轉進屋子，看見媽媽留在矮桌上的一小簍水煮地瓜，以及一碗炒過的醃漬乾芋莖，他拾起木杓，在火灶旁樹幹挖成的水桶舀起了水喝，然後抓了一撮芋莖，吃了一條地瓜，把皮屑丟給狗兒，朝屋外走去。

部落巷道還算安靜，多數的中壯年人已經出門，下農地的下農地，去機場服勞役的也去了機場。年紀稍大的青年，有些去了遠在卑南的「青年學校」接受基礎的軍事訓練。

這個部落是一九三六年前後，由日本人規畫的新式棋盤格局的聚落。巷道形成的每一格方正基地，分別安排四戶人家，一戶人家大致擁有約一分地的大小。除了住房，還有足夠的空地可作為庭院或旱作田種菜種雜糧。整個部落坐西向東，由巷道區隔出南北五行，西高東低三列的規模。莎姑出生前後的兩年，由利家派出所警察勸導部落居民，從舊部落涉過溪往南遷移到這裡。先遷居下來的多半先選擇在最東面地勢低平的區塊，一般只蓋起了小小的茅屋，剩餘的空地栽種一些可入菜的植物，或者有人就直接種植一些主食類，如地瓜或芋頭。德里母親是長女，弟妹人口有九人之多，所以他們選擇新部落第一條街，也就是部落通往東邊道路南邊的區塊一起居住下來，那裡接壤著未規畫成部落居住區的野外地，可以開墾作為旱作田。

德里經過舅舅的門口走到那往東的道路，他本能的停佇而立，向東望去。太陽已經稍嫌刺眼，穿過樹幹枝葉穿刺而來的陽光令德里瞇起眼，順著由西斜向東邊的部落地勢，向機場的方向望去。

那些大人去的機場到底有多遠呢？德里心裡嘀咕著，不免又盤算了一下，他覺得自己根本不可能一個人走到那裡。他撇頭往北邊望去，街道筆直地穿越四個街口，朝北延伸似乎要接上遠方的山腰。路上平靜到有些寂寥、落寞、荒涼，除了雜草，只有幾隻家犬在各自的地盤嬉戲著。

德里想起了達基斯與杜麥，決定先去找他們。主意打定，便朝路輕快的往北直走了去，卻接連知道他們還在睡覺，失望的在心裡大罵他們懶惰，便氣匆匆的回了家。

「咦？德里，你今天怎麼了這麼早醒來？你去哪裡了？怎麼從屋外面回來？」德里的祖母遠遠的看見他，叫喊著。

「沒有啦，我去門口拔草。」

「拔草？那麼認真？你怎麼不來幫我拔草？來，你來幫我，我們今天一起種地瓜。」德里的祖母高聲的說，聲音似乎因為聽到德里拔草而以為找到了幫手而開心。

「不要啦，我已經很累了。」德里話沒說完就已經躲進屋子，一時之間又不知道要幹什麼。他發了一陣子呆，出門去逗弄那兩隻狗。

沒鐘錶計時，這個時間也頂多是清晨七點多，對大人們來說已經不早了，對不上學的小孩子來說，德里更是覺得所有人都該醒來下床了。他放開了狗，去了院子口，又回到祖母的田，當祖母看著他將開口之際，德里又急忙回頭去逗弄狗兒。他反覆做著這些動作，甚至喝了水，坐在門檻發呆，又去逗弄狗兒。太陽已經又爬上了好幾個枝椏。

「不行，我這樣什麼事也不能做，我一定要找達基斯與杜麥他們一起。」

德里決定放過那幾隻已經被煩得嗚嗚嗚叫，又不時張口反擊的狗兒。他站了起來往院子外走去，才出門卻看到園子裡的祖母站著，望向部落通往東邊的道路，一時好奇，他走了過去。

「姆姆，妳在看什麼？」

「那裡發生什麼事，灰塵怎麼那麼多？有人的牛車亂跑嗎？」

「我去看看！」德里幾乎是衝出院子，才轉向街道，就看見達基斯從他家的朝這裡衝了過來。稍遠處，杜麥也跟在一群小孩後面也跑了過來，有些大人已經好奇地的站到自家門口的路上。德里覺得慶幸，他家就住在路口旁，不必跑那麼遠，他得意的朝東望去。

那是一輛黑色的汽車，行駛在部落泥石子路上，速度並不快，但是車後方揚起了灰塵，隨著車行向前，拖起了一大片如牆面的灰塵。一大批小孩已經擠在路口，大家驚訝地望著那輛車，大人也擠了上來，猜測著議論著。大家都聽說過了遠在隔壁的利家村，有大汽車可以搭乘到台東，但多數人並沒有搭乘的經驗甚至連汽車也沒親眼見過，更沒見過汽車駛進部落，而且是這樣的黑色小汽車。

汽車的警示喇叭聲引起眾人的驚呼，讓出了車道。只見汽車駛進了部落，經過一個街區便向右駛去。眾人都跟了上去。

一定是去巴拉冠。德里心裡這麼想，才發覺他的祖母正擠在一群人後方跟了上來。

小汽車慢慢地開著，沿著第一條巷向北貫穿部落抵達北邊的出口，又左轉繞著外圍行駛。當抵達部落西面的第二個路口時，汽車停了下來，兩個著軍裝的軍人下了車，然後交談著，查探著。沒多久，利家派出所的警察來了，厭惡的揮了揮手斥責著，驅趕圍著那兩個軍人的眾人。

在人群外圍的德里注意到軍人與警察不同，那兩個軍人穿著土黃卡其色軍裝，頂著窄帽打綁腿束著腰，佩著刀，而警察的大盤帽與稍稍寬鬆的灰黑制服。德里一下子猜想著機場那裡的日本軍人應該也是這樣的穿著。他本能地找尋達基斯，發覺他正擠在前面，幾乎就在那個軍人身邊，軍人時不時瞪著達基斯。德里正準備擠到內圈，圍觀的人忽然移動出了一個缺口，軍人走了出來，繼續沿部落外圍向南移動。

「喂，達基斯，你要不要跟我一起去機場？」德里三兩步接近了達基斯，而杜麥也跟上來了。

「你說什麼？去機場？你知道在哪裡嗎？」杜麥問。

「知道啊，就在那裡啊。」德里朝著東面的平原說。

「很遠啦，我們怎麼去？」

「走路啊，大人不都是走路去嗎？」

「我不想去，太遠了。」

「哪裡遠？大人都走著去，我們應該也可以啊。」

「你要去幹什麼？」

「看飛機，老師說的飛機。」

「飛機？」

「是啊，老師說天皇的飛機把米國人的飛機打敗，那樣的飛機一定很厲害，如果可以，我一定要親眼看到。」德里說著，他感覺達基斯被說得心動了。

「那是什麼東西啊？如果那麼厲害，一定是比那個會飛的杜麥（註：熊）還厲害，真想去看看。」杜麥說。

「會飛的杜麥？真的有這麼厲害的，你想什麼時候去？」達基斯終於忍不住了。

德里還沒答覆，圍觀的人已經跟在軍人的後方轉往部落的中心區域，那是巴拉冠，大家都跟了上去，惹得警察不耐煩的大聲喝斥驅趕。一些人配合著離開，不旋踵又回來圍在廣場邊，望著軍人進入建築物內觀察丈量，又前前後後的觀察巴拉冠四周以茅草編結的圍牆。

「他們在幹什麼？準備做什麼？」有人忍不住地低聲問，議論聲便開始蔓延。但直至軍人離去，小汽車又揚起一路灰塵，仍然沒有停止。而幾乎所有小孩都跑了出去，在揚起的灰塵中追趕著汽車，直到部落下方的十字路口，看著汽車向東加速離去才停止下來。隨後騎車抵達準備折向南回到利家的警察，表情厭惡地斥喝著他們，一群小孩便嘻笑的一哄而散跑回部落。

德里踏查機場的計畫一直沒有真正的採取行動，因為接著發生了一連串被德里稱之為奇怪的事。

首先是被指派去機場工作的人，出門的時間變得更早，回來得更晚。德里的父親說機場的軍人變得更暴躁，管制得很緊，動不動還要打罵勞役的人。有些人逃避不去，警察還會找上家門抓人，甚至還要部落另外增派人手。除此之外，所有白天留在家裡的居民被要求自己找時間在住家旁挖掘防空壕，先是來了兩個軍人，教大家怎麼挖，挖多大，但沒有任何說明為什麼要挖這些壕溝。德里不知道那是什麼，大人們也不知道為什麼要挖掘，只因為警察查得緊，不想挨罵挨揍的都悶著頭挖。另外，上學的時間，所有學童被規定要攜帶鋤耙等挖掘工具上學，每天下午的時間，所有的學童都要參與學校安排挖掘防空洞的工事。

這事進行了一兩個月，部落的阿雅萬（註：現在俗稱頭目，部落行政事務領導人）忽然要求大家節省糧食，並且努力種植地瓜、芋頭等可以快速收成與保存的根莖類食物。最奇怪的事是，有幾天的時間裡，陸續有幾輛大車開進了部落，帶著一些箱子包裝的東西。他們將這些全都塞進巴拉冠，同時要部落派人釘些門板，將原先開敞的巴拉冠建築都封了起來。

幾天後，又有幾輛車裝運著許多型制一定的鐵桶子，有大有小，藏在部落西邊通往山區那條山徑旁，那一片茂密的銀合歡樹下，另一部分則掩藏在部落西南邊靠近山腳下的雜樹林，軍人再三交代不准任何人接近這些東西。部落人都在猜，但沒有人知道那些是什麼，也沒有人知道這些事透漏了什麼訊息。長老們、男人們隱約感覺不對勁，部落的夜裡變得沉靜與詭異。

2

「你怎麼都記得這些事？我怎麼一點印象也沒有。」莎姑忽然打了岔。

「那時妳才幾歲，妳能記憶什麼呀？」

「不是……」莎姑的話因送醫院晚餐的婦人進來而中斷。

「我看你吃飯吧。」莎姑忽然不想說了。

「還不餓，妳去弄自己的晚餐吧。」

「等等吧，聽你說這些，也不覺得餓了。」

「唉，這麼久的事，一下子都上了心頭，有些事，特別是那些生命裡深刻的事，確實不容易忘記，就在你開始遺忘的時候，忽然像賊一樣，又出現要你記得。」德里說。

莎姑沒接話，只安靜的看著說著話的德里。住院幾天觀察，都不見他多開口，今天下午話匣子開了，又恢復了他平常的樣子。莎姑心想讓他多說話也好。

觀察室裡，開亮著老舊的燈具，狹窄的病床，一座釘牢在牆上的管線與儀器，泛著一點暗沉的煙黃色澤，看起來都顯舊了。這是個老醫院，經費也不算充裕的小醫院，莎姑還是喜歡這裡的氛圍，不論醫師、護士還是來住院的病人，甚至來看護的家人。也許是因為來這裡的人，都不是太富裕的人家，彼此間的氣息相近吧。莎姑經常這麼認為。

「那段時間還真是奇怪。按理說大家工作回來，吃過飯大人們一起聊聊天說些事唱個歌，或者誰忽然心情好，去那家百朗開的雜貨店買一杓清酒，大家沾一口聞個酒味什麼的。」

「真要照你說的那樣，大家都在服勞役，工作回來誰有那個精神啊。話說回來，日本人為什麼不付工錢？」莎姑想起自己當少女時候，工作再苦還有十幾二十元可以領。

「我怎麼會知道？想想，那些一直發生的事還真是奇怪，以現在看來自然是知道怎麼回事，但當時確實沒有人可以理解，總是覺得將發生大事了？」德里說著，一邊扭扭上身調整了姿勢，下了床又坐了上床。

「摳尼基哇！（註：日語，午安）」門口傳來日語的問候聲響。

「咦？杜麥你怎麼這個時候來，吃過飯了沒？」德里一看是杜麥夫婦，也覺得巧，才說著跟他有關的事，他就出現了。

「下午到台東買雙鞋子和鉛彈，知道你住院，我也不知道什麼時候會有適當的時間來看你，所以我們就順便多買了一些飯菜，想過來跟你們一起吃。你們都還沒吃吧？」杜麥說著，把手上提著的飯菜放到病床旁的醫療桌櫃。

「你們太客氣了，這樣也好，我們也還沒吃，我們就一起吃吧。剛剛。我們還在說呢，當年飛機來轟炸的時候，日本人往村子裡堆東西的事。」

「堆東西的事？哈哈，怎麼忽然提起來這麼久以前的事？我記得那個時候，可不是只有這件事啊，你硬拉我們去機場的事，可也是驚動了所有人啊。」杜麥的聲音揚了起來。

莎姑起身走向杜麥帶來的飯菜，同杜麥嫂一起擺置，催著大家先開動邊吃邊聊。她知道杜麥開了嗓，加上德里興頭一來，那可是真正的天南地北的說個不停。她擔心德里身體受不住，又希望他說說話開心些，而莎姑自己也很想再整理一下自己無端想起的，關於當年那些轟炸的情緒。

3

謠傳美國的飛機要來轟炸，因為多數的族人沒有「轟炸」的概念，但奇怪的事接連發生，還是讓大家警覺到有些不對勁。

一天，利家派出所的警察，又出現在部落阿雅萬家裡，要求找兩個稍微有點年紀的老人，而且是部落裡最懂得編製竹子用具的人，跟著到機場服勞役。沒有人知道警察是怎麼知道，部落有兩個年紀稍長又精於編竹器的？後來才聽說他們是被找去機場，教一些人編織竹製品。接著過沒幾天，部落被要求提供十幾大綑的竹子到機場。部落已經嚴重缺乏精壯的男人，所以，還能勞動的部落婦女接替了男人上山砍竹子，然後分兩三天一起協力把竹子拖到機場。

「喂，達基斯，機會來了，我們跟著去機場吧。」

「你還沒死心啊？也好，我們找杜麥一起去吧。」

「好！」

三個人，從各自的家裡拿了些食物，趁家人不注意離開了各自的家，一起蹲守在部落下方的岔路口，待拖拉竹子的人出發後，三人便遠遠的跟著。到機場六、七公里的路說遠不遠，但真走起來，還是一段讓人流汗的距離。杜麥與達基斯走累了，兩人時不時瞪著德里，怪他亂出主意。只見德里精神抖擻緊跟著拖竹子的人，甚至還大膽的跟了上去，被責罵亂跑，他一點也不以為意。

新建的機場在台東平原的中央位置，中央山脈與海岸山脈高聳的山稜線雖在視線不遠，但那種被清除了樹叢與芒草的遼闊平坦，還是讓三人感受到不小的震撼。

機場跑道還有一大段正在整地夯實，一大群工作的人像一團螞蟻正在清理，鋪平，有的人挑著石礫，有的人推著耙子或者板子刮平路面，一輛車來來回回的壓在一群人夯打過的路面。這麼多人工作，除了石頭與器具碰撞，還有拍打路面與車輛輾壓的引擎聲，沒有多餘的交談聲。

德里看不清楚他的父親在哪個區塊，卻清楚的看見幾個荷槍的人，分站幾個位置監視著警戒著，還有幾個拿藤鞭的日本人穿梭其中。三個人開始感到害怕，怕警戒的士兵看見，怕被村裡的人發現，他們繞過拉竹材的人，躲過跑道工作的人的視線，走到了竹子堆積場，才知道，原來不只他們部落拉竹子，不同的工作集團中，還有許多其他部落或者不同民族的。

「咦，你們三個怎麼跑來了？達基斯你怎麼不聽話亂跑，我回去一定要跟你的伊娜講，說你跑到這邊來。」一個婦女喊了。

「你們三個別亂跑，等一下跟我們回去。」另一個婦女也加強語氣。

「好！」三個幾乎是同時說好，又一起往堆積場另一個方向奔跑逃離。

那裡有幾棵大樹形成的蔭涼空間，十幾個男人等著從堆積場拉來的，已經去了枝葉的竹竿，然後劈開竹子成片。另外十幾個人負責削薄加工，另外四五個人等著把削薄的竹片拉到另一處去。

「那裡有飛機。」達基斯順著拉竹片的人的方向，首先發現了飛機的形體。

「咦？他們在幹什麼，那不是飛機吧？」杜麥發覺不對勁，而德里已經自顧自的走了過去。

那裡停了八架飛機，還有三架飛機只有半個機體。仔細瞧，那些都不是真的飛機，而是以竹子編製成骨架的飛機，有輪子與竹製的螺旋槳之外，翅膀翼面敷黏著紙，刷上了漆面與紅色日丸。而三架未完成的飛機正由七、八個人一組，仔細的編製著。而離這稍遠的地方有幾個人，玩遊戲似的推著一架飛機，快速的推向已經完全可以起降的實用跑道。德里看呆了。

「這不是真的飛機啊，他們在幹什麼？」德里說。

「你看你，帶我們來這裡看這些竹子做的飛機，我們自己也可以做啊，還讓我們走這麼遠。」達基斯有些埋怨。

「就是啊，來這裡看人家做工，走路走得腳都痛了，說不定回去還是要被罵，真是笨蛋。」

「不是這樣啦，一定有真的飛機，你們又不是沒看過飛機在天上飛。我們今天一定要親眼看到真的飛機。」

「你很奇怪呢，那麼喜歡飛機，你想開飛機喔。」

「別講了啦，我們去看看。」德里說完便朝著往南方延伸的幾個建築物走去。他心裡也不是那麼確定自己為什麼非要看真的飛機。或許是老師說的話，讓他渴望親眼看看飛機。

德里撇過頭不再說話，逕自順著南北方向的兩列建築群走去，達基斯與杜麥又氣又不知道該如何的跟了上去。那裡有一些大小型制不同的木造建築，較小的雙併大房子，有著典型魚鱗似疊層木片的牆面，兩列六棟，除了四棟作為寢室，還有一棟是整個室內空間連通作為餐廳，一棟是休憩間。德里等三人是後來長大成人被徵召入伍，回憶這件事才理解那些建築物的可能功能，但當時他們並不清楚這些大建築物是幹什麼用的。因為從未見過看起來如此堅固的木造大屋子，當下還是令他們興奮與忐忑，一路戰戰兢兢的沿著建築物外牆往室內探視。

作為寢室的建築，屋牆邊有一整排的盥洗台，台上面釘製著木格間，每一格擺著臉盆。三人對此不陌生，學校一間被稱為員工室的小屋子，也有著水龍頭與盥洗架的設置，他們反而被室內堅硬木床上的，那些整齊的被褥器物所震懾。他們都聽過在這裡當兵的兄長們，吹噓他們的寢具是如何的溫暖與舒適，但睡慣了竹床與麻布當成被子的日常，他們連想像也不可得。

「將來我要當兵！」杜麥說。

「當兵？你那麼頑皮不聽話，人家才不要你呢。」達基斯說。

「喂，你們小聲一點，要是被人發現，我們會被打呢。」德里輕聲地阻止他們，因為他看到這些住宿建築物的南方，隔著馬路與樹籬、草地，有兩棟更大的建築物。前面靠近他們的建築物有人走動並說話著。杜麥兩人似乎沒聽見德里的提醒，兩個人雙雙盯著那建築物繼續說話。

「我們要不要過去啊？」杜麥說。

「我們要去，聞起來，那裡好像有東西吃，他們好像在煮東西，我餓了。」達基斯說。

「我也餓了。」德里脫口說。

三人跨越過兩人伸展雙臂寬度的道路，鑽過樹籬往那建築物接近。那裡果然是餐廳的廚房，好幾個廚師或勞役在淘米處理葉菜，有人正生著火，他們工作著交談著。

「希望有吃的。」達基斯嘸了嘸口水說。

「可是，有吃的，又能怎樣？」德里的話打醒兩人。這裡不是部落，別人不會看見他們而分出一些食物。加上學校老師不斷的教導學童，不能乞討甚至隨意收受別人的東西。至於「偷竊」這種事，三人根本是毫無概念的。

「應該……都一樣吧？」達基斯也猶豫了。

「走啦，去看看啦，應該……會有好東西吃吧。」杜麥說完，兩腳釘在草地上，眼睛瞥向德里。

「走吧，站在這裡也不是辦法。」說完，德里向前走去。

「喂，你們是哪裡來的小孩？怎麼跑到這裡？」一個男聲以日語喊了過來，嚇得三人停了腳步，傻愣的呆立著。

「咦？他們的長相不一樣，應該不是附近的小孩。」一個婦人沒停止手上的活，跟旁人說。

「你們過來！」剛剛說話的聲音凶惡的吼了過來。三人注意到他是個日本人，相互看了看之後不自覺的走了過去。

「你們這些小蕃人真是頑皮，不上學的時間，就應該在家裡好好的複習功課，這樣才能跟日本的小孩一樣聰明。要玩就留在家裡玩，這裡不是小孩子玩耍的地方，很危險的，你們跑到這裡小心警衛抓了你們。」那說話的男人，以日語發音，三個小孩不完全聽懂他的意思而半猜著他的意思，但聽得出來他沒有很憤怒，德里甚至注意到他眼神有一點的慈愛，像他的祖母那樣，只是虛張聲勢的假裝生氣。

「是的先生，我們知道了。」德里鞠著躬以日語恭敬的回答。「我們經常看到飛機在這裡附近飛翔，卻不曾來到這個地方，所以我們決定一起來探險，看看老師口中說的，那些擊落米國飛機的大日本軍機是什麼模樣。」

「喔——」那男子驚訝的拉長了聲音，「你這個小蕃童很不一樣啊，這麼小就這麼愛國，我看你再過幾年，長得夠大了就來當飛行員好了。」那男子看著德里，眼神有幾許讚賞，說完點點頭走進廚房。

「喂，小孩子，你們哪裡來的？」一個婦人撕開玉米包問著。

「我們喔，大巴六九社。」杜麥搶著回答，眼睛卻搜尋著那婦人整理的一些食材。

「大巴六九社？那是哪裡？」

「那裡！」杜麥遠遠指著一個方向說。

「你們趕快回去吧，不要被警衛看到，他們會打人的。」婦人說。

三人，鞠了躬趕緊朝著南邊走去，才沒走幾步路，剛剛說話的男人又叫住了他們：

「拿去，你們以後想來就來吧，你們學校老師教得好，日本需要你們這樣小孩。」那男人拿了些炸過的食物要他們拿去吃。

「謝謝！」三人接過食物，鞠躬，然後轉身向南邊跑去，也不管那男人在他們身後大聲的叫著，詢問他們為什麼跑向那裡。

他們跑過了另一棟建築物，又看見不遠處有幾個很大的棚子，棚子前有一條道路連接著棚子，那上面放了幾架飛機。德里一眼便看出那是竹子編製成的飛機，跟他們見過的竹飛機一樣。他忽然有個念頭，那裡一定有真的飛機。

三人正想跨過樹籬穿越橫亙的道路，卻看見一隊軍人揹著槍由東向西巡邏了過來，距離他們不到五十公尺，三人嚇得趕緊躲進樹叢裡，透過樹籬枝葉的細縫注意他們的舉動。

「你們看……」杜麥語氣驚慌的指著向他們方向走來的巡邏隊。

「噓，輕聲！」達基斯輕聲制止了杜麥，而德里正專注的注視著那些軍人。

那一隊軍人，像是巡邏也像是在做操練，因為那一隊人馬將近四十名，每個人揹著槍流著汗，其中除了有一兩個人張口呼氣，大都面無表情的走著。他們認出了一些部落的人，因而引發杜麥不自覺而脫口的驚呼。

他們認出了兩個人，一個是住在第二條街第二家的比山，另一個是杜麥家斜對面的李搭。其中李搭不算高的瘦削身材，以及習慣性搖晃的走路姿勢，在行軍的列子裡顯得特別。他一向很照顧杜麥，小時候他曾經是杜麥的「保母」。那是部落很特別的習慣，當孩子兩三歲時，家人就會找尋一個年紀稍大的小孩，白天的時間陪伴與照顧幼童。這些「保母」不一定有酬勞，有的時候是預約交換。意思是：我的小孩先去照顧你的，等我有更小的小孩，你再讓一個大孩子幫我照顧。這樣的「保母」，通常是以女生為主，很少會有男孩子擔任，李搭的例子很特別。有的「保母」是有一些象徵性的酬勞，也許是一袋小米、地瓜，酬量根據擔任「保母」所約定的期限，或實際執行的時間。有的人家比較富裕，甚至會以一頭雛牛作為一整年的酬勞，但，這是極少的例子。在過去還沒有強制上學的時期，多半的人家是願意讓五、六歲以上的孩子，特別是女孩子，受雇或者受邀去照顧別人家的幼童。除了前面說的勞務交換，也是想讓孩子有事做，學習照顧更小的小孩，同時約束這個年紀的小孩到處撒野，令人擔心安全也妨礙農務。但不論酬勞如何，每一個受雇當「保母」的小孩，都會擁有託付家庭所給予的「揹巾」，那是一條長長的布條，方便將幼童背在身上睡覺或較長距離的移動。這種習慣提供部落居民得到額外的幫手，也緊密了彼此的關係。

杜麥特別喜歡李搭這個哥哥，他很有耐心，他總會找到含蜜較多的花朵，優先讓杜麥吸取花蜜。後來到機場當兵，回家總會帶些特別的禮物給杜麥，一片餅乾或一小片乾燥的肉塊。杜麥知道他在當兵卻不知道他居然是在機場，杜麥幾乎想衝去向他打招呼，因為興奮與緊張，因而急促的呼吸聲引起德里注意，他拉了杜麥的褲頭提醒。

行軍隊伍的先頭已經快要接近，布鞋集體走在泥石路的雜沓聲和揚起的灰塵，掩壓了過來，三人一動也不敢動的趴在樹籬底下，同時又注視著隊伍，一瞬也不瞬。那些揹著槍，沉默無交談的移動隊伍，經過他們面前逐漸向西走去，輕微震動的地面，以及雜在喘息聲中的溫熱汗味，著實威嚇住了這三人。但，一幕更驚人的畫面更讓他們目瞪口呆。

他們注意到隊伍後方有一個身材較高、長相俊秀的軍人，揹著槍走在隊伍後方，右手正鬆起彈弓，而一隻飛越過隊伍前面上空的斑鳩忽然墜落在部隊前方。三人看不到斑鳩墜地的情形，但清楚看到那個軍人腰背上，已經掛了幾隻體積如斑鳩大小的不同種類的鳥。他忽然回頭，面對三人倒退行進，在行進過程中，從口袋取出一顆石子，搭上彈弓，朝德里三人上空鬆開彈弓射擊。一聲「噗」的悶聲在三人頭上響起，緊接著一隻斑鳩循著飛行方向摔落在三人隔著道路對面的草地上，淌著血掙扎著，而那軍人並沒有走回來撿拾，反而回頭跟上隊伍。

三人嚇呆了，久久回不了神。

他們認出他就是高魯，住在部落第一條街與第三個巷子口上方區塊。他的父親馬鐵路，曾經是部落第一的漢子。二十幾年前跟內本鹿的布農族關係緊張的時候，馬鐵路領導了巴拉冠的青年進行反擊，欺騙了利家派出所警察，又接著在「姆路姆路克」、「寒代」兩個地方圍殺了不少布農族人。這件事，一直是巴拉冠傳述的事，即使是德里這個年紀的小孩，都不免被期待著長大後要勇猛如馬鐵路。高魯本身，也是早年蕃童學校的名人，直至現在改成國民學校，當年他頑皮不上課經常逃學的事蹟，仍是老師教訓學童的教材。他最有名的事蹟，就是：有一天他逃出教室閒晃，結果被老師派出的四個高年級的男生埋伏，抓回了學校，老師交代要將他的頭塞進水池泡水教訓他，但四個人的力氣沒他大，四個人決定一齊喊數，數到三的時候，同時用力將他的頭壓入水面。結果數到三的時候，高魯自己猛抬頭，順勢將四個高年級的男生拖落入水池。

4

「哈哈，這個高魯阿瑪（註：父執輩的稱謂）還真是頑皮。」杜麥放下筷子嚼著一塊豆乾說。

「以為你們要講飛機轟炸的事，你們怎麼講到這裡了。」杜麥的太太說。

「哎呀，忍不住啊，當年去機場的時候，我們很怕被發現，怕高魯修理我們。」

「高魯會罵人嗎？」莎姑問。

「罵人？妳又不是聾子，從他們現在的家到我們家的距離，幾乎就是部落的兩頭，這麼多年來，他喝了酒發脾氣吼起來罵人，哪一次不是清清楚楚的傳到妳耳裡，妳不是常說，他跟妳父親麻迓是一個脾氣嗎？怎麼？妳記不得這事啦？」德里說著，放下筷子，端了湯喝，接著說：「當時他會不會罵人我是不知道，但部落的小孩子沒有誰不怕他啊。」德里放下湯碗。

「這個高魯，確實是凶悍得像他父親馬鐵路，我記得以前馬鐵路還在的時候，他常在家沒來由的呼喊吼叫。我們在巴拉冠的年輕人，都得在第一時間全衝到他家待命，他至少一個禮拜一次這樣吼叫。」杜麥也喝了口湯，繼續說：「他們父子脾氣確實凶悍，特別是高魯，他過往的傳說與事蹟，以及我親自跟著他上山那麼多次，我可以證實。但我沒聽過他們在外面與人爭吵過。」

「他的彈弓厲害啊。」德里回想當時的狀況也忍不住點點頭。

「是啊，飛著的鳥，只要他喜歡的，七八成都打得下來。太不可思議了。」杜麥搖搖頭又說：「你們應該聽過了吧，轟炸過後的日子，他們單位的軍官，還直接讓他配槍上山打獵，讓單位有肉可以吃，不用守在機場跟著其他的人出操。」

「我記得，有一次，他打了兩隻鹿，還動員了巴拉冠的萬沙浪（註：部落未婚青年）前往幫忙揹負。一隻留在部落讓我們大家分著吃，一隻直接抬回機場。那時杜麥你和達基斯不也在場看他們處理那隻鹿角已經長成三叉的大雄鹿。」

「是啊，真是久遠的事啊。」杜麥說。

「後來呢？」杜麥的太太問。

「後來？什麼後來？」

「你們在機場的事啊？」

「後來……」

5

「我們要不要把鳥撿起來帶回去？」杜麥試著問，口氣有些因為緊張而顫抖。

「他好像知道我們躲在這裡，故意打給我們的。」德里說。

「那不是完蛋了？他會不會告訴我們家人，我們跑來這裡？」達基斯顯得有些驚慌，瞪著演說。

「笨蛋，這個還要等他去說啊？我們跟著拉竹子的長輩來，他們早就準備修理我們了，你忘了剛剛他們怎麼說的嗎？現在，說不定已經在找我們了。」德里沒好氣的說，「走了吧，我們繼續往那邊去，順便把鳥撿起來帶回去。」

「我們還要去喔？萬一被抓到怎麼辦？」杜麥問。

「我們又不是去偷東西，我們只是看一看走一走，誰會抓我們啊？走啦。」德里要看完全程的意志堅定，目光朝著機場南端那些搭建的棚子，他相信那棚子裡一定擺著真的飛機。其他兩人也趕緊跟著德里，只希望能早點回去，德里別再亂出點子想其他的事。

這其實是一個簡易的機場，主要的建築還是集中在跑道的南端西面。除了一條已經接近完工的主跑道，就只在靠近南端的位置有幾條短滑行道連接到機棚。現在被徵調的勞役，除了繼續完成跑道北邊的路段，也開始在跑道西面構築飛機引道和一般的道路。

德里三人已經接近機棚。他們注意到南面有一個警戒崗哨塔。機棚是東西方向開棚的，東面靠近跑道的位置有竹製的飛機成品，西面有幾間較小的建築，有些油桶與機械裝置。三個人便利用這些建築的死角，躲避警戒哨而接近並進入機棚。

那裡果然有飛機。德里簡直不敢相信自己所看到的，感覺身體微微的顫抖不聽使喚，幾乎失聲尖叫。

那是一款キ-43式的戰鬥機，灰綠的機身漆上了一個大紅丸，機頭前方螺旋槳的其中一葉驕傲的朝上擺置，兩挺機槍森冷的專注朝前，機身看不出有任何的灰塵，連起落架上的輪胎邊也看不到泥垢。德里忍不住的伸手想觸摸，眼角卻瞥見一個軍人的身影從另一個機棚走進來，似乎正伸手抽起警棍。德里警覺的大喊敬禮，杜麥、達基斯兩人不明所以，很本能的跟著德里行舉手軍禮，等反應過來自己正舉著手的蠢樣，機棚內響起了粗野的聲音：

「哪裡來的野孩子跑到這裡來，這是你們玩耍的地方嗎？」

三人呆了，德里心裡有數，遲遲不放下手來，杜麥與達基斯也因為恐懼而忘了下一步該幹什麼，舉著手呆立著，看起來就像三個雕像正在向一架戰鬥機行軍禮。看在警衛眼裡，也沒了火氣。

「看起來，你們很愛國啊，這樣是對的，皇家的飛機在南太平洋上擊落了無數的米國飛機，作為天皇的子民，我們都要這樣效忠的。看不出來，你們幾個蕃人小孩，這麼有覺悟與志氣啊。」警衛不停的點點頭說著，「你們將來一定要參加志願軍，開著飛機去征服米國。」

「是！」三人齊聲應話，順便放下手。

「大人，我們也該回去了。」德里說完，三人鞠了躬立刻轉身跑開。

三人連奔帶跑的回了家，沿路既興奮又害怕的一直說個不停，就在部落下方的岔路口，他們追上了拉竹子的一群部落人，而那些辛苦的修築跑道的族人，還在機場勞動著。

從此，談論飛機變成他們日常重要的話題，而時不時要撇頭朝東方的大平原瞻望，期待看到飛機飛上天空，在台東平原與海域之間游移盤旋著。從那時起，德里率領三人勇闖機場的事，變成小孩子們之間傳頌的英雄事蹟。每天都會有一群小孩圍繞著德里三人跟前跟後的，他們深信德里三人一定還會進行匪夷所思的冒險活動，他們不希望錯過任何一場冒險。小孩子們深信德里三人，要不了幾年，他們一定會報考航空志願隊去開飛機，如果那樣，他們跟著德里三個人一起混，自然也就擁有了與英雄人物共同的成長經驗。就像他們的長輩經常吹噓當年他們是如何與馬鐵路廝混，而最後馬鐵路帶領他們在大巴六九山區，狙殺那些想要馘取人頭的布農族人，他們也都跟著變成英雄人物，變成被討論的對象了。雖然英雄還是要日復一日的下田工作養家過日子，甚至後來被日本人壓榨，強迫充當勞役，以致沒有多餘的時間種糧、採集、狩獵為家人謀個溫飽，大家敢怒不敢言。但小孩誰懂？那些總是計畫著逃學，鎮日圍聚、遊蕩、玩耍、作白日夢的幾個男孩誰懂？

飛機終於成群的出現在台東上空。那是年底的事了。

上午過了上課的時間，部落的就學年齡的小孩都去了隔壁利家部落的蕃人公學校上學。第一堂課休息的時間，杜麥與達基斯正在密謀著要逃學出去玩耍，他們決定找德里一起實踐。他們的行動，被一些早就偷偷留心他們的同學看在眼裡，也想跟著進行，便簇擁著他倆一起找德里。但找遍教室以及教室後方那一塊他們常窩居的茅草叢，就是不見德里的人影。

「德里不會自己又跑去機場了吧？」達基斯皺起眉輕聲的說，眼睛掃過周圍跟著的一堆男同學。

「有可能，最近機場上空常常一直有飛機起降，比過去多得太多。聽大人說可能有什麼大事要發生了。」杜麥說。

「他怎麼那麼著迷飛機？他一定想當飛機的駕駛。」一個男生說。

「再找不到他，就要上課了，他不出現，我們一定又要挨揍了。」杜麥說。他說的是他們那個凶惡的老師，憤怒於他們之中有人經常不來上課，或者上一半逃學，於是採取連坐處罰，一個人不來，不但要他們相互掌摑一次，每個人還要挨一下老師的藤鞭。

「如果那樣，我們乾脆統統跑掉好了，明天再一起算帳，免得挨打兩次。」

「不行，你們不可以那樣，會害我的。」一個個子小的人哀傷的說。

「德里不回來，你還不是要挨揍，現在被打，明天還要被打，乾脆留到明天一起挨打好了。」杜麥忽然毫不在乎的說。

「他在那裡！」一個人指著校門口靠東面的茄冬樹上的杈椏。只見德里專注的望著平原南端太平洋的方向，搔著頭不語。

「德里，你在那裡幹什麼，要上課了。」達基斯大聲的叫著。

「有怪事啊。」德里頭也不回的喊著說話。

德里說的怪事是剛才他去解個手，耳朵一直響起嗡嗡的悶雷聲，那是似乎是許多飛機發動機同時運作的聲音，低鳴、連續、沉悶。他想起他們去過的機場沒有多少架的飛機，而且每天不會有太多的飛機起飛，他懷疑是不是機場引進更多的飛機。他爬上門口的大樹想仔細的看看，卻發覺那個聲音似乎是遠在更南邊的海上傳來的。

「下來，要上課了，你不要害我們被打。」一群小孩叫嚷著，而杜麥與達基斯卻已經擠到樹下，搶著要先爬上樹。

德里沒理會他們兩人，因為他正注意到，東南邊海域的地平線海天接壤處，似乎有些異常，有一些小黑點規則的移動著，那聲音似乎就是從那個方向發出的，像是一群鳥的飛行物成群的飛來，數目不詳。但各個小點逐漸增大，向陸地飛來。

「飛機！」他脫口而出，而防空警報聲霎時遠遠的從台東的方向傳響而來，緊接著幾個方向的警報聲也響鳴著，整個平原連結著嗚嗚聲，氣氛變得緊張，他急著爬下樹來。位在派出所的警報器卻忽然響了起來。整個利家村開始躁動，學校所有學生也慌了，幾個老師高聲喝著找學生，有些學生嚇哭了。

「這裡集合！」他們的老師叫吼著，德里三個人趕緊歸隊，隨著老師的指揮沿學校前面那一整排的刺竹叢，向利家部落南方位於山腳下的防空洞移動。

空襲聲持續的響著，所有人幾乎被這個情形驚嚇著，沒有人知道會發生什麼事。居民主動跑到平時自己挖掘的防空壕蹲坐著惶惶不知所以。在老師的引導催促下，學生分成幾路安靜卻驚惶的快走著。

德里透過沿路的枝葉縫隙向東望去。台東平原西高東低，部落居高臨下，德里毫不費力的清楚看著那些黑點逐漸變大長了翅膀，約莫二十幾架接近了陸地。德里既興奮又害怕的，他並不知道他正在見證二次大戰期間，美軍反攻日本的B-29轟炸機隊，轟炸完岡山後，一九四四年十月十四日的今天，也來到了台灣東部，一部分的飛機在東海岸與日本機隊空戰，一方面轟炸台東。德里終其一生並不清楚這整件事的背景與整個歷史，但看見飛機的身影愈加清晰，他忍不住心中的雀躍。

「飛機啊，飛機飛來了。」他興奮又緊張的脫口說著。

「馬鹿野郎！」老師忽然粗魯的喝斥，「叫你們安靜的快走，你怎麼不聽話。」他揚起藤條正要抽向德里，機場方向閃起了幾個火團，爆炸聲遠遠傳來還是嚇哭了一些女生，那些爆炸捲起的煙團捲上了天。

「他們在炸機場，那些飛機在轟炸機場。那是誰的飛機？」德里幾乎忘了老師的斥喝。但隨即又忍不住的催促著其他人快走，因為他們都看到了飛機在那些爆炸的煙塵的背景，轉了向，飛向南方又折往北方，有的飛機繼續丟下炸彈，有的飛機似乎是以機槍、機砲進行掃射。沒有人知道他們在幹什麼、為什麼。所有人深怕那些飛機轉向西邊，飛向自己。

老師催促的聲音甚至還出現了一些顫抖。所有學童都進了防空洞，德里進入前，看見有另一批飛機正從海上往平原北邊移去。德里在很多年後，才知道那是一座更大更多飛機的機場，而前來轟炸的，是從菲律賓開來的美國航空母艦上的機載飛機。此刻他內心糅雜著興奮與恐懼，與其他人一樣窩在防空洞，臉色蒼白，想像著機場上空飛機空戰的種種想像，又莫名的害怕這一切，會因為這突如其來的空襲而化為烏有。

空襲後的第二天不上學，德里決定在部落隨意晃蕩，想聽一聽部落的大人談論昨天的事，他期待聽到有人看到飛機空中戰鬥的情形。昨天在防空洞裡，他已經想像了一場又一場的飛機空戰情形，想像著平原上空一對又一對的飛機捉對廝殺。他想像著三個人舉手行軍禮的那一架，一定有升空與那一群從海上來的飛機在空中對戰，而將他們全部擊落，逼得後來海上又來了一隊飛機來支援。

一定是這樣的。德里堅定地認為著，他甚至與達基斯、杜麥兩人爭辯了好久。

德里的問題並沒有得到更多的答案與證實，但一群飛機忽然從海上來，出現在台東上空，然後接連發生爆炸塵煙與巨大火球上竄的事情，還是成了所有人的話題。到了傍晚以後這個議論更是熱鬧與清楚，一直到了第二天還持續著。但實情應該是怎樣，為什麼會有飛機來轟炸，則沒有多少人可以說出個所以然，至少在上午大家開始下田以前，是沒有人知道究竟為什麼會有這事發生的。因為機場勞役早就停止了，除了在機場當兵的以外，機場已經沒有部落人工作需要每天來回。

昨天警報響起，大家躲進自家的防空壕，趁著地勢之利遠遠觀看飛機盤旋飛繞，而爆炸聲音與火光四起，其實也沒人可以說得清楚究竟發生了什麼事。但村民們倒也提出一致的結論就是：如果這些飛機飛臨部落上空，只消一架飛機就能將部落全部摧毀，另外，這警報聲太刺耳，讓人耳朵、心臟受不了。

約九點多，防空警報又響起了，這一回大家顯得不那麼慌亂，機敏的各自四下找尋躲藏之處。留在家裡的人很自然的躲進自家挖掘的防空壕，在部落外圍的旱田裡的，多半的人只是抬頭觀望，像一隻隻的野兔或田鼠，張望著天空以判斷老鷹的位置、高度與方向那般，大家很自然地望向東邊海面上的天空，找尋飛機的蹤影。警報聲的摧心裂膽，還是讓婦女們心驚而先找尋遮蔽的樹下躲著，膽子大的男人各自找尋有遮蔽又無視線障礙的位置。

只見台東平原上空又來了昨天一樣的機群，抵達陸地上空之後，分裂成兩個小群，較大的一群稍稍向北移動，較小的一群則開始攻擊台東糖廠以及一些設施。被轟炸的濃煙高高的竄起，遠在十公里外的大巴六九部落都能清楚的看到，甚至還有人有被濃煙燻著、嗆到的錯覺。稍遠的鯉魚山方向有幾架飛機盤旋，接著那附近漫起了濃煙。

自昨天起，前來轟炸的美軍的飛機，前兩波的攻擊主要是日本在台東的軍事、工業設施與官衙。於是機場、營區、工廠、火車站、台東廳官衙與市區日本人群聚地的商店街等，成了主要目標，用彈量也比較大，即使遠在十公里外平原周邊的部落，也能感受到那種炸裂的恐懼。後來幾波的攻擊，變成零星飛機的掃蕩，飛機盤旋上空然後追逐掃射火車或地面目標的畫面就顯得有趣。部落人總是指指點點的，說那飛機應該怎樣，應該高一點或者這樣繞動。但是飛機擴大巡邏範圍時，會向市區周邊巡繞，因為台東平原區域小，飛機往往就飛臨山腳下幾個部落的外圍時，便會引起部落人更大的恐懼。

儘管恐懼，部落人還是發現了有趣的事。

有一回，日軍在美農高台與利家山所設置的幾個高射炮防空砲台，第一時間沒有被美軍摧毀，當飛機臨空時，高射砲的防空射擊空報的煙霧，在空中朵朵綻開，眾人，尤其是男人便議論著早年帶著槍上山打飛鼠的情形，或者候鳥遷徙的春秋兩季，一群人各自占據著一棵樹，等待一群一群的鳥著樹，便各自開槍。這個情形真是歡樂啊，彷彿眾人觀看的是一幕電影畫面，而不是真實在眼前發生的戰爭殺戮隨時會有人喪命。眾男人開心的叫好，但一個上了年紀的婦女卻憂心，萬一砲彈沒擊中，落下來怎麼辦？

「打中了！」一個男人忽然擊掌又指著卑南地區上空大叫。

只見，一架著火冒濃煙的飛機，正斜著角度往地面摔，眾人都叫了起來。不一會兒五架飛機分別朝那附近飛去，似乎想要找到那台射擊的高射砲報仇。

6

杜麥說得口沫橫飛，眉飛色舞的十分亢奮，而已經放下碗筷重新坐回病床的德里，精神也很好，只不過臉上有著倦容，眼睛瞇了，而臉頰稍微垮了下來，他一直聽著杜麥說話，幾個細節他還主動的補充，長長短短的，停停又叨叨的，他說了不少的話。看在莎姑眼裡，既心疼又覺得應該讓他多說話。

「就在我們看得高興的時候，部落巴拉冠的警鐘忽然響了起來。」杜麥已經放下筷子說，「按理說，那是部落萬沙浪的事，他們必須第一時間趕去看看發生什麼事，但是德里覺得應該有特別的事，硬拉著我跟達基斯一起往巴拉冠去。」

德里沒接話，點了頭笑了笑。莎姑聽德里提過，他好奇杜麥會怎麼說。

「你還要講啊，你不讓德里休息啊？」杜麥的太太說。

「哈哈，沒關係的，剛吃完飯的，時間也還早，不急的。」莎姑說著，又跟杜麥太太一起把醫療矮櫃上的食物、杯碗器皿都收拾了。

「我們才剛到轉往巴拉冠的路口，就看到巴拉冠的萬沙浪已經衝往撒力然（註：地名，位在部落西邊出入口）的方向。我們跟了去，才知道原來是阿鄔伊娜他們家被砲彈擊中了。他們一家五口住的小小茅草屋，沒有等到萬沙浪取來的第一桶水救火，就全部燒光光了。」杜麥抹了抹嘴巴，繼續說：「萬沙浪的動作已經非常的快了，但是，還是來不及，一下子就燒光了。後來才知道那是高台的高射砲沒有打中飛機，那砲彈便一直飛了過來，直接落到阿鄔伊娜的家。」

「事情是這樣的。」德里怕杜麥沒說清楚，他接了話說：「我們說的高台砲台，實際是那個山脊線向平原延伸出去的凸出部，那裡的砲台就在現在卑南國中旁邊那座山丘頂南側。美國的飛機來的時候，高射砲是朝著東邊射擊的，所以有一架飛機追著火車頭在上空射擊，不巧被高射砲火擊中。後來的飛機，可能發現這山頭有砲火，所以想繞道後面來，也就是從賓朗村的方向攻擊。可能被高射砲塔發現，掉過頭來打飛機，但是沒打下來，其中一發砲彈落到阿鄔伊娜的家。」

莎姑看著德里與杜麥接著說這些事，她忽然沒有興趣再聽下去了。他們說的那些細瑣的往事，這麼多年裡，她聽過無數回，這些男人總是興奮的說著，但，對莎姑而言，總像是外人說著自己的事，總有一層隔閡。因為當年，那些被稱為米國的飛機，是在她頭頂上轟炸的，是在她眼前炸傷了一群人的。此刻她不想多說，德里累了，他該休息了。

「我想，我們也待得太久了，該讓德里休息了。」杜麥的太太也覺得該結束探視，她提議著。

「哎呀，說起往事，三天三夜是說不完的，我們也該走了，再晚，車子也不好坐了。德里，你就好好休息，等你出院，再好好的聊吧。」杜麥有些意猶未盡，但也知道自己說了太多話，待了太長時間，他覺得對莎姑不好意思。

才傍晚六點多，天色甚至也還沒完全暗下來。杜麥夫婦離開，德里只簡單漱個口便躺下，立刻睡著了。

莎姑替德里拉上了被，目光又望向窗外，室外已經看不見有病患，原本刷向外牆的樹影，都已經融進灰黑的夜色，燈火都亮了，醫院、街道甚至更遠的地方，連傍晚那些飛機橫飛過的上空，都呈現一點淡淡藍黑的光影，布幔一般的攤展著，幾顆星子，開始搶位置。

這種事，可以這麼歡樂的說著？那是流血，是性命啊。莎姑回想起自己的經歷，她輕搖了頭，心頭揪了一下。

7

莎姑似乎已經忘了怎麼開懷大笑，至少她的老師是這麼認為的。放學出校門以前的路隊上，莎姑安靜的站著，目光遠遠的望著校門外，一動也不動，完全不理會周邊那些已經按捺不住想衝回家的同學。她的老師早就注意這一點，他走了過去，輕拉了莎姑到一旁。

「莎姑啊，妳是不是把許多石頭放在心上啊？」

「啊？是先生，先生好。你說什麼石頭呢？先生。我不知道啊，石頭怎麼能放在心上呢？那不是重死了？」

「呵呵，如果妳不是把石頭放進心裡，妳怎麼會看起來這麼的不開心？我已經很久沒看到妳好好地笑了。」

「喔，先生，是這樣的啊？我不懂呢。」

「是吧，像妳這麼可愛的女生，不經常的展開笑容是一件很可惜的事。這樣吧，當妳想起什麼讓妳像是被石頭重重壓著的事情的時候，妳可以唱歌，就像很久以前。」

「很久以前？我很久沒唱歌給老師聽了嗎？真是失禮啊。」莎姑想起自己確實很久沒有唱歌，一陣泫然，心頭卻忽然輕鬆了許多。

「妳想起什麼就唱歌，想不起什麼的時候就唱歌，妳是愛唱歌的女生，也很會唱歌，很多時候是妳自己忘了，讓自己看起來不快樂了，知道嗎？妳該回去了，開心的回去吧？」

「我知道了，謝謝老師。」莎姑鞠了個躬，趕緊跟上前面的同學。

莎姑不明白，不明白那樣的情緒究竟是怎麼回事，過去的時間她常想起她的日本父親松本，她總是陷在一段段的回憶中而鎮日不語，那樣的思念並沒有因為過世愈久而愈加淡忘。不上學在家的時間，她的母親夏絲幾乎視她為瘟疫，除了差遣勞役，她根本不想和莎姑多說話。儘管如此，莎姑上學放學、煮飯燒菜做家事的日常，一樣也沒少過，而且隨著莎姑年齡大了一兩歲，所謂的家事已經涵蓋了像夏絲這樣的家庭主婦所有的家務事。松本過世後的撫恤金與每月的配糧，加上遺留的積蓄，母女兩人生活還過得去。夏絲不需要特別找一份工作，除了偶爾取悅她的日本男人，以及經常的串門與其他婦女嚼舌，她幾乎沒別的事可做。

想起他的母親夏絲，莎姑神情緊繃了一下，趕緊加快腳步回家準備生火煮飯，途經她與其他小孩經常玩耍的防空洞，她撇頭多看了一眼。又想起夏絲常常說起的，對於防空洞的種種想像的驚恐表情，又覺得不解與好笑。

這是一九四四年的十月。關於去年美軍在新竹的大轟炸的消息，在日本人與相關家屬之間已經是流傳開來的，絕大多數的尋常人家所不知道的「祕密」。因此台東廳早就調度軍隊在學校與眷舍住家附近，分別修築足夠分別容納眷屬與學童的防空洞與防空壕，也讓居民演練了好幾次如何疏散與盡快躲進分配的位置。這個防空洞位在莎姑與母親夏絲所在的住家旁，那是一座可容納五十人左右的大型的防空洞。如果說，夏絲與莎姑母女近日還有什麼可交談的事，大致就是這個防空洞或者防空壕的話題。夏絲似乎被美軍轟炸新竹的傳言嚇著了，她不斷的跟莎姑提及部落早年，關於清國人從海上砲擊鄰近的利家部落，以致後來房舍焚毀，很多人因而喪命的故事。夏絲想像不出飛機臨空炸射的景象，但從孩提時代便恐懼害怕被空中而來的、看不見的東西奪去生命，而飛機臨空炸射對夏絲來說就是一件莫名的東西，一件可怕的東西。

「那些東西不知道會從什麼地方出現，然後忽然出現在上空後爆炸，妳就會斷手斷腳，流很多血死掉。妳最好小心一點，妳死了，我不會掉一滴眼淚的。」夏絲總是在短暫的交談結束後，這樣說。

莎姑對這個可沒什麼概念，附近防空工事早已經設置完畢，而周圍都長了些雜草，成了她與其他小孩子嬉戲的地方，學校的老師根本也沒有人會提起空襲這件事。儘管夏絲的話語總是讓她感到很不舒服，但夏絲願意跟她說話，還是令莎姑覺得心裡踏實，畢竟夏絲是她唯一的親人，儘管凶惡，卻也是日常相依為命的人。

想到這個，莎姑更加想念起松本，那個疼愛憐惜她的日本養父。心想，如果父親還在，她根本不需要擔心這些事，因為松本會盡一切的可能保護她，不讓她受到驚嚇。

莎姑進了院子推開了家門。屋子裡沒人，她換了衣服，走進廚房準備生火，夏絲正好從院子走了進來，將手上的兩把青綠的野菜往桌上一扔，瞧了莎姑一眼，又走出院子。莎姑忽然感到傷感，淚水奪眶而出。

飛機臨空轟炸的第一天，著實嚇壞了所有人。不僅學童在防空洞裡失聲嚎啕大哭，學校老師也不知所措。在幾個軍人的導引下，才將所有學童都趕進防空洞，幾名老師之中甚至有人失神失語與暗自掉淚。莎姑看在眼裡，忽然沒什麼感覺了，心想母親夏絲這個時候會去什麼地方。

當天晚上，夏絲一反常態的抓著莎姑，不停的講述飛機一波波轟隆隆的聲音，從頭頂飛過一直沒有斷過，夏絲煞有介事的說了那些飛機，到了幾個地方轟炸，把那裡都炸平了，很多屋子都燒毀了，許多來不急躲避的人也都被炸死了。莎姑只是聽著，她不清楚夏絲的訊息打哪兒來，因為那個時間所有人都應該在防空洞裡，但她同意，那些飛機轟隆隆的橫空飛過，加上防空警報器的尖聲響鳴，確實令她心驚膽跳。

第二天學校不上課，一大清早居民雖然有議論著昨日的空襲，卻似乎都認為空襲已經遠去，不會有警報的可能，依照日常吃過飯出門。夏絲吃過飯就出門找附近她熟悉的婦女家裡串門。莎姑樂得一個人在家悠閒，心想夏絲應該去說著昨天空襲的狀況。又不覺得這種事有什麼好一說再說的。更何況，那些聲音確實讓人害怕，但也沒有人真正看到那些飛機炸了什麼？誰又受傷了？可是，不到一個小時的時間，空襲警報聲又忽然開始尖嘯的鳴響著。莎姑嚇壞了，第一時間衝出屋子想到住家西邊的防空洞，又怕夏絲回來找不到她，她又跑進屋子，靠著牆哆嗦著不知道該怎麼辦。

飛機聲轟隆隆由遠接近，幾乎飛到了頭頂上，掩蓋住了一直不停響著的警報聲，正覺得被聲音壓得喘不過氣，一聲巨大的爆炸聲炸裂，一些爆裂物衝擊著西面牆，莎姑受驚嚇哭出了聲，本能的衝出屋子，往學校的方向跑去，她感到耳朵疼得產生了巨大的鳴叫聲，幾乎聽不到其他的聲音，又隱約聽到幾次的爆炸聲從其他方向傳來。莎姑驚慌的沿著小水溝往學校的方向跑著，她分辨不出是自己的耳鳴聲，還是飛機嗡嗡不停的引擎轟鳴聲整個罩頂，她不自覺地抬頭朝左上方的天空望去，發現幾架飛機展著翅膀像巨大的鳥一樣的飛來，她呆住了。

她知道麻雀以及隨處可見的斑鳩，也見過春天秋天忽然出現的一批批她叫不出名字的大型候鳥，但不記得自己見過這樣的大鳥，她甚至也沒見過在部落的父母曾經說過的，那些比雞鴨體型還大的雉雞真實飛翔的體態。媽媽說雄雉雞飛起來，就是一團色彩斑斕姿態優雅的飛行狀態，當那些色彩與俊美橫飛過眼前空域的時候，尤其讓人感到賞心與幸福。莎姑不懂她的生母說的賞心與幸福，但清楚的記得母親表情的溫煦與甜蜜，那是瞇著眼、微笑著半仰頭朝某一個方向望去，沒有目標卻像是清楚的朝著某個什麼人的樣子。以前只是覺得母親的樣子好笑，現在想起來卻怎麼也無法理解那是什麼樣的感覺。因為現在，莎姑的頭頂上空，正襲來了巨大的、伴隨著巨大轟鳴聲的龐大飛行器，而她也正半仰著頭看著那些飛機飛來。不同於她母親半瞇著眼的沉醉，她卻是瞠著眼，心跳極快，迫得她幾乎難以喘息，整個人陷入一股恐懼與癱軟感覺。強烈的不安與不祥的感覺中，她看見飛機肚子下掉出了幾個東西，那些東西正順著飛機的方向，往莎姑站立著的位置朝下滑落，感覺要砸向莎姑頭上。莎姑驚醒了過來大叫一聲，拔腿朝南往學校方向狂奔。

莎姑聽見一個大人的吼叫聲：「妳這個小孩怎麼在路上亂跑啊！」

她只覺得雙腳忽然離地，整個人騰空向後移動，還來不及辨識迎面抱起她的軍人的面貌，她與軍人已經雙雙摔進小水溝，整個人伏浸在水裡了，而一聲或兩聲的巨大爆炸聲，在他們西面不遠處，整個地動水搖的，一些塵土石礫飛濺而來，砸向莎姑的位置。莎姑只覺得耳膜疼痛，一片砂土噴向她的身上，讓她有股跑步摔向地面的疼痛，她努力喘過氣來，想哭卻不敢發出哭聲。除了剛剛的爆炸，稍遠的地方也響起了好幾起巨大的爆炸聲，接連著。

好長的一段時間，飛機聲音沒了，一些人聲雜遝，四處流動。軍人把她拖出水溝，放回路邊，要她不要亂跑，儘快回家找到自己的家長。莎姑聽不到那軍人說什麼，還是禮貌的鞠躬道了謝。才直起身子，又覺一陣癱軟的跌坐，她忍不住掉了淚。隱隱約約的哭泣聲忽然傳來，她趕緊捂住自己的嘴巴，發覺不是自己在哭，她慌忙的四處張望想確認那個聲音。疼痛的耳膜除了巨大的耳鳴聲，的確有不少的哭聲雜在一起，從剛剛的爆炸聲傳來。莎姑想起她的母親夏絲，她立刻回過神，站了起來尋著那些哭聲走去。

剛剛的炸彈落在防空洞口前，右側被炸出了一個大洞，現在正聚著一群人拉出了距離，圍觀幾輛排列著的車，一些軍人以及醫院男人，慌張的正想辦法把傷患抬上車送醫。那些傷患裡，有些已經沒有動靜覆蓋著布匹，有些被削去手臂，還有幾個滿臉血漬痛苦哀嚎。莎姑勇敢的直視沒有撇過頭，她憂心甚至害怕夏絲就在這些傷患之中，她仔細的端詳找尋，又走到已經炸塌了洞口的防空洞去。那裡面還有一些傷患在哀嚎，幾個人正幫忙止血包紮，甚至扶傷患出來。

「人呢？」莎姑沒有發現夏絲，忽然掉下淚來脫口自問。

剛才的空襲，顯然是針對在防空洞前方，幾個看似工廠的大型建築物，而緊鄰建築物的防空洞前，落下一顆偏離的炸彈。幸好不是掉落正洞口，否則傷害可能不只如此。長排建築物隔著小水溝的莎姑家牆壁，也被波及受了爆裂飛濺的石礫與碎磚。

「卡桑呢？」莎姑輕聲的自問，淚水又加大。

她想起夏絲常去閒聊的幾個阿姨家，心想也許他們躲到附近的防空洞也說不定。她輕跑著離開。

莎姑是在路上被鄰居攔截下來告知夏絲現在在醫院，要莎姑趕快趕過去。這訊息讓莎姑感到強烈的不安與害怕，無法思考的一路跑到醫院。她在一群傷患中看到夏絲，而夏絲看到莎姑，忽然大聲的哭了起來，嚇得莎姑呆立著不知所措，這是她第一次看到、聽到夏絲哭泣，而且她是在看到莎姑出現的剎那崩潰哭泣。

醫院到處是傷患，呻吟聲、血腥味充斥著。夏絲頭部受傷，而她的朋友被削去了右肩，被緊急包紮過，也不知是生是死，莎姑只是怔怔的看著，完全沒了意識。

空襲在幾天內又斷斷續續來了幾次，莎姑見到了一架飛機被擊落，也看到駕駛著飛機來轟炸他們被擊落的飛行員。她不再感到恐懼，但受傷又遭到極度驚嚇的夏絲，已經不願繼續住在他們原先的屋子。夏絲總覺得飛機還會繼續再來，特別是日本兩座飛機場逐漸恢復運作，而飛機不斷起降之後，那飛機引擎轟隆聲一傳來，夏絲經常會尖聲驚叫著躲進屋子，並不停的咒罵。

自松本過世後一直與夏絲往來的日本男人，提議乾脆一起搬去關山，省得再一次空襲大家要喪命了。夏絲史無前例的徵詢莎姑的意見，讓莎姑嚇了一跳。她既無主意，也不知道能發表什麼意見。但夏絲的徵詢，讓她在當晚睡著前想起時居然掉了淚，她撇過頭看了一床另一邊的夏絲，卻見著夏絲正注視著她，忽然開口迸出聲來：

「還不睡覺，想要偷偷溜出去玩耍嗎？」

莎姑迷惑了，她知道自己並沒有真正了解這個收養她的媽媽，她的姑媽夏絲。

過沒幾天，夏絲的日本男人，帶著他自己的女兒，與夏絲領著莎姑一起遷往關山，四個人的行李無多，捱著火車座位，往北慢行。

回家

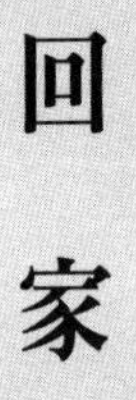

1

德里已經進入熟睡狀態，才晚上七點多，鼾聲已經平穩得像是一個定時裝置被啟動，規律又持續「蛤～呵～」的響著，一點也不張揚刺耳，卻清晰叩著旁人耳蝸，形成顱內回震共鳴，整個聲音放大了。莎姑被中斷了剛剛一段時間的思緒，她撇頭看了一眼護理床上的德里，忍不住笑了。

德里仰著頭，微張著嘴，除了胸口因呼吸上下起伏，他一動也不動的像是昏迷了過去。莎姑知道這是德里疲累時睡覺的姿態。想起他剛剛又說了這麼多話，莎姑心裡又有著強烈的不安。德里是個多話且爽朗的人，在過去身強體壯的時候，要見他這樣子，通常是他上山採集，或者參與狩獵，追逐獵物幾天而回的情形。想起這個，莎姑腦海裡想起了早些年，在大巴六九溪出山口的發電廠等候德里的情形，那種不知道德里是否平安？何時回來？會有什麼收穫的種種不確定與不安情形。尤其是山林樹梢線上的雲霧開始下沉，遮蔽住夕陽落山後的餘暉，視界景象逐漸黯淡灰白。在被夜色完全吞噬前，山谷裡淙淙嘩啦的水流聲，隨著河床向外開闊流逝，原先的亢奮沉落成低鳴；而群鳥開始啁啾群飛或據樹群聚，以至於暮蟬開始糾結鳴叫，這裡一片那裡一團的競鳴，最後逐漸衰落消蝕慢慢靜下來，又不甘心孤單似的偶爾迸出幾聲，特別叫人感受蒼涼與荒漠，好似身處兩個不同界域的界線那般的不知所措，既徬徨落寞，思念著家人又甚覺無助。莎姑腦海裡想起了一些旋律，隨即又輕「啐」了一聲，嘀咕著自己，今天怎就無端的陷入過往的記憶，以至於心神不寧。

莎姑嘴裡雖然這樣說，但腦海裡還是升起了旋律與一段字詞：

我在這裡，在溪畔的發電廠
寬敞啊……

「伊娜，妳吃過了沒？」一位護士走了進來隨口問打斷了莎姑正在蔓延的思緒。

莎姑尋著聲音瞥去，那是一個原住民護士，莎姑忘了她曾經的自我介紹，說是哪個族的。

「吃過了，妳呢？」

「吃過了，歐吉桑睡得很好啊。他有上廁所嗎？」護士檢查了德里手臂上的埋針。

「有，他上過廁所了，很臭。」

「哈哈，伊娜愛開玩笑，大便本來就很臭啊。」

「不是，我是說，超過很臭的那種臭。」

「哈哈哈，那就真的很臭了。明天我跟醫師說一下。」

「他這樣麼早睡，晚上怎麼辦？」莎姑想起現在還沒有晚到可以睡覺。

「唉唷，伊娜，現在是晚上了啊，而且歐吉桑是病人，應該多休息啊。」護士笑著臉回答，那濃眉與尖挺的鼻子，令莎姑多看了一眼。

「我是關山那邊的布農族。」那護士說。

「妳看我，我一直想不起來，妳說過呢。」

莎姑覺得被看穿心思而不好意思，她剛剛確實很努力想記起那護士的自我介紹。這尷尬沒有持續太久，因為大兒子安將與媳婦夥同莎姑的小妹伊端來探視。探視時間並不很長，最後決定讓大兒子替代晚上看護，讓莎姑回家休息。

經過豐年那座跨越南迴鐵路的陸橋，由台東機場飛向台北的最後一班飛機，正好臨空高飛，引擎聲溫和低鳴。莎姑本能將眼光投向汽車窗外，毫不費力的看見機翼閃燈，而路燈之間的田園已經是籠罩在黑夜中，霧氣折映了光暈。

我是哪一年回到大巴六九的？莎姑心裡忽然升起了這個疑問，她撇頭看了一眼她的小妹伊端，問：

「妳記不記得，我是什麼時候回到部落的？」

「妳問我？我怎麼會有印象？妳很好笑呢。」

2

對莎姑而言，「關山」的景色與地理比起台東市區，似乎是更適合莎姑，她後來回憶時這麼說的。那裡位在台東縱谷地區，東面與西面都有山，他們居住的鐵路車站附近的眷舍背後就靠近山腳。關山西面的斜坡上有人種小米，山腳下種植水稻的住戶也不少。他們剛去的三月，整個關山地區的水田稻禾顏色才剛剛轉入青綠，禾苗才高出了半個小腿高。站在稍微高一點的地方，或者爬上屋頂往四周看，就像望見一整片的青草地，平坦、整齊、青綠又水漾。

莎姑老愛站上屋頂四周瞧望，這舉動，看在比她大些歲數的姊姊，那個夏絲的日本男人的女兒眼裡，簡直是不可想像的可怕行為。她只敢稍稍遠離屋簷，叫著莎姑下來，深怕莎姑一個不小心滑落摔下壓到她。夏絲與她的男人可就不理會這件事，夏絲威脅過莎姑，要是她滑下摔斷了腿，這裡沒有大醫院，她也不會幫她送醫治療，最好她一輩子瘸腿當乞丐。

對這些敵意或漠視，莎姑並不以為意。這個時期已經沒有學校可以上了，附近鄰居的大人們經常討論誰去南洋了當兵，誰的稻米去年豐收，卻被強徵繳糧，以至於許多家的糧食根本不夠維持一年的需求。而夏絲不甘心待在家裡，整天不在家，到處串門子積極的建立朋友圈。那個日本男人下班以後的時間忙自己的事，也不多理會莎姑；她的女兒有她自己年齡層的新交友要經營，沒空多理莎姑。還好她這個姊姊還算親切對莎姑好，雖然兩人交談話語不多，總像個姊姊一般，除了煮飯整理家務，她會送莎姑小禮物或者需要時幫她一點什麼。所以，經常的狀況是：一天的時間裡，只有早晚餐吃飯的時間，全家一起享用莎姑煮的飯菜，其餘時間沒人多加理會莎姑的存在，連交談也很少。

莎姑的心思其實早已經不在這裡了，從台東市區移住而來的開始，她就有一種強烈的斷裂感，一種與過去不再有任何連結的陌生與疏離感，但她也不知道應該怎麼辦。有那麼一天，她忽然想爬上屋頂，想看看除了東西兩邊方向的山以外，南方與北方那些更遠的地方，究竟能看到什麼。於是，她開始了在太陽不大的時候，跑上屋頂呆坐的習慣。

「就是蕃人，喜歡坐在石頭上發呆。」夏絲也懶得勸她了，有一天忍不住罵了她。

我要回去，我不要住這裡了。莎姑心裡想著，卻也沒什麼主意要回到哪裡，能去哪裡。

戰爭結束後的第二年，某一天中午的時間難得全家都在，夏絲的日本男人囑咐自己的女兒，回到台東市區原來的住家去拿別人寄送的東西。莎姑嚷著要跟去，夏絲反對，但日本人父女覺得沒什麼，同意姊妹兩個人一起出門。最後莎姑除了帶一件上衣，她什麼也沒帶，口袋連一毛錢也沒有的，跟著日本人姊姊，在下午約三點的時間出門。

「車票妳拿著，別弄丟了喔，掉了會受到處罰而且還要補錢的。」上了火車，她的日本姊姊說。

「謝謝！」莎姑收下謹慎的放進褲子口袋。

「對了，妳跟來幹什麼？」

「我……我只想跟出來看看。」

「是這樣啊？如果是這樣，也說得過去。妳看起來並不想住在家裡。」她的日本姊姊說，「還有，阿姨對妳很壞，我還真想不出來，她怎麼可以對自己的女兒這樣。」

「我不是她親生的，她是我的姑姑，父親的妹妹。」

「哎呀，姑姑也是自己的親人啊，她罵妳的時候後，那個表情凶惡得像仇人。」那日本姊姊想起夏絲罵起莎姑的表情，邊說邊搖頭。「妳為什麼不反抗？」

「反抗？」莎姑被問得有些反應不過來。

「是啊，妳總要抵抗一下，就像我，只要我的多桑罵我罵得太凶，我就頂嘴，威脅他我要離家出走。」

「我不敢頂嘴，也不敢反抗。」

「這樣不行的，妳是一個小孩，很多事情不懂，所以大人有責任教導，妳不反抗，大人就不知道自己哪裡不對。」

莎姑沒多看她的日本人姊姊，她直視著前方，眼神沒有聚焦。

「我不可能頂嘴的，我也不知道怎麼反抗，也許那樣的話，我會被打死。」

「怎麼可能這樣，父母打死自己的小孩。」那日本姊姊的聲音幾乎是揚了起來，聲調都提高了。

「事實上……」莎姑想起夏絲的毒打，她欲言又止。「事實上，我跟你出來是想要回家。」莎姑半低著頭說

「回家？」

「是的，我想回到我出生的地方，我真正的父母親的家，我是在三歲的時候被多桑松本抱來的。」想起松本，莎姑忽然哽咽。

「妳別哭喔，在車上哭，人家還以為我欺負妳。」

「我不哭，我很早就不哭了，只是想起多桑，我忽然忍不住了。」

「妳真的想回家啊？妳的家住哪裡？」

「大巴六九，靠山腳的部落，像這裡一樣的地方，我其實也不知道是哪一個方向。我離開的時候還太小，我不知道我的家是在哪個方向。」

「可是，妳要真的離開，那樣……我怎麼跟夏絲阿姨說？」

「我也不知道，我想她應該很高興吧？妳知道的呀。」

「不不不，我不知道。」她的日本人姊姊想起什麼，忽然顧忌的急忙否認。

「我其實……也不知道我是不是真的要回家，那個家我根本沒有記憶了。但是我確實不想繼續跟我的卡桑夏絲住在一起了，也不想住在關山，那不是我長大的地方，那裡的一切對我太陌生了。我想……」莎姑遲疑了一下，「如果不回去生我的父母那裡，我就留在台東好

了，你們的家應該還在，我就住在那裡好了，我一個人可以過生活。」

「妳在說什麼啊？一個人住在那裡，妳靠什麼過生活啊？真是笨蛋！」

「女生不可以說粗話，妳剛剛說粗話了。」

「妳……笨蛋！真是笨蛋！」那日本姊姊似乎被莎姑要一個人過日子的話嚇到了，以致過於震驚而連連說莎姑是笨蛋。

「這沒什麼差別的，我從很早以前多桑過世以後，就是自己起來煮飯煮菜，上學然後打掃整理家裡，卡桑除了打罵，不會跟我多說話。如果我能自己住，我當然能自己照顧自己的。」

「哎呀，小孩子啊，我問妳，妳要去哪裡拿錢買那些米那些菜啊？」

「這……」

「生活開銷是要錢的，錢從哪裡來？」

「我可以工作賺錢的。」莎姑語氣很堅決。

「妳可以工作賺錢？妳能做什麼工作，像我這麼大的人了，除非結婚嫁人，妳看我能做什麼工作？工作有那麼好找嗎？妳看關山那裡，那麼多的大人沒有工作，妳這麼一個八歲大的小孩子能做什麼工作啊。」

「總是有辦法想的。」莎姑聲音忽然低了輕了。

莎姑理解姊姊說的沒錯，日本人已經走了，當初給他們的一點點的配給，也在開始空襲前就停止了，還好夏絲的日本男人，工作部門還能提供一點薪資可以過日子。憑著他木工手藝，即使到了關山，又失去了日本單位的工作機會，總算還有一些收入。至於她所看到的許多大人，的確是沒有工作的。剛剛換政府，許多人也還在找機會，八歲的小孩還真沒有什麼工作可以做的。

「所以，妳別亂想了，我們這一趟出去，傍晚就一起回家，以後除了煮飯做菜，其他的事我來幫你。」那日本人姊姊說。

莎姑很想再辯解，事情不完全是這樣，但她也不知道怎麼立刻回話。望著前座搖晃的椅背，她努力記憶當初松本是如何揹著她走了長長的一段路，由部落走到隔壁的利家村，然後轉搭巴士到市區，但無論怎麼想，也無法拼湊那段記憶，當時她太小了。

目光穿過走道，莎姑看到隔壁的車廂走來一位穿著制服的服務員，慢慢走來，又經過他們兩個人的座位。她又想起了松本，她想松本如果穿著制服的樣子，一定比這個人好看很多倍的。

「姊姊，我跟妳說，我還是決定要回我的家。」

「唉唷，妳怎麼這麼……堅持啊。」那日本人姊姊避免使用「固執」的字眼，但她也著實想不出來，這麼個小孩哪來這麼大的執念。「我都跟你說了，妳不可能養活妳自己，而且，妳在家的家務事，我可以幫妳分擔，妳可以做妳想做的事，愛去哪裡玩就去哪裡玩，妳不需要離開這個家的，那樣太危險，太孩子氣的。」

「剛剛妳都自己說了，妳會離家出走，怎麼我想回家，就是太孩子氣。」

「哎呀，妳平常不講話，一講起話來，怎麼……」那日本姊姊顯然不高興了，「我是說，我會頂嘴，會威脅要離家出走，不是真的要離家出走啊，真是笨蛋！」

「妳又說笨蛋了。」

「妳……哎呀！」

「謝謝妳跟我說了那麼多話，也願意幫我做家事，但事情不是那樣的。我並不怕挨罵，那個，我早就習慣了，也不怕做家事，事實上，我還很喜歡做家事的時光，那種可以好好的、細細的整理家裡或者準備一頓飯的過程。那會讓我覺得自己是很被需要的人，我的多桑松本，常常告訴我，一個人能被人需要是一件很幸福的事，也是很榮耀的事。我並不需要榮耀，但我很享受這種幸福，那是我唯一能想像的，真實的幸福。」

「哎呀，妳才幾歲的小孩，講這些東西也太奇怪了，既然喜歡做家事，又不怕挨打挨罵，妳就留在家裡啊，沒有必要執意的要離開。」

「不是這樣的，姊姊。我要的只是一個家，一個有家人的家。」

「什麼呀？妳說我們都不是妳的家人？笨蛋，妳胡亂說什麼呀？」那日本姊姊氣得瞪著莎姑說，「既然我們都不是妳的家人，妳走了也好，滾遠一點。」

「這怎麼說呢？」莎姑忽然不想再說話了，她一直覺得自己確實像一個外人，一個被僱傭的外人。即使剛剛姊姊跟她說了些話，她也覺得那是一個朋友，甚至是外人勸說似那樣的生疏，那不是家人的挽留勸慰，莎姑知道。

「別說了，不想留下，我也不會硬拖著妳留下，等我回去被問起來，我就說妳自己跳下了火車，也不知道往哪裡去了，真是笨蛋小孩。」那日本姊姊語氣已經平和了，甚至罵起「笨蛋」兩個字，也像是說一句沒有實質意義的口頭禪。說完，便站了起來，去找了剛剛那個穿制服的列車服務員。這舉動讓莎姑楞了一下，不知道接下來要發生什麼事。那日本姊姊不一會兒又走了回來。

「我剛剛去問了那位先生，他說妳在阿里擺那個車站下車，距離大巴六九最近。不過妳要考慮清楚喔，不是我趕妳走，回家的路上妳要自己找到路回去，而且天很快就要黑了，路上應該不會有危險的。」這個姊姊說著，但任誰也聽得出她還是希望莎姑收回想回去的念頭。

「我知道了，謝謝妳，姊姊。」莎姑自然知道這個姊姊的心意，仍維持坐著的姿態，側過身向她鞠躬致意。

「哼，妳我住在一起這麼久，從來沒有叫我一聲姊姊，今天這一段路，妳已經開口說了好幾句，也許說明妳真的決心離開。好，我祝福妳，希望妳平安回到家，將來長大找到好工作，遇到一個好男人。」

「謝謝姊姊。」莎姑還是欠過上半身致意。

「哎呀，我忘了妳是一個八歲的小女孩，我居然跟妳說找好工作，遇到一個好男人。我真是笨蛋啊。」

莎姑在阿里擺東面那個車站下車，那已經是下午五點左右的時間。她詢問了車站裡一個看起來是部落人的婦女，關於大巴六九部落的方向。莎姑便朝著阿里擺方向走去，走了半個多小時，在進入阿里擺部落之前，果然有一條路向著西南方向延伸，那看起來似乎是通往那個山腳下的某個部落，莎姑直覺的踏上那條路。心裡忽然開朗多了。

太陽已經被山區頂上的雲霧遮蔽，但視界所及仍顯得白亮與一點悶熱。她從未一個人走進這樣的道路，那似乎是一條經常有車輛往來的，不甚寬敞的一條礫石路，路面上的草皮低矮甚至裸露出泥石，而路旁的五節芒及其他雜草灌木，有的掩覆了道路邊緣，雜草後方一些雜樹並立，倒有幾分樹壁的感覺。莎姑很受吸引的不停觀察與驚嘆，在走了約半個小時的時間，她卻開始感到害怕。

這一路上，沒有住家甚至連工作臨時休息的草寮也沒有，她沒看見任何看起來像是已經整理好，正在利用的田地，也沒有遇到往來的行人，連遠遠的看到人影的機會也沒有。她似乎已經聽見自己的心跳聲，也感覺到自己的步伐越走越快，偏巧各路準備歸巢的鳥兒，已經一團團一群群的吱喳嘎嗚，聽在莎姑耳裡，像是嘲笑她的孤單，莎姑甚至以為她聽懂了牠們在吱喳中，有打算捉弄她，讓她遇見傳說中的荒野鬼魅。莎姑既生氣又恐懼，她想起多年前自己被夏絲追打時跑上了鯉魚山頂，那些寒冷、夜魅與孤單無助，忽然又覺得眼前這些景象根本不算什麼，她輕輕咒罵了一聲，挺起胸膛快步走。

天要黑了。莎姑望向西邊的山區，心裡暗暗的說。

她涉過大巴六九溪，道路在轉彎處與一條鐵軌相結合，而此處兩側的植物更高大密集，讓她覺得一股濃重的壓迫感與不安。莎姑只見過關山靠近山區的地方有高大的密集的甘蔗，但沒有近距離見過，更別說是在傍晚獨自現身在甘蔗園的經驗。她不知道眼前道路旁這些植物是什麼，當然也不知道這鐵軌路是用來巡視、搬運附近種植的甘蔗，或載運其他農作物的運輸道。

她繼續走著，此時兩腳已疲疲，卻完全不知道自己身處何地，該往那兒走，她又有一股想哭的強烈感覺，她覺得自己已經紅了眼睛，濕糊了眼眶，她四處張望又頻頻回頭，多期望能有一個人出現，或者立刻有一戶人家告訴她自己的位置以及部落在哪裡。但又忽然想起這個時間應該是她生火煮飯、處理菜餚的時間。

我的家人，通常是什麼時候吃飯？誰來煮飯呢？莎姑想起她的生家父母，精神忽然又振作了。

他們會不會認不出我來？莎姑忽然停止了腳步，怔怔的望著前方道路，想著這個問題。腦袋又忽然全都空白了。

她聽見一些聲音從後方傳來，那是金屬壓到金屬的聲音，像火車壓過鐵軌那樣，同時幾個男人的交談聲音跟著傳了過來。莎姑轉過身，正好看見一輛台車上面坐著幾個男人，眼睛全都朝向莎姑，眼神全都顯現驚訝的交談著。台車停在莎姑的身旁。

一個男人開口說話，似乎要問莎姑問題，但莎姑聽不懂。另一個男人也試著溫和的詢問，儘管莎姑覺得那些語言似乎親切，是她曾經聽過的語言，但怎樣也聽不懂，不知如何回應。

「妳是誰？天要暗了，為什麼一個人走在這裡？」一個較年長的男人以日語問莎姑。莎姑趕忙鞠躬回答：

「我名叫莎姑，我想回家，可是我不知道我家在哪裡。」

「妳不知道妳家在哪裡？妳是哪個部落，妳從哪裡來？」

「我只知知道我的部落叫大巴六九，可是我忘記在哪裡，怎麼走？」

「妳這孩子也奇怪了，自己的部落不知道在哪裡，妳是誰家的孩子呢？」另一個人插了話進來。

「真是對不起，我確實忘了怎麼回到部落來，三歲的時候一個日本人收養了我，現在他過世了，我想回到部落見見我的家人。我的……」莎姑簡略回答，待她想報上自己父母的名字時，卻忘了他們的名字。「我好像住在部落比較上面的位置，靠右邊那裡。對了，我的卡桑的名字，好像是叫桂妃。真是對不起，請原諒我記不住這些久遠的事。」

「妳這孩子真有禮貌，真像是日本人的小孩啊。妳說你的卡桑名叫桂妃，說起來還是我們的家人，關係不遠的親人。我看這樣……」說話的長者，撇過頭指名一個人：「我看你送她到大巴六九部落下面那個路口，天晚了，一個小孩這樣走也危險。」

莎姑幾乎是走得累壞了，那個大人後來揹起了她，就像當年松本揹著她離開部落。莎姑終於忍不住哭了，令揹著她的人也不知道該如何是好，任她哭到自己停止。他把她放在部落下方的叉路口，讓莎姑自己走進去。

很多年過後，莎姑一直沒有忘記，她走進部落的那個時候，天色還有一些光亮，那正是黃昏時刻各家家長呼喊著召喚孩子回家的時間。在村子口的路邊遠處一有塊田園，還有一些人圍坐著準備收工回家，見到莎姑，紛紛高聲問她是誰。莎姑無法聽懂他們說的話，只遠遠的點頭示意。憑著直覺，她走到了她家門口，站在院子門口遲遲不敢進院子，而天已經昏黃了，樹影都成了墨色，一個婦人的身影，從街巷遠遠已看不清景物的暮色中走來。

3

「我遇到了一個好男人嗎？」莎姑從回憶中轉回睽違幾天沒回來的客廳，看見矮几上德里年輕時的軍裝照，想起她那個日本姊姊說的話，喃喃自語：「我都五十六歲了，日子還真的快啊，就算不是好男人，也都到了這個時候。」

她簡單的整理房間而後拿了衣物進浴室盥洗。她瞥了一眼鏡中的自己，發覺眼角的魚尾紋多了兩條，頭顱右邊，還有不少的白髮。想起先生曾說，她是全村最美麗的女孩，因此決定追求她，死命的追求，並且允諾給她一生的幸福，不為餐食煩惱，不為生活困擾。

想起這個，莎姑笑了，打從德里還是個單身年輕人，而周邊有不少女孩子經常主動向他示好的時候，莎姑就已經知道他不可能是一個讓自己衣食無慮的人。不是他花心，是因為他不像莎姑的日本人父親松本那樣，有著穩定的公部門工作，拿政府或國家的津貼、薪資。那不是收入多少、能力多強的問題，而是收入穩定的現實考量。年輕的德里固然有著較一般人高的學歷，但沒有像村子裡那些跟他一樣，有了比一般人高一點的學歷，然後把握機會轉任小學教師，或者像一些人，讀軍校長期待在軍隊直到退休的職業軍人。

德里太聰明了，或者……太愛我，以至於早早的離開軍隊士官的職務，決定與我相守一生？莎姑心念忽然轉到這兒，感覺一陣幸福甜蜜。

她警覺到自己或許正是被這個因素所吸引，被德里願意守著心愛的人過日子的善意、溫柔或軟言細語所感動而嫁給他。畢竟，莎姑一直沒有強有力的父母，可以像家人一樣的給她倚靠或滿足一個女生偶爾示弱、懶惰的小小渴望。夏絲太壞了，而她的哥哥，莎姑的生父麻迓也不是個善類，他們出了名的凶暴脾氣，對莎姑的成長性格養成有著太深、太強烈的傷害與記憶。

「還真是一家人啊！」想起她的父親以及曾經短暫成為她的母親的夏絲，莎姑輕撫著肚臍上方一個指幅的位置，一小塊橢圓形的疤痕輕聲的說。而她似乎聽見一段一段的斥吼聲傳來，她不確定是哪個方向哪一家人又因為喝了酒爭吵。

莎姑心裡還是感到甜蜜的，儘管回憶起來她的先生德里有太多事讓她不舒服到極點，她總是諒解這些行為，畢竟這些艱苦的日子，他並沒有像別人那樣動手打妻子，也沒有只顧自己風騷不管家人死活。

躺上床，莎姑忽然覺得今天的時間過得太長，而自己也太傷感太陷入回憶中。她忍不住笑了笑。

孩子們除了老大結婚住在「金世界」，其餘都到北部工作，偌大的兩層樓房此刻是安靜的，偶爾傳來一條街以外的摩托車聲，以及剛剛不知道從哪裡飛來的貓頭鷹「咕咕」鳴叫。

今晚應該好好睡上一覺的。莎姑心裡這麼想，卻忽然坐起身子，她推開窗子想確認那個一陣陣傳來的斥吼聲是哪一家。她聽出來那是她老家隔壁的高魯喝了酒，大聲的叫吼著。這麼多年來，這頻率已經很低了，但偶爾還是會爆發，他們那些已經都念軍校，各個帥氣正直的兒子們，怎麼看這件事？這可讓莎姑的心思又多了。高魯的太太阿鄔伊娜傍晚到了醫院探視德里，而現在這個時候會在哪裡？是躲起來還是正在與高魯對峙中？

莎姑關了窗躺回床上，高魯的聲音隔著四個街區，依然穿透牆而入，莎姑的心思又回到當初她回到部落的傍晚。

4

莎姑站在院子口的芒果樹下，那是她對這個家模糊印象中，唯一可以清楚辨識的。她也只是站著，不敢踏進旁邊長滿雜草的小小一條路徑，不是情怯，而是懷疑自己是否真的走對了家。因為她看見的屋子，沒有炊煙，沒有燈火，有兩個小孩一男一女呆坐在門檻不語。莎姑左右張望著，又回頭看看來時的街道，她看見一個瘦削的婦人，微顫顫的走來，看似熟悉又覺得害怕。鄰居的阿郞家，已經升起了炊煙，一個大嗓門的婦女聲交代著要清理什麼，莎姑聽不懂他們的交談，但是羨慕那種一家人活動交談的氣息。

走來的婦人，經過了阿郞家的圍籬走了過來，看見莎姑站在自己家門口，也覺得疑惑，開口問了些話。莎姑沒聽懂，她知道這個女人跟她有關係，她感覺得出，但無法聽懂她說的族語。

「請問，這是卡桑桂妃的家嗎？」莎姑鞠躬輕聲的問。

「卡桑桂妃？妳是誰，妳怎麼叫桂妃卡桑？」那婦人已經睜大了眼問，聲音有些顫抖，

「妳是莎姑？莎姑嗎？」

「是的，我是莎姑。」

「莎姑。妳是莎姑。」那婦人驚呼中有些啜泣聲，「我是卡桑，妳怎麼會在這裡？嗚……我的孩子。」她上前緊緊擁抱著莎姑，放開嗓子哭了，她的哭聲吸引著坐在門檻的兩個小孩子，也出了院子看看怎麼回事。

「伊娜，我們肚子餓了。」其中一個男孩說著。

莎姑聽不懂這男孩說著的大巴六九語。但她知道，他們應該是自己的弟弟妹妹，她的母親桂妃這些年生了其他的弟妹。莎姑感到開心，在桂妃懷裡輕微的掙扎著，想好好看一看這兩個小孩，她的弟妹。桂妃放開了莎姑，莎姑簡單的說了過程，這又讓那名叫桂妃的婦人放聲大哭，驚嚇了那兩個小孩。

「伊娜，我肚子餓了。」其中的一個女孩也說著剛剛相同的話。

「走吧，回家了孩子，妳應該餓了，我們弄飯吃吧。」桂妃說。

莎姑注意到屋子還沒有生起火，她看了看桂妃忙亂的搬起了薪柴，便主動接了手生火。隨由桂妃點了煤油燈又張羅其他食材，最後終於端上了桌。

這些讓莎姑有一點驚愕，她習慣了市區隨時有燈照明的屋內光線，而現在這個家，點的是煤油燈，那是一種帶有臭味的煤油，倒進一個玻璃罐內，中間有一個燈芯穿透一片類似酒瓶蓋搥平的金屬片，伸出瓶口外點燃煤油，掛在屋內的木頭柱子上當照明。空氣稍微流通些，那燈芯的火光還會扭動，光映著的影子也跟著舞動，莎姑覺得好玩也覺得不可思議。老是怔怔的望著煤油燈，讓剛見面的桂妃覺得不解與憂心莎姑有什麼心事。

另外一件事莎姑覺得難以想像的是：除了一些摻有大量地瓜的米飯，他們餐桌上只有一些分量很少的魚乾，和一些莎姑沒吃過的野菜，還有一碟醃製的小菜。很久以後，莎姑才知道那是一盤芋頭莖，經過切段半曬乾之後與黑豆豉加鹽炒半乾，很下飯的一道菜。另外還有一道盛在破了角的陶碗裡的青菜湯，莎姑只覺得是苦苦的，嚥下後有一些回甘。她不知道這些是什麼，因為她不記得有吃過這些食物，或者她在離家前有吃過，只是她已經不記得這些。

莎姑想著，心裡卻有些難過。她的家人生活是清苦的，而這些清苦完全不是她所能理解的。她沒有多吃，因為她的弟弟妹妹已經很快的掃完了桌上所有的菜餚，這過程還不斷招致桂妃提醒，甚至斥責他們要留一些給莎姑食用。兩人咕噥了幾句莎姑聽不懂的族話，臉上沒有不高興，卻提醒桂妃什麼事似的，眼神頻頻朝屋外探視。桂妃忽然皺起眉頭，囑咐大家趕快吃。

屋外響起了一個男人粗咧的說話與咒罵聲，兩個小孩嚇得已經離開餐桌，而桂妃臉色大白。莎姑不知道發生什麼事，但也陷入了一陣恐慌，就像遭遇空襲那樣，不知道飛機聲音飛來時，會不會朝著自己頭上飛來。那聲音似乎還在院子外的路上，不斷的逼近，鄰居飼養的狗本能的吠叫，也惹來那聲音粗暴的斥責。

那不停大聲說話又偶爾斥責的聲音終於進入院子，那姊弟兩人已經慌張的不斷移動，一下子到門邊一下子又回到餐桌，靠近已經嚇得發抖的桂妃，又忽然擠到門口，像玩捉迷藏遊戲那樣準備捉鬼。

莎姑迷惑了，但知道一場可能的恐怖風暴跟那個說話聲音是有關的。才想著，那個聲音的主人已經進了門，朝著餐桌的方向吼著：你們在幹什麼？

莎姑嚇了一跳，沒聽懂那個問話，她撇頭看著那個舉步進門走來的男人，驚嚇的呆望著，而那兩個姊弟已經從背後悄悄的跑出門，桂妃則嚇得後縮著，莎姑注意到她在發抖。

「說啊，你們在幹什麼？」

「我們在……吃飯。」桂妃打哆嗦，囁囁的回答。

「吃飯？誰允許你們吃飯？你們忘了我是這家男主人嗎？啊？日本人怎麼教的？啊？沒等我坐下來吃，你們自己就吃了？」那男人加大聲量，欺進餐桌，把桌椅翻了，桌上餐盤鍋瓢全摔落泥地上。

莎姑很多年後才懂得他們當時的交談，但當下她被那吼聲驚嚇得頭皮一緊，忍不住注視著那男人。這一注視，讓莎姑忽然想笑又忽然理解了，她的母親夏絲那種凶暴的態度與脾氣，是其來有自。眼前這個男人有著與夏絲相同的眉宇與生氣時的嘴型，不同的是，這個應該是她父親的男人現在醉了酒。而且正注視著她

「妳是誰？怎麼在我家？」男人忽然冷冷的問，一旁的桂妃忽然驚醒著站上來一步想回答。

「多桑，我是莎姑，你的女兒。」莎姑並不確定那男人的問題，也沒等桂妃說話，她已經站了起來鞠躬以日語回答。

「莎姑？我的女兒？」那男人以日語重複著，語氣帶著酒氣但聲音變回正常的酒醉人那種稍高於常人的音量了，「馬鹿野郎，我的女兒怎麼會在這裡，夏絲呢？」

「卡桑已經搬到關山了，我很想回家，所以我回來了。」莎姑注視著她的父親麻迓，也偷偷瞄了一眼表情已經從極度驚恐中緩和下來的桂妃。

「喔，回到我們家了，妳都這麼大了，回來也好，可以幫忙家裡。」麻迓音量還是大的，但總算和氣，「桂妃，妳給她吃飯了沒？」

「我吃過了，多桑。」莎姑直接接話。

「多桑？哈哈哈，妳還真是日本人啊，當年那個日本人揹著妳走的時候，我還擔心妳聽不懂日語怎麼辦，現在妳跟我說日語，看來妳也不會說蕃語了。」

「是的，多桑，以後我會認真學習的。」

「好，好……」麻迓的話語開始碎雜，看起來變得高興，剛才那樣凶惡的模樣，變了個人似的。

當晚，麻迓以日語一直說話著直到睡著，而莎姑在簡易的竹製床上，想著許多事。經過夏絲壞脾氣的多年蹂躪，莎姑除了會因為突然的大聲而稍稍受驚嚇之外，她已經不畏懼一個人發脾氣的凶暴模樣。她認為這個父親麻迓一定比夏絲凶暴，但至少她的生母桂妃，還會本能的來護著她，而她居然也有了弟弟妹妹，這算是個家了吧，她想。

屋外來了一隻貓頭鷹，在一棵樹上「咕咕」叫了幾回，又轉向另外一棵樹，莎姑打了個呵欠，覺得今天過得真是漫長啊。

莎姑是被一股濃煙嗆醒的。她睜開眼，一些光線透過屋子的牆裂縫已經透進了一點光亮。莎姑被那奇特的景像吸引的睜大了雙眼，那是屋子裡另一頭的牆，她不理解光線怎麼會從牆壁穿透進來。昨晚燃著的煤油燈熄火後似乎也沒有再被點起，那些穿牆而來的光線已經照映屋子裡的大致樣貌，牆角的灶子燃起了火光，莎姑發現一個影子在那裡忙著。她立刻理解那是她的母親正在準備早餐，她趕緊下床想幫上忙。

那確實是她的母親桂妃正忙著起火準備早餐，火才點著不久，初期的燻煙穿透牆向外排去，而往上升起的煙，有些左右漫溴擴散，青青淡淡的回捲瀰漫整個屋子，對新來的莎姑來說有些嗆鼻。

「這麼早醒來，你不睡了？」

「醒了，我來幫忙。」

「也好，妳把這些地瓜洗一洗，我來提水。屋子外左側的水缸旁可以洗。」

莎姑接過一籃地瓜便走出屋外，她才注意到，天色才剛剛亮，許多樹影還包裹在灰白的光影裡。她順著屋外牆向左幾步，果然看見一個陶製的大水缸，水缸上蓋著幾片木板拼成的蓋子，蓋子上面擺置著一個曬乾的胡瓜瓢，水缸旁有幾塊扁石鋪設的一小塊空地，她想這是用來洗滌處理的空間，她還注意到一個以樹幹挖成的水槽。

莎姑掀起了蓋子舀起了水注入水槽，她將地瓜都倒了進去，而她的母親也來了，呆立在莎姑身後看著她的舉動也覺得詫異。

「妳怎麼知道要這樣做？」

「我看了就懂了，這看起來不難啊，平常在家都是我生火煮飯的。」莎姑開心的說，卻讓桂妃瞬間濕了眼眶。

「來，先讓我打水。」桂妃心裡一陣揪，一方面高興孩子這麼小就懂得做家務事，卻心疼她不知道是什麼時候開始做這些事。她知道小姑夏絲的脾氣，她直覺這孩子一定吃了不少苦。桂妃打了水進鍋子，便先轉回屋子，只留下莎姑很快的以手刷洗地瓜，然後轉回屋子。

「你是誰？怎麼會在我家？怎麼說日語？」

「啊？」莎姑沒有立刻辨認出聲音的來源，她不自覺輕聲叫了一聲，發現屋子右側，有個男人一邊抽著菸一邊整理裝備，目光正投射過來，她很快認出他是誰了。

「多桑，歐海喲。」莎姑朝著她昨晚已經相認的父親麻迓鞠躬問早。

「多桑？妳稱呼我叫多桑？妳是誰？」

「多桑，我是你女兒啊，我是莎姑。」

「莎姑？」麻迓停下手上的工作，疑惑著打量莎姑。

「給我！」桂妃忽然探出頭，接下莎姑手上的地瓜籃，讓莎姑與麻豗說話。

「是的，多桑，我的卡桑夏絲已經搬去關山了，所以，我就回來了，我已經睡了一晚呢。」莎姑意識到麻豗並不記得昨晚的事。

「是嗎？」麻豗無意識的說著，多看了一眼莎姑之後就繼續他手上的活。

麻豗是一個人吃早餐的。桌上擺著一碗剛煮出來的，去了皮切丁的水煮地瓜，一碟昨晚吃的芋頭莖，還有一碟醃製的魚類內臟。桂妃還從另外一個鍋子裡取出三條帶皮的水煮地瓜、一塊燻肉、一小包鹽和一塊生薑，以院子旁的構樹葉分別包紮後，放進麻豗的藤編背簍裡。

隨後麻豗揹起了背簍，又注視了莎姑一會兒，而後若有所思的朝院子口走去，兩條獵狗也跟去了。

「妳的多桑跟他的夥伴約好了一起上山，他們今天要埋設鐵夾子放陷阱。」

「喔。」莎姑不了解那是什麼，卻也沒多問，她感到困惑，又有些新奇。

莎姑看了看桌上的餐食，覺得新奇。在有限的記憶中，她是沒見過這樣的餐食，即使大轟炸期間，她在夏絲家也沒這樣早起煮飯。這桌上，除了地瓜，她也沒有食用其他的食物。讓她好奇的是，那兩碟菜餚聞起來味道很重，但是家人吃起來卻像是十分可口。另外，麻豗像是出門工作，可是他與松本，還有夏絲後來的日本男人出門前的樣子完全不同，這太有趣了，莎姑覺得。

等弟弟妹妹起床，我一定要好好的嘗一嘗。莎姑想著，卻忽然注意到屋子裡的光線，是穿透竹編的牆壁而來，那些竹編的牆外部包覆著茅草，有些茅草牆面已經稀疏，有些斷裂，有些不均勻的分布著而露出竹條，那些光就是那樣穿透進來，雖然只有幾道光，卻已經足夠讓屋子的視線變得更清楚了。莎姑忍不住環視屋內，發覺屋子的右側分列著兩張由竹片編製的薄牆分隔的床，父母一張，而她昨晚與弟妹擠在另一張。進門的穿堂與左側是相連通的，擺了一張矮桌，還有幾張樹幹段削成的椅子；灶子是六顆石頭搭設起的兩組三石灶，灶子上方懸掛著一個竹子與木條混合編製成的檯子，上頭放著碗筷還有一些需要燻乾處理的肉。這又讓她大感興趣的更加東張西望，以至於時不時漏掉了桂妃語氣充滿喜悅的說話內容。

莎姑的驚奇，隨著日出與天明而持續著。

她認真的看著兩個起床後不久，沒刷牙便吃起早飯的弟妹。他們幾乎都沒有了門牙，弟弟左邊頭殼長了兩顆疔瘡，妹妹捲起雜亂的頭髮也好像很久沒梳洗。兩個人身上沒多少布料，光著腳丫子，時不時向著莎姑腳上的鞋投去目光。莎姑忍不住把鞋給了妹妹，卻發覺妹妹的腳遠比莎姑大得多，根本塞不進去，但因為喜歡，她硬是拿著不還。因為沒有上學，弟妹聽不懂日語，三人雞同鴨講手腳比劃著，倒也惹來一陣陣的笑聲。他們帶著莎姑，在村子四處閒蕩，吸引部落人的好奇與問話，於是「桂妃的日本人孩子回來了」的話，便成了話題，還有人專程跑到她家看這女孩。這讓莎姑覺得好玩，兩個弟妹更是驕傲的到處跟同伴說。

多年以後，莎姑想起這事還是覺得很有意思，畢竟過去住在台東市區的幾年，固然有同學，但多數的時間，她是一個人的，她沒有弟弟妹妹們捧著當明星，也沒有眾多親人住在幾步路遠的地方對她品頭論足，又時時稱讚她像個日本人的小孩，乖巧有禮，乾淨又安靜。

莎姑的生活逐漸產生了很大的變化，這些變化除了自己實際接觸部落與生活著，更多時候來自於大的環境改變所引發的。只是莎姑年紀太小，她無從分辨起那些是什麼，但她有了「家人」的切膚感受，令她覺得心安與快樂。

5

早上八點多，莎姑夥同大媳婦走到當年那個被人護送回來的路口，準備轉搭「鼎東客運」到醫院。這個路口北往太平營區，往南是通往利家，當年松本揹著莎姑走路去轉搭巴士的路線，如今早就是客運的固定路線，一般不騎車或搭乘自用車的時間，莎姑很喜歡乘坐客運，悠哉的到台東。她記得民國五十幾年這條路剛開通的時候，公路局的班車有一段短暫的試驗性質的在村子設站，位置就在部落入口德里的家人居住的門口，車輛往往會停個一些時候，等待需要搭車的村民，但後來因為搭車的人並不多，才改到現在這個位置。

村子裡的站牌只坐過兩、三次，一方面沒有經常要到市區的需求，二方面也沒那麼多錢經常性的用在交通往返上，村民能走路的多半還是走路或自行騎車。村子裡的站牌後來停駛了，村人都走到這個路口搭車。莎姑對於來村子的車輛印象最深的是，有幾回是公路局的第一線用車「金龍號」車輛來充當班次，那些穿制服的車掌小姐，尤其讓她記憶深刻。

「大姊，妳不是在醫院嗎？」一個濃重的大陸腔調向著她問好。

「咦？是你啊，你沒有騎車啊？」莎姑注意到那是村長傅坤順。

「沒有啊，車子昨天送修，我現在要過去榮家那邊牽車，弄完了再繞去醫院看張大哥。」

「喔，不要那麼麻煩吧。」莎姑其實不太能完全掌握村長的意思，對莎姑而言，講國語已經是很吃力的事了，這種帶有大陸鄉音的國語，她更是難以掌握。

村長年近七十，喚她一聲大姊，是因為村長娶了村裡年輕一半的姑娘，而莎姑的表弟則娶了那姑娘的妹妹，因為這層關係，村長老是叫她大姊。至於他怎麼會當村長，而先前那些外省的村長又怎麼一回事，莎姑忽然想起這個，她看了一眼村長，又不知道該說什麼，心想著等等有空問問德里吧。

「謝謝你啦，村長！」

「哎呀，客氣什麼呢？」

德里住進一般病床了。

莎姑到達醫院時，醫生剛好來巡房，針對昨天的檢查結果再評估後，決定請德里正式住進一般病房，方便進行其他的檢查與診療。德里並不高興這樣的建議，但由於今天早上右上腹部出現悶痛情形，腹部比昨天鼓起不少，精神也沒有昨天的清朗振作，他還是同意移住，並繼續住院。

大兒子協助遷病房以後先離開了。臨走前說德里昨晚一直說夢話，半夜醒來，說夢見他在一輛火車上，車裡有許多他的長輩。火車一直開著，忽然開到一塊空地，那些長輩一個一個跳下車了，同時也召喚著要他跳，他拒絕，關了車門自己一個人繼續留在車廂。

「沒什麼事吧？」莎姑問。

「嗯，有，好像快天亮的時候，爸爸大叫了一聲，差一點掉下床。」

莎姑沒再多說，兒子離開之後，稍稍整理了病房，拉開病床帷幕，她注意到德里的氣色比昨天更糟，更疲倦。她倒了杯水讓德里喝，又進了浴室濕了毛巾讓德里擦擦頸背。

「我覺得我好不起來了。」德里忽然說。

「呸，你胡說什麼？」莎姑有點不高興了。

「昨晚睡得很不安穩。」德里話說得氣虛。

「我聽安將說了，你作了噩夢。」

「那個算是噩夢嗎？」德里把杯子還給莎姑，「我夢見自己在一列火車上，我不知道那輛火車往哪兒開。好像往北，又向往南邊，鐵道兩側種了許多樹，那些樹不是綠的，只有金黃與白色兩種顏色交織的，有的白色多一點，有的金黃色多一點。那個顏色很像日本秋天風景照片那樣，明亮又漂亮。樹形很像冬天去大巴六九山後面所看到的，那些有針狀葉子的高大樹木，不像檜樹，也不像松樹，就是直直的，你應該知道我說的那種。」

「我怎麼會知道，我又沒上去看過。」

「反正，那些樹我沒有真正看過，沿著鐵軌兩旁一路都種了這種樹。那鐵路非常直，開了很久也沒有一點點轉彎。那節車廂只有我一個人，我好奇的去開了前面車廂的門，發現裡面幾乎都坐滿了。我看到了不少熟悉的面孔，也看到了我的祖母，你的爸媽厤迓與桂妃也在裡面，他們很高興的跟我打招呼。可是我感覺我與他們之間好像隔著什麼，即使有人走到我面前，與我面對面說話，那個距離感還是很清楚，像是一層薄膜或者光暈。後來，火車行駛到一段只有草皮的區域，鐵路兩側都是平坦的平原草地，他們忽然邀請我一起跳下去。有人迫不及待的先跳了下去，在車子外跟我揮手；有人經過我，輕輕拉我一把要我跟著一起跳。但我不肯，一直到他們都跳下去了，我還死死抓著門把。車上又只剩下我一個人，我注意到前面的車廂門是半開著，裡面好像有人，我又忽然想走過這節車廂，開那個車廂的門。」

「哈哈，你的個性啊，一定會走過去開門的。」

「是啊，我走了過去，還沒走到車門，前面忽然變得亮眼，我似乎看見聖母的影子，而火車車廂、鐵軌與那些樹都消失在亮白的光線中，我便醒來了。」

「你這個夢……」莎姑忽然覺得不安，如果真如德里說的，那些出現的祖先以及聖母，那些代表著的意涵又是什麼？

「我也覺得很不安心啊，妳想想，像我這樣當過軍人，跟過大人長輩上山無數次的人，哪能沒有一點特別的夢，但這個夢分別是暗示祖先們要接我去了。我想，這個病恐怕也到了最後。」德里似乎也感受到莎姑的憂心。

「呸呸呸，你胡說八道什麼，聖母都來了，你怎麼不解釋成你的病快好起來了。」莎姑嫌忌諱的連連「呸」了幾聲。

「一開始我也是這樣想的，不過，身體還是告訴我，我並沒有那麼健康啊。」

莎姑忽然感到生氣，把想說的話又一口吞了進去，她差點脫口而出的話是：你知道自己身體不行了，先前那樣糟蹋自己，你這麼聰明的人怎麼不多想想啊。

「安將說你後來有作了夢，還差點摔下床？」莎姑立刻轉移自己的想法說。

「那是常作的夢了。」德里深吸了一口氣，又長長的吐出，「我知道身體變差了，這一回也許就好不了了，但，我又不甘心那樣子，孩子們還沒有自己家庭，卡子還有她妹妹也還沒穩定下來。」德里說，而他的話讓莎姑心頭一揪。

「最近一年，我常作這個夢。」德里看了一眼莎姑，繼續說：「那個夢作完之後醒來，我感到非常的疲倦，就好像有一次我跟你父親麻迓上山了一天，巡了好幾個『布地日』（註：鐵夾陷阱）。我們跑了好幾個山頭，一直到下午三點多，我們的陷阱一個也沒收獲。

到了最後一個陷阱，發覺那個布地日不見了，麻迓判斷是被獵物掙扎時扯斷拖走了。我們決定循著痕跡，一直追到了『高塔日』（註：大巴六九山區獵場之一）才追到手。那是一隻山羊，我跟麻迓追逐到天黑才在一個溪床上找到，牠摔死在溪邊的石頭上。那時，我們兩個幾乎是虛脫了，一直坐在那裡吸菸說不出話來，昨晚的狀況就是那樣。想想，我已經休息了好幾天，沒有理由這樣啊。」

莎姑想插話說這與後面的夢沒關係，但又想到，也許有某種關係吧，索性又閉上了嘴，看著德里等他繼續說。

「後來的夢，我還是搭上了一列火車上，我確定那個方向是朝北行駛，因為我清楚的辨識出那裡經過了初鹿，也經過關山，那裡的景象我熟悉。我不是一開始就坐上車的，而是一輛火車忽然在我身邊停下來，我也不知道什麼時候我的身旁出現了軌道，那裡又是哪裡。火車窗戶出現了一些人伸出頭來跟我打招呼，他們告訴我，別那麼辛苦的走，說這輛火車很舒服，我一定沒坐過，乘客們很好，有食物也有酒，所以我上去了。」

「什麼啊？因為有酒，所以你就上車了？」

「哎呀，不是那樣。等一下，好累啊，這樣說話。妳幫我把椅子拉過來吧，我喝點水。」德里下了病床，給自己倒了杯水喝，然後移動到椅子上坐著。

「就是有一股讓你很想上車的誘惑或者衝動，那不是他們講的那些事，而是，你就是想上車，所以我就上車了，至於怎麼上去的？我也不知道，反正就上去了。在車廂裡頭，他們各自小聲交談，也確實有人握著酒杯喝酒。有個人拿了杯子給我，說想喝酒就自己倒，說那些是外國人的酒，很好很特別。我正猶豫著，就看到一些我熟悉的長輩也在其中，我站在車廂門邊往左方的車廂瞧，注意到隔著幾個座位，居然坐著麻迓與桂妃，我的母親也在那群人之中。村子裡過去十年內過世的部分親人，分別站著坐著閒聊，有些人注意到我，過來跟我說話，說很高興看到我，我可以跟著他們去一個地方，到一個很不錯很美好的地方。我忽然心生警覺，一股莫名的恐懼就升了上來。我往車門外一看，火車正經過一個荒草鋪，路旁有個招牌寫著『池上』，我便毫不考慮的跳了下車。我已經不只一次在夢裡這樣跳車了，之前在家裡，有幾次夜半我摔下床，都是因為這樣的夢。」

「安將說你昨晚差一點摔下床。」莎姑心裡變得很憂心，知道德里的病情很早就已經很嚴重了，只是，一個男人總要嘴硬，不肯聽勸進醫院檢查。

「呵呵，是啊，還好睡前安將有把病床的護欄拉上，要不然，這麼高的床，摔下來可夠人瞧的。只是，我有一段時間沒作這個夢，來醫院也是第一次。」

「你覺得，這個夢有什麼特別的意思嗎？」

「不確定啊，過去我聽過老人過世前，會常常夢見那些已經不在的長輩或親人，可能他們想接我去某個地方，某個不同於這個世界的地方吧。所以啊，我想我的病情大概很嚴重了。」德里眼神忽然變空洞，看著牆壁卻像是透視而過，聚焦或者散射在遠方某處，讓莎姑覺得很不安。

「嚴重是嚴重，但也不全是你想的那樣，現在醫院醫療好，用藥好，不用擔心，就像你說的，孩子還沒穩定下來，大家需要你。你的情況真要怎麼了，你想想部落祭司的交接傳承怎麼辦？他老了，新的人都還沒定呢，你不幫著他們穩定下來，人心慌亂啊。」

「呵呵，妳怎麼說到這裡了？唉，我感到身體好疲累啊。」德里似乎累了，說話也沒了一點氣力，臉色慘白而眼睛已經半瞇著。

「你躺回床上休息吧。」莎姑眼眶忽然紅了，攙扶德里上病床。

護士正巧進病房，給德里打點滴，德里沒等護士處理完，就已經睡著了，而兩名訪客已經進門了。那是村長以及達基斯，他們分別騎著車來，在醫院停車棚相遇所以一起上來了。因為病人睡著了，村長沒待多久，包了個慰問金紅包就先行離去。達基斯留了下來。

「達基斯，我忽然想起一件事，你年紀比我大了許多，見識廣，你能不能告訴我，我們村子是怎麼忽然就有了村長這個職務，我記得我們的部落是大巴六九，我們一直就是這麼叫著，怎麼就忽然變成『太平村』？又變成『泰安村』？」

「這真是有趣啊，妳怎麼忽然就想問這個？泰安村的名字，妳應該知道的，但是改成太平村就有意思了，先讓我想想看，我慢慢說吧。這應該讓德里說，他說得清楚。」

「你就說說吧，等他醒來也不知道是多久以後了，讓他休息吧。」

「我記得那個時候，村長好像是政府指定的，我不是很確定，但是應該差不多是這樣子，那個時候我還是馬力勝（註：部落男子會所的最低階層），有一段時間很多原本不應該繼續留在巴拉冠的男人，也常到巴拉冠，甚至喝了酒在那裡激烈的討論與吵架。妳怎麼問這個？」

「喔，上午我跟村長老傅一起搭車來，我一時興頭起來，想起我們的村長都是魯跌（註：外省人）。我記得投票選了幾次，都是選出魯跌，在這個之前，好像也是。不過，我不知道怎麼回事了。也許你知道，所以就順便問了。」莎姑說。

「是啊，那個時候日本人剛走，部落好像有幾年是沒有政府，也沒有警察的樣子，然後忽然換了現在的國旗和政府，一個姓劉的魯跌就變成我們的村長了，幾年後，那個陳重志接著當村長，再來開始投票以後，老段、老楊然後是現在的老傅。」

「不是魯跌就是百朗。」

「是啊，我們本來也想推德里，但是德里意願不高，加上村子人說這些娶了我們部落女人的魯跌，比較懂那些行政事務，而且也比較容易讓部落裡那些百朗接受。」

「我們的確沒有那些能力啊，書讀得不高，也不知道政府一直想幹什麼。」莎姑說。

「對了，有件事要跟你說，曾建次神父說，他正在整理一些關於我們泛卑南族部落的故事，也就是老人家說的，一直流傳下來的故事。所以，想召集我們聊一聊部落的神話故事。意思是，要我們說部落自己的故事，比如過去是怎麼來的，那些老人家說的故事是怎樣。我想找德里一起參加，他知道的事情多。」

「你也可以找杜麥，還有拉汗（註：祭司）來佑一起去啊。」

「來佑拉汗說他老了，體力應付不來，所以不去，他推薦張阿信一起去。」

「這是大事嗎？怎麼需要這麼多人？」

「不算是吧，但曾神父說越多老人去，就越能說得更多，將來整理好了，可以讓後代子孫認識我們的歷史，他還說要盡可能出版變成書，讓更多人知道我們。」

「這個事我不懂了，你跟德里商量吧，你們年長些，你們該扛起這些事的。」莎姑說，心裡不免又回想起了過去很多年，她與先生投入部落對內對外的所有活動，多半時候是領頭與策畫執行。對照最初剛回部落的時候，一個完全不會說族語的小女孩，懵懂的經歷了部落的體制改變而不自知，又覺得好笑與不勝唏噓。

6

莎姑很快的聽懂了幾個簡單的字，比如gan（吃）、gayain（左）、ayi（好，是），當然父親、母親這類的稱謂也幾乎是在回家的當晚就有了概念，但是要說出完整的話語，對她而言還是很辛苦的事。所以，她總是帶著笑容安靜的觀察著，總是任由她的妹妹吱吱喳喳的說話。只有在她母親要她下田的時候，弟妹兩個人便跑得老遠躲著玩耍，她的耳朵才稍稍清靜了些。

與鄰居兩家之間的空地都各自種植著小面積的地瓜與玉米，莎姑注意到也有一個女孩看起來長她幾歲，正蹲著翻挖，莎姑忍不住接近她，確認她先發現了。

「妳是誰啊？我怎麼沒見過你？」那女孩問。

「我……」莎姑注意到她瘦削且黑的面龐，眼神專注，聲音清亮，直覺的想回答，卻猶豫著對方是否聽得懂日語。

「妳是桂妃姊姊的那位日本女孩吧？」那女孩用日語問莎姑。

「是的，我是莎姑。」莎姑表情堆起了笑容，對方流利且語法標準的日語，讓那女孩覺得驚訝。

「妳很白很漂亮啊，你是在台東讀書的嗎？台東應該很多人很熱鬧吧？」

「是的，我在台東市區讀書的，我只讀了兩年，飛機來丟炸彈的時候，我就不再上學，後來就回到這裡了。」

「我也是只讀了兩年的書，飛機一直來，加上我的弟弟太小，所以也不讀書了。」

後來，莎姑才知道，與她說話的是阿鄔，她與母親桂妃其實是表姊妹的關係。阿鄔所說的情形，早幾天前她也注意到，她有個弟弟似乎才五、六歲，她還有一個瞎了眼的哥哥，據說因為田裡工作除草時，沒注意到直長的小灌木而被刺傷，沒醫治而瞎掉的。阿鄔的父親也是瞎眼，母親則是瘸腿，這讓莎姑稍稍震撼，一家人怎麼可能有如此的慘況，而他們居然是自己的親戚，甚至是鄰居。

桂妃所住的這一個區塊，是部落位置較高的西北方。早先部落遷移的時候，先遷下來的家庭，大都選擇了距離灌溉水較近，位置較低的東面，越晚遷移下山的人家，只得選擇靠近山腳的西邊。他們住的這一區鄰居多半是親戚。阿鄔的父親與桂妃的母親是兄妹，因此，阿鄔與桂妃自然就是表姊妹關係，也因為這樣的輩分，莎姑必須稱呼眼前只大她五歲左右的阿鄔一聲阿姨。這些可讓莎姑一時之間也無法適應，但她的族語越來越能溝通，透過母親的說明，也才知道，她與鄰居或者某些家的誰誰誰，多多少少都有點關係，不是母親桂妃的親戚網絡，就是她父親廝迓的家人關係。

莎姑回到家裡以後的驚奇之旅一直持續著。除了她母親桂妃要她跟著下田幫忙農作勞務，以及做那些相對簡單又極為熟悉的家務事之外，她可以有很多的時間到處閒晃，或者跟著她的弟妹到處放野。但部落還是有不少的事情一直發生著，莎姑儘管年紀小不足以理解那些一直發生的大變革，卻也成為日後她回憶這一段時間的過往歷程的時候，偶爾會提起或者向旁人徵詢與證實。特別是她的父親與部落其他男人有了很不同以往的行徑，也使得莎姑總是陷入一種恐慌與不解。

部落被命名為「太平村」，而村子也開始有「村長」了。

村子人剛開始對這個沒有什麼感覺，畢竟這種行政劃分與制度不是他們所熟悉，而幾乎所有部落人以為，這就像過去日本人在利家設立行政管理單位，將「大巴六九」部落納入利家派出所警察管轄的一部分，同時由官方依部落意願「指派」或追認為頭目。但這一回改為「村長」，遠在卑南地區的鄉公所指派了一個姓劉的外省人當村長，這引起許多人的疑慮，但多不敢言而隱忍，畢竟在日本的統治下這麼多年，很清楚那種不斷被改變不斷被要求的過程，而去年二二八，國軍派了一個排進駐巴拉冠，荷槍操練威懾，誰都知道部落無力抵抗，也沒有人願意花精神去生氣，畢竟這個時節，找一份工作維持穩定的收入，或者努力耕種出一塊可以供家人維持生活的糧食最重要。大家動亂怕了，缺食物怕了，「村長」這類的事，根本就不是個大事。但是，有些男人，尤其是領導階層，酒過三巡，難免也動氣。

最先爆發的是麻迓。一天，莎姑正從雜貨店買了一小罐的花生油回家，那是部落最下方第一條街靠近路口的雜貨店。經過巴拉冠的時候，麻迓的怒吼聲從巴拉冠建築物裡面傳出來，那些帶有濃濃酒氣的聲音，讓莎姑稍稍嚇了一跳，暫停了腳步又快步趕快回家跟桂妃說。

「如果是這樣，這裡還能叫做蕃社嗎？太平村是什麼東西？我們大巴六九，從我眼睛張開知道太陽的方向開始，我就知道了這裡是大巴六九，是蕃社，那些兇頑的日本人都不管這些，這些魯跌（一般指外省人特別是老兵，這裡指的是國民政府）幹什麼說改就改？什麼大巴六九？什麼村長？我們的阿雅萬放哪裡？拉汗放哪裡？真是混帳東西。小心哪一天我忍不住了，我要殺了這些人，把他們的頭拿下來掛在路口，我每次經過的時候要吐一口痰。」麻迓的吼聲真是響亮。令習慣在傍晚時分，聚集在巴拉冠廣場周邊大樹的麻雀都嚇得噤了聲，或者根本就已經飛散到其他方。

這個情形讓莎姑覺得驚訝，她並不是那麼害怕凶惡的吼叫，但是一群男人鬼吼鬼叫的情形她倒是沒聽過，沒見過，她感到不安，甚至害怕。回到家跟桂妃提起巴拉冠的情形後，便接替桂妃處理準備上鍋的野菜。

麻迓一直說話著吼著，幾個男人跟著應和，桂妃匆匆的趕去，想看看發生什麼事，也只敢待在廣場外朝著巴拉冠建築內瞻望，不敢在這個時候現身要麻迓回去。她聽不出這些男人究竟吼出什麼道理來，只當是一群酒鬼發酒瘋。

沒多久，麻迓的聲音從巴拉冠開始移動接近他們的住家，中間還伴有桂妃的勸慰聲音，但似乎引來更大叫吼聲，那不是一種溝通，甚至不是有意義的說話，就只是麻迓的叫吼與桂妃不甚明亮的說話聲。

餐桌上一碗湯與一碟燻肉片，她的兩個弟妹忐忑的坐在座位上，等著大人坐定位一起吃飯。麻迓的聲音逐漸傳來，兩人眼神咕嚕嚕的轉著，頻頻朝外。

「吃飯！」麻迓幾乎是一進屋子就大聲的說著。

「就吃飯，也不用這麼大聲吼著，吃飯吧。」桂妃說。

「咦？妳一個女人說這個是什麼話？妳不知道我是這家的男人嗎？」麻迓聲音大了起來。

「吃飯吧，妳學那些日本男人幹什麼？這裡是部落，不是日本人的家。」

「呸，妳囉嗦什麼啊。就算不是日本人的家，我也是這個家的男人。」麻逕又吼起來了，令三個小孩縮緊了呼吸，莎姑更是心跳加快，呼吸聲音變大了。這情形讓麻逕察覺，他轉過臉向著莎姑，聲音降了一些以日語說話：「妳幹什麼？你們日本的家不是這樣嗎？沒聽過男人這樣說話嗎？馬鹿野郎。」

「好了，吃飯吧，你這樣嚇著孩子了。」桂妃制止了麻逕說話。

莎姑注意到弟妹的表情忍不住偷偷出現了笑容，顯然他們不認為弟妹從來沒有被嚇著。

在極其簡單的晚餐後，莎姑趁著醉酒的麻逕睡著了以後，詢問了關於麻逕發脾氣的事。才知道，她的父親麻逕的壞脾氣並不是偶發的，不是因為什麼特殊事件引發他的憤怒而隨意發脾氣的。那是他長年就存有的性情，他的家人，姊妹兄弟就是這個樣，一語不合就嘶吼相罵。

「既然多桑這麼凶，卡桑妳為什麼還要跟他結婚？」

「唉，妳的多桑脾氣的確很凶，但也只有喝了點酒，才會這麼大聲以及發脾氣。這是部落男人的習慣，他們平常安靜、明理也很照顧家人，但是喝了酒，好像有許多壓抑的委屈，不知不覺就發洩了。」

「村子改名字的事，很嚴重嗎？為什麼多桑會這麼生氣。」

「不是，妳沒理解我剛剛說的事，其實，那只是一個理由，發脾氣的理由。」

「我真是不明白。」

「什麼不明白？」

「這樣發脾氣有什麼好，不考慮別人的感受根本是不對的事。卡桑說男人這樣，是因為有壓抑著的心事，難道女人沒有嗎？女人有心事怎麼辦？也可以發脾氣罵人嗎？」莎姑不能理解這個道理，因為自己從來就是壓抑著脾氣去面對這個世界，除了安靜無語自己也不知道怎麼發洩，連哭都不知道怎麼哭了。說著說著又忽然想起夏絲，那個曾經短暫成為自己母親的姑姑，那個脾氣跟她哥哥麻迓一樣壞的夏絲，又忽然同情夏絲也許有很多壓抑著的心事，她選擇亂發脾氣來發洩罷了。

「哎呀，莎姑，這個很難說得清楚的事，生氣罵人的確不好，沒有人喜歡這樣，但每天就這樣發生了，誰也沒有能力說清楚為什麼。但不管怎樣，男人也不是都會這樣，更何況他們也不會動手打人。」桂妃說著，卻也不曉得怎麼讓莎姑了解這些事。

桂妃確實不知道怎麼給莎姑這樣的小孩解釋，牆柱上的煤油燈火光搖曳著，她試著述說另一個部落男子的事，一個令部落男人懾服的凶悍男人馬鐵路的事。

有一回，馬鐵路不知何故生氣發了很大脾氣，讓他老婆叨念了兩句，他氣匆匆的進了屋子，拔起了掛在牆上的長刀，把屋子周邊種植的植物胡亂砍了，甚至連快要收成的玉米、小米也都砍了。砍完以後，氣消了，開始覺得不好意思，便收拾刀具揹著背簍，離家到自己的獵寮躲三天。一直到他的妻子指喚他最小的女兒，去找他回來。才發現馬鐵路的獵寮周邊已經曬掛著獵物，寮子裡堆疊了不少種類的野菜。原來，這三天馬鐵路不斷採集狩獵，只是為了等著回去向他的妻子賠不是。

「這是真的是嗎？卡桑。」莎姑被故事吸引了。特別是一個凶悍的男人居然不敢對他妻子吼叫，而選擇找植物出氣，然後又陪禮道歉。

「當然啊，這幾乎是以前部落男人的模式。馬鐵路，就住下面第一條路，家裡有晒穀場的那家，他的妻子阿萊代可是聰明厲害，很會經營，家裡吃得好住得好。」桂妃想起另一件事，「妳問我為什麼嫁給妳多桑，沒別的原因，他努力認真，也強悍英俊。平時並不發脾氣的。妳不覺得嗎？」

「是的。好像是這樣。」莎姑回想起她的父親麻迓，平時的確少語，與莎姑說話時，雖然總是保持距離，但眼神也很平和，日語也說得很溫和禮貌。她想起她的日本父親松本，雖然對自己很好，但是與夏絲說話時，用字與語氣確實不是很文雅。她清楚的記得松本與夏絲大打出手很多次，有時還會因此失聲痛哭。

「我不知道怎麼跟妳說，我的日語有限，而且部落的這種習慣，跟以前日本人不一樣，也跟來這裡的百朗不一樣。我心裡想，部落男人應該很羨慕日本男人或者百朗的男人。」桂妃說。她的確很難以有限的日語能力，跟一個只有九歲、十歲的小女孩莎姑解釋，儘管莎姑成熟與懂事。

「妳的父親是很好的人，只是脾氣壞了一點。」桂妃補充說。

「伊娜，妳們在說什麼話，我們怎麼都聽不懂。」莎姑的妹妹伊布終於忍不住的插話。

莎姑與夏絲以日語交談，她根本聽不懂。

「你們去睡覺啦。」桂妃催促著莎姑的弟弟妹妹上床睡覺。

莎姑心思多了。

她知道這個時間應該還只是晚上的八點九點，還沒晚到必須上床睡覺，她甚至向院子外張望，還能穿透樹梢葉縫遠遠的看到台東市區的燈火，某些光影微弱的傳入眼瞳。她想起自己與弟妹除了幾次到旁邊的溪床玩水，幾乎沒有正式的洗過一次澡，連洗腳上床在竹床月桃席上都顯得多餘，她已經感覺到妹妹頭上有虱子，自己也不時受騷擾。她還想起一天幾乎只有兩餐地瓜、野菜、燻肉、醃製品為主的餐食，近一年以來也只有幾餐是有白米以及魚乾。這個家是窮的，遠比她曾經住過，且受教育成長的日本家庭窮得太多了。莎姑近乎認命的想著，假如她的父親麻迓，凶暴程度如他的妹妹夏絲一樣讓人難受，也希望他不是一個會打人的男人。莎姑知道，以麻迓的身形體能一定可以把人打死的。

還好，他平時安靜平和。莎姑心裡說著。

這裡還有我的許多親人，我的弟弟妹妹，而且媽媽好溫柔啊。莎姑心裡又說，然後嘴角泛起了笑意，向上翹了起來。

這個村子是窮的，許多青年先後被日本人與國民政府徵調當軍人，其餘留在部落的青壯年卻苦無工作的機會，大家全部的精力只能用在找食物、找工作打零工。喝點小酒發洩，吼叫怒罵成了娛樂，也成了許多婦女、小孩心理的陰影。國家更換了，組織型態不同了，管他是大巴六九，或者太平村，這些日常瑣事都不可能不存在，有人在意，有人不知覺。只是比起她經歷過的台東或者關山，這裡生活節奏與形式確實有許多的不同。年幼的莎姑不懂，對體制陌生的部落人，也沒有能力一下子弄清楚。

約上午九點，緊貼著部落下方的灌溉渠道，一塊旱作田，幾個小孩各自圈起幾個小小團體，學著漢人小孩灌蟋蟀，這種取水灌蟋蟀洞的方法，遠比他們不停的挖出一個大洞找出躲藏的蟋蟀來得方便與輕鬆，他們只要拿幾個竹筒輪番取水、灌水，很快就會有成績。已經等了一段時間，而等不到德里來的兩個男孩，開始覺得無趣了，儘管他們已經灌出了兩隻蟋蟀，而且還是同一個洞灌出來的。

「杜麥，我要給你取一個魯跌的名字。」

「魯跌的名字？達基斯你會魯跌的字？」

「當然啊，這有什麼難，你看，我寫一個你的名字。」達基斯說著，然後煞有其事的拿了一截枝椏細短棍，寫了日文的「馬鹿」。但是馬字少了一橫，下面的四點少了一點，鹿字歪斜的上面少了一點，裡面打了兩個叉。達基斯先前在日本的公學校，看過一個利家的老師，很生氣的時候寫了這個字。但他不知道這個字詞可以單獨說，也可以完整的接上「野郎」這個字詞，有指責人家是笨蛋、混帳的意思。

「這個是我的名字？什麼意思，這樣？」

「這個意思是你聲音很大，力氣很大。」

「真是這樣嗎？你騙我。」

「我騙你幹什麼？」

「你又沒有學過魯跌的字，你哪裡會寫。一定是亂寫的。」

「我才沒亂寫呢，你看高魯、比山他們都有日本名字，我們現在是魯跌在管理，我們也要有魯跌的名字了，我阿瑪（註：父親，也是父執輩的統稱）說的。」

「那你們改名字了嗎？你的名字會不會很難念啊？」杜麥好奇了。

「我們還沒有去改，你們改了嗎？」

「我們還沒有。說不定德里他們已經改了，我們去問問他的名字。說不定他會寫魯跌的名字。」

杜麥與達基斯起身離開，原來預計多抓幾隻好烤來吃的蟋蟀，也隨手丟在草叢。

他們討論的是，近來部落的各戶人家都被要求有一個漢名的事。大人覺得困擾又期待，但小孩子卻覺得有趣。

比起改村子的名字，每個人必須改名改姓這件事，牽扯的範圍更廣也更全面。日本人還在的時候，只有參與日本公職的人員才有日本人形式的姓名，無論那是怎樣的職務，即使只是軍警雜役或者代理老師，都會被要求，或者是由所在單位的日本人，代為擬一個符合個人特性的名字。但最近鄉公所轉村長的公告，通知所有住戶必須一定時間內到鄉公所登記新的中文名字。這項規定沒有引起太多的爭嚷，多數人還多少有點看待新奇事務的歡樂。比較麻煩的是，到底該怎麼選一個中文當姓氏？又如何讓全家走到遠在卑南地區的鄉公所去登記？這些困擾，遲緩了進一步登記的意願與實際行動，卻也慢慢成了大人們的話題。對小孩而言，反而毫無感覺，因為，除了族語還有對外使用的日語，沒有人聽得懂漢語，沒有人會寫中文，即使在日本離開前受過國民學校教育的小孩，彼此間想為對方取一個可笑的名字或別稱也不知道怎麼取，用什麼字可以最有效果。

取漢名儘管困擾，日常的農作或採集，仍然得進行著，否則都要挨餓了。莎姑跟著母親桂妃整理完屋子周邊那些旱作田，鋤了玉米旁的雜草，又埋下了一些地瓜莖，期望下半年有更多的地瓜收穫量。到了下午約四點多，便揹著母親為她準備的背簍，隨著母親一起到舊部落旁，那條大溪出山口的廢棄發電廠下方的溪床等待她父親回來。今天清晨，莎姑還沒醒來的時間，她的父親麻迓與夥伴沒等天亮就出門了，今天要巡察幾天前他們設置的陷阱。

這是莎姑第一次離開家裡這麼遠的距離，也是第一次進入周邊環山的地方。佇立在發電廠下方的水旁，那些溪水爭相湧出閘口的「隆隆」作響聲，著實讓她覺得震撼。那裡樹木茂密蒼綠，岩盤結壘厚實，離開發電所狹窄水道的東面，河床變得開闊，溪水也順勢伸展外闊，滾滾向東而去。莎姑瞧了一眼她的母親，發覺她的母親正望著腳下溪水開始外闊前的一潭深水發呆。

「伊娜，妳想什麼？」莎姑稱呼母親，已經由「卡桑」改為「伊娜」了，連問句也使用族語。

「喔，我想起，過去還是小女孩的時候，這裡常常是我們戲水遊玩的地方，我已經很多年沒有到這個地方游水了。」

「都沒有機會來嗎？」

「當然還是常常來啊，就像我們這樣，傍晚時分在這裡等候家人。我是說長大了，也不好光著身體在這裡戲水啊，被人看見可不好意思了。」知道莎姑不是完全能掌握族語，桂妃一半使用日語。

「伊娜，我第一次到這樣的地方來，有一點興奮，還有一點害怕，我不知道這樣大這樣深的水會不會危險，但是很想下水。我回來家裡以後，沒有好好的洗過一次澡了。」

「哈哈，妳真是日本人了，在我們這裡，哪能三天兩頭就洗澡啊。妳就在這一塊區域下去泡水好了，好好的洗，把身體搓去一層皮啊，我去給你拿些東西搓身體。」

「這樣好嗎？」莎姑忽然猶豫了，最近她注意到自己的胸部有微微隆起的現象，見到人也會有一股沒來由的害臊。

「妳還小，沒關係的，妳把衣服脫了，就在這塊好好洗身體，別離開這個位置，這附近的水流很危險。」桂妃叮嚀著，隨即在岸邊摘採一叢藤的葉子。回到溪邊為莎姑搓洗背部，只見帶有淡綠色的皂沫，隨著溪水流動，逐漸流向水潭又迅速融入溪流向東流逝。

莎姑忽然紅起眼睛掉淚，自己都十一歲了，卻第一次真實感覺讓媽媽刷洗身體。那種被疼愛的幸福感，讓她想起日本父親松本，在莎姑剛來的一年裡，三兩天洗澡的時間，都會小心溫和的幫她搓洗身體。

「妳自己慢慢洗吧，別待在水裡太久，傍晚水冷會著涼的。我就坐在那兒，看著妳，也等妳阿瑪。」

「卡桑，謝謝妳。」莎姑溫柔的以日語說謝謝，臉、眼眶都濕糊。

莎姑順勢將整個頭埋進水裡，再浮出水面時，發覺這與她剛剛進入這裡所看到的景觀大不同了。她稍稍挪動身子向下沉一些，讓水面淹過她的肩頸，整個人感到平靜、涼適。她看向四周，發覺眼前窪潭周圍附近，有許多一人可抱的大石塊散布著圍出不少個緩流的淺水潭。以東的下游溪床則遍布石礫、五節芒以及一些快生易長的雜木，如羅敷鹽木、構樹、相思樹參差亂長。而水潭以西向山坳延伸溯溪而上，則多為巨石，溪水在巨石間穿流，巨石之間稍稍可伸展的空間，又形成幾個水流較清澈的小水潭，沿溪床不規則的分布著。一條小徑就經過巨石或水潭間，橫渡溪水之後，向發電廠的方向延伸。這個區域，樹木蒼鬱墨綠連結一片，由溪谷向北西南三個方向的山頂鋪展，直到山腰的雲霧底層。

莎姑耳朵盡是「隆隆」的巨大水流聲，幾聲較尖銳的鳥鳴聲突破溪流聲，從兩邊的溪床傳來，清晰可聞。那些聲音有時是獨鳴，更多的時候是一群鳥雀爭搶著說話，也許是吵著回家吧？也許吵著要多吃一些蟲吧？莎姑想，牠們住那兒？這裡？還是那裡？她注意到那些鳥雀不只是群聚在一叢的灌木林，牠們各自占領著樹叢，形成自己的群體與居處。而遠處，傳來橫飛過溪谷的長鳴鳥聲，山腰似乎也有些不同種類的鳥叫聲，「咕，咕」的獨自發著聲。

這令莎姑迷惑了，甚至稍稍有些害怕，一種不知所以、不知如何的莫名害怕。她忍不住抬頭朝西望向她母親桂妃，莎姑留心到桂妃獨坐沉思的身影遠後方，雲霧更沉凝了，太陽早就被遮擋在雲霧之外，山稜線之後，天色有些暗了，而東方的台東市區上空還白亮著的。

桂妃遠望著溪谷更深處沉思著，莎姑想叫喚她，溪谷山腰傳來「嘓～嘓～」的間隔一秒的連續叫聲，她正想問那是什麼？桂妃的聲音卻響起來了：

「起來，把衣服穿上了，妳的阿瑪要回來了。」

「阿瑪要回來了，那個叫聲是阿瑪要回來的聲音？」莎姑從水潭旁的小水窪站了起來，甩了甩水珠，套上衣服問。

「那是山羌的聲音，牠們很敏感，如果感覺到有其他動物或者是威脅，就會發出聲音警告人，剛剛那一隻就是在警告人。所以，如果不是你父親他們回來，也會是別人回來了。」

「山羌長怎麼樣？很凶惡嗎？」

「我說了，妳也不能想像出來吧？比狗大一些，比羊小一些，長得比較像羊，有角。」

「我知道了，鄰居阿郞姊姊家有養羊，我見過。」

「對，阿郞他們家養了一隻，每天就由她那個眼睛快看不見的哥哥牽出去吃草。對了，阿郞算是妳的長輩，妳得叫她一聲伊娜，她跟我是表姊妹關係。」

「伊娜？她大我五歲而已呢，算一算，我們還是同一個時間入學呢。」

「輩分就是這樣，由不得人的。」桂妃一直日語、族語摻雜著說。

「是！不知道她的漢名是什麼？卡桑，我們也要換名字了，我的新名字是什麼？」莎姑問，而她似乎聽見狗的吠叫聲。

「名字的事我不懂，那要問妳阿瑪了，他們似乎下山回來了，我聽見狗叫聲了。」遠處確實傳來了狗叫聲，且聽起來已經抵達溪谷了，憑叫聲，桂妃即刻判斷出那是麻迓的獵犬，她站了起來，朝狗吠叫聲的方向望去。

這幾乎是大巴六九部落男人的習慣，一定得帶著狗上山。麻迓與他的夥伴各養了兩條犬，這一回都跟著上山去了。現在，其中兩條已經涉過溪，朝著桂妃的方向快步奔來「報訊」，但隨後的情形讓桂妃與莎姑，睜大了雙眼不可置信。

遠處的溪谷，正在踩踏石頭過溪水的麻迓，居然是牽著一頭梅花鹿。兩人背簍都裝了些黃藤與野蕨。桂妃揹起背簍迎了上去。

麻迓牽著一頭鹿回來的消息，在他們進入部落之前就已經傳遍部落，帶著刀具的幾個中年漢子，已經在麻迓家待命。那是先前幾個青年在路上遇見了，一個人直接跑回巴拉冠報告，幾個青年立刻禮貌的接手麻迓兩人的背簍。

在麻迓家的院子裡，德里盯著第一次揹著背簍的莎姑發呆的樣子，很快的被杜麥當成笑柄。說德里的漢名應該叫做「巴日幹」，那是女用背簍的意思；或者也可叫做「發辣」，意思是發春了。這惹得德里很不高興，回嘴了杜麥，要他自己取一個漢名叫做「達布倫」，意思是膀胱，也是指吹牛、鬼扯的人。

當然，他們並不知道，正確的漢字怎麼寫，但是口頭上的取名還是讓他們感到好玩開心。當晚在麻迓家幫忙餐宴時，還不停的彼此取名戲謔，許多大人也感染了氣氛，紛紛胡亂想像與彼此取名。

「莎姑應該取什麼名字？」杜麥忽然問起德里。

霎時，德里停止了所有動作，並在第一時間目光搜尋找到了莎姑的位置。

村幹事會同鄉公所承辦人員，來到部落協助大家登記漢名的事。早在前天晚上大家在麻迓家享用鹿肉與喝湯的時候宣布的，但到了今天上午，巴拉冠的廣場只來了不到三分之一的人，還有一大半的人早早下田與上山，逼得必須派出留守在巴拉冠的年輕人，四處通知其他人儘快回到部落。

取姓氏倒也簡單，原先就已經跟漢人通婚而後融入部落的，以原來的姓為姓，比如黃、陳、李。有人願意以自己的族語名字轉譯適合的漢字為姓，例如孫、吳。沒有上述的理由，也不在意姓啥的，由村幹事或者由他們自己，以戶口為單位，抽出林、張、王、吳、李等姓。至於名字，則因為時間過短促需要思索與交換意見，又延遲了一些時間，才逐漸完成漢名登記。

這看似問題不大，卻還是爭擾了好久。原因是部落傳統上分成三個大氏族，氏族裡雖然有不同的家族，家族內的個戶，大多有著血親或姻親關係。當漢式姓氏確認了以後，一個氏族裡存在好幾個姓，甚至同一個家族的如果不當下釐清，就有可能不同戶口有不同的姓。不刻意講起還好，一提上話題，一種「我們不是同一家人」的奇怪情緒就會浮起。還有，過去的社會制度傳統上是以女方為主，男人由巴拉冠婚入住進女方家，結束單身生活以後，隨著女人過日子，建立家庭，盡可能終老一生。沒有姓氏延續的問題。一旦改為以男人為主要繼嗣的漢姓，又將戶長強制登記為男性之後，部落傳統的社會結構就都受到了相當的挑戰，不過，大家如往常過日子，有時新的姓氏還成了不少人的樂子。

由於不強制非得跟著母親的家族得到姓氏，於是德里有了新的姓氏「張」，達基斯也姓「張」，但與德里無關。杜麥姓「吳」，與他家族有親戚關係的馬鐵路家，沒有姓「馬」，而是「林」。莎姑家姓「王」，原本同一個家族的鄰居阿鄔家姓「林」。

這樣的結果，讓杜麥覺得有意見，因為他們三劍客，有兩個姓張只有他姓吳，他揚言要找「王八蛋」一起加入他們。「王八蛋」是外省村長的口頭禪，先前他們不知道這是什麼意思，因為抽籤完姓氏，他們忽然「理解」這是一個姓王的傢伙，名字是「八蛋」。

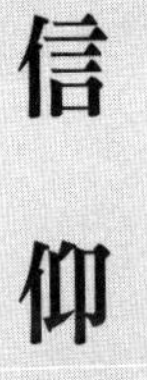

信仰

1

「阿姨，歐吉桑可以辦出院了。」近中午的時間，一個護士進了病房，笑著對莎姑說。

稍早，德里轉進一般病房後，又持續的做了幾項檢查。今天上午醫生巡房時，看著幾項檢查報告，不敢立即確認，待巡察完回到醫師辦公室，認為德里肝臟的狀況沒有惡化，短時間內也無法做有效的藥物治療，所以建議病患回家休息調養，並定期回醫院做檢查。

「他是好了嗎？」

「嗯……醫生說歐吉桑已經穩定下來了，現在也不要繼續吃藥，回去要多休息，慢慢就會好了。」

「不用繼續吃藥，多休息，慢慢就會好？」莎姑喃喃的重複說著。

她大致可以理解護士的意思，但不知具體的情況，心裡反而更多的不安。因為在此之前村子裡好些個有同樣問題的人，回了家後宣稱自己好了起來，然後又繼續過往的習慣，菸酒不禁，然後……，她不敢繼續想，撥了電話請兒子前來幫忙辦出院手續。

莎姑心情變複雜了，她瞥了一眼德里，看見德里面露喜色，又忍不住為他高興，畢竟住院並不是一件讓人舒服的事，目前病情沒有加劇，也確實是件好事。但想起可能要為了多勸他該如何又如何，才能對自己身體好之類的話語而齟齬爭吵，她又覺得一股強烈的無力感。她深知德里的個性，也了解村子裡那些男人總喜歡在病人出院時，用話語刺激病人做些不健康的事。

總要試試啊，也許他會有不同的想法，知道我們都需要他。莎姑心裡安慰自己。

他們叫了車回家，經過村子口的寺廟「受東宮」前，她看見部落幾個年輕人，跟廟裡的一些漢人村民，似乎在排練什麼。莎姑始終弄不清楚，廟的神祇要出巡或者要參加活動時，總要安排一些抬轎的，或者鼓樂什麼的，那究竟是怎樣的意涵？也不清楚村裡的原住民小孩，怎麼加入這些後來被稱為「陣頭」的隊伍？但莎姑很喜歡看他們認真投入演練，不區分什麼民族的一起排練。

這個廟，原先不是在這裡的，也沒也這麼正式的廟宇外觀。它原來是位在莎姑以前家隔一條路，也就是阿鄔家對面的一個周姓平地人家，所安置的王爺家廟。當年這戶人家買下這塊地時，為了搭建住屋而清理環境時，燒掉這塊地角落一間不起眼的小茅屋。後來女主人生了怪病，手掌指頭變得扭曲無法伸直，連帶高燒夢囈。後來他們到太平榮家下方的一間喚為「文衡殿」的關公廟扶乩請示，得知是觸犯了「番仔神」所致，所以應該要問當地人，請求原諒。

原來他們燒掉的那座小茅草屋，是一座被棄置的某個家族的「祖靈屋」。後來經由部落祭司協助後，這家女主人逐漸康復，惟她那縮曲的指掌無法恢復。因為信仰的需要，他們決定回到台南的原鄉，請靈一尊北極星君回家安座，這戶人家自然也成了一座家廟，最初的幾年村子的漢人定期集會與請戲，也成了村子的一大景觀。那時是民國五十幾年的事，但什麼時候遷建到現在的廟址，莎姑只能約略想起那是民國六十幾年以後的事了。但她記得，這一座廟成立後，神明居然還指派阿郞的先生高魯，擔任連續三屆的副爐主。莎姑不清楚那是什麼，她會記得這件事，是因為高魯一直不肯接受這個身分，也不願與廟有太多的往來，所以廟方再三拜託村長，還有莎姑的先生德里去向高魯說明。後來的事如何了，莎姑則沒有印象。

畢竟，太遙遠了啊，莎姑心裡說。

有信仰總是好事啊。莎姑這麼想，心裡卻揪了一下。她是個天主教徒，一直都是，只是後來不知什麼緣故，德里要求全家放棄，莎姑不敢反抗，這事卻也讓莎姑一直安不下心。她不知道還有沒有機會再成為一個天主教徒，像過去一樣參加集會，主導許多活動，她總是希望會有這個機會。

「妳在想什麼？」德里的話打斷了莎姑的沉思。

「喔，我看到廟，想起了這些百朗，可是很認真的保護他們的廟啊。」

「是啊，這是百朗的特性，他們想做的一定認真的做，非得要達成不可。今天廟裡熱鬧啊，他們準備進香了嗎？」德里精神看起來好多了，語調也輕快多了，探頭看了一下位在他家左前方，隔著部落向東道路的「受東宮」，伸了個懶腰，大舒了一口氣。

「回到家真是舒服啊，可以到處走走，不用時時躺在床上。」德里語氣愉悅的說。

「醫生交代你必須多休息。」莎姑語氣有點急的插了話。

她忽然想起德里當初要放棄天主教信仰，可能是因為偷偷喜歡了村子裡的一個百朗女人，那女人向來積極廟裡的事，聽說想借重德里的關係，讓部落人能多與廟裡結合。莎姑沒有直接向德里證實，但明眼人都知道，村子裡也有人傳耳語到莎姑耳裡。

那一段時間德里不但想介入受東宮的活動，終於在一次醉酒之後，丟了《聖經》與屋內的十字架，要求不再信仰天主教。莎姑始終把這件事放在心上不說，一來不想為這件事挨罵與爭吵，二來德里也沒真做出對不起她的事。

「唉唷，妳說這個，是怕我到處亂跑，又被他們那些人拉去喝酒？妳放心，我是那樣的人嗎？妳看今天天氣這麼好，我也應該出門走走，讓大家都知道我健康回來，謝謝他們對我的關心。」德里語氣倒是平和與爽朗，完全不同於在醫院的奄奄一息。

「不是這樣。」莎姑有被看破心思的窘迫，「我是說，別走太遠，我想去找端娜、慕雅他們老巫師，看看能不能給你搭拉冒，讓你早點舒服。」

「這樣啊，也好，讓他們搭拉冒也好。」

「所以，你在家等等，我去約個時間。」

「好，不過……」德里忽然停止說話。

「怎麼回事？」

「我是說，莎姑啊，能不能……我們再回頭到天主的懷抱。」

「你說什麼？」

「我是說，我們應該再回頭信仰天主，當初我主張離開不用再信仰天主，那是我的不對，我錯了。這一段時間我身體不舒服，我每天都在思索著這件事，也許是我的信仰不夠虔誠，也許我根本違背了天主最初選擇我、接受我的恩澤，所以，我受到了身體的磨難、懲罰。但是，我又想，我不應該在身體不舒服了以後再回頭想這個，那像是一種交換，希望透過信仰讓自己獲得健康，這讓我很羞愧。為此，我偷偷地禱告了許多回，現在我心裡舒坦了，畢竟，天主早就指明了這些種種我們必須經歷的磨難，那些罪愆也必須透過身體或意志的不斷檢驗與折磨，才會明白道理其實一直存在。這個過程我的確迷路了，困惑了；而現在，我清醒了，理解了。我不是在做一種交換，而是真心誠意，想盡我一個教徒的義務。」

「唉唷，你說了很多話啊。你休息，我先去找端娜伊娜了解一下該怎麼進行搭拉冒的事。」莎姑似乎有些驚訝，心情波動的，說完幾乎就直接掉了頭，而淚水也在那片刻掉落下來。

是真的嗎？莎姑心裡吶喊著疑問著。這麼多年，她從未放棄過自己是天主教徒的身分，遇到困苦、災難與過不去的事，她都是藉由禱告來度過的。自己的先生，那個當年聲色俱厲，張揚著恐怖醉臉，要求丟棄跟天主教信仰有關物品的德里，現在，居然主動提起要重新回到天主、聖母的懷抱，怎不令她心情複雜而悲喜繞騰？

莎姑想著走出院，心情回到幾十年前，那個還完全不知道往前能有什麼出路的歲月，那些完全看不到未來的日子。

「喂，妳等等我，我跟妳去走走。」德里追出了院子，朝莎姑喊著。

「你不在家休息？」莎姑有些驚愕，她本意也是希望德里陪著走走見人，又擔心他過於疲倦。

「已經休息了這麼多天，出來走走也見見人也是好的，免得人家以為我不在了。」

「呸，你說這個幹什麼？」

兩人沿著村子最底下的街，然後再兩條街後轉向上，到了部落首席女巫端娜的家。沿路不少人跟德里打招呼與開玩笑。

「這些人，就不會好好的祝福人家早日康復，一定要開玩笑？」接近端娜家之前莎姑嘟囔著，不見生氣，卻頻頻搖頭。她知道大家沒有惡意，那些要德里別示弱，繼續多喝一點對身體好的，本意也是提醒德里別再喝酒，說了反話。但莎姑此刻的心裡卻怎麼也幽默不起來，心想著，你們幾個不也是身體弱了病了？不也是住了院回來休養？不也是喝酒又長期操勞、營養不足？

「他們也是好意提醒啊。都到了這個時候，也只能這樣相互開開玩笑啊。過去我們都太窮、太苦了。」

「過去，你們太糟蹋自己的身體了，你不看看，村子裡年紀大的，多半是女人留下，你們這些個個逞強鬥狠的男人，堅持自己是頑猛剛硬的男人，現在，都到哪兒去了呢？」

「唉，誰願意這樣？又誰算得了會走到這個地步，人啊，總是順著自己的性子過日子，誰又能想到那麼多的事。只是，這麼多年，也辛苦妳了。」德里輕聲的說，而莎姑忽然停止了腳步，眼眶泛了淚水。

「不說這個了吧，孩子們需要你的鼓勵，我也不想一個人面對這些。你自己把持住，把身體養好，醫生都說不需要用藥，休息就可以。我想，你的狀況沒有那麼糟的。」

近中午的時間，街道沒多少人，太陽也大，德里夫婦兩人一前一後站在端娜家前的馬路上。那個情形有點好笑，坐在屋子裡的巫師端娜安靜的看著她倆不語。端娜的女兒，也是巫師的姬古發現了，趕忙把他們迎進屋子裡。會談沒有多久，敲定了到莎姑家進行作巫事搭拉冒的時間，隨後他們轉往部落祭司來佑那兒。德里與來佑交換了一些關於部落新祭司要扶立的問題。部落祭司來佑年紀已經老邁，對於祭典時候的古謠吟唱已經力不從心，這兩年已經指示兒子陳繁雄以及德里等要加強練習，以接替祭儀的古謠的「起詞」「答詞」的核心圈。至於祭司最重要的祭祀工作，已經多次給傳統祭司家的繼承人陳世計壓力，希望他早日接回原本就屬於他們氏族的祭祀權。來佑已經代理了近四十年。

「我們去天主堂走走吧！」莎姑後來央求著。

「也好，去看看吧，如果能多拍些照片多好啊。」

「不知道什麼時候要動工拆除，好好的一棟建築拆了多可惜啊，這裡有許多回憶啊。」

「呵呵，真是這樣，我們一生最重要的歲月，都跟這裡有關啊。」

天主堂要拆的事，已經傳了不少時日，這位在巴拉冠正中間位置的鋼筋混凝土建築，將要被鄉公所收回，改建成一座多功能聚會所，供村民開會與辦理室內活動之用。

「我們是真正的天主教徒。」莎姑說。

許久的沉默後，德里忽然輕聲的說了聲對不起。

回家路上，莎姑的心思又飛得老遠，那些關於天主教、這教堂，以及她與德里的相識過程。

2

「伊娜，我們怎麼辦？天都暗了，我們要不要回去了？這裡很冷呢。」莎姑幾乎是哆嗦著說話，不只是因為十二月底了晚上涼，四周沒有燈光的暗夜也讓她感到害怕。

「噓，再等一等，妳沒聽見妳阿瑪的聲音還那麼宏亮？」桂妃的說話聲帶有濃重的鼻腔聲，但堅定與沉著。下弦月的微弱光影折映下，還看得到她眼眶濕潤，而左顴骨的位置有紅腫擦傷。她懷裡還抱著一個兩歲多的小男孩，其他兩個弟妹緊挨著桂妃。

「這個樣子，我們怎麼過日子啊？一喝了酒就發脾氣。」莎姑忿忿的說。

「別這麼說，莎姑，妳的阿瑪，也不是常常這樣。」

「不是常常這樣？我們已經好幾次這樣了。」

「他辛苦的找工作掙錢，有錢的工作又不多，也難怪他喝了酒就上火。」

「這不是應該的，平常罵人也就算了，他還動手打你，萬一哪一天我們都被他打死了，怎麼辦？」

「唉，誰有辦法阻止啊。我認識他的時候，就已經是這個脾氣了，會變成這個樣子我也不知道啊，再說，如果是那樣，那也是命啊。下一次，我們就像這樣吧，聽到他吼叫，我們就跑！」

「哎呀，伊娜，我們哪一次沒有跑啊，印象中，我從有能力自己跑以來，我都是一聽到聲音就跑得遠遠的。」莎姑的妹妹說。

「還有我。」莎姑的大弟也補充說，而他的話忽然引起大家的笑聲，壓抑著卻也輕鬆了不少。

「噓，小聲一點，會被聽到。」桂妃說著，不自覺的，她掉下了淚水。

桂妃一家人正在他們家北邊，隔著馬路靠近「法魯古」溪床的兩棵相思樹下。因為夜涼，又颳些東北風，他們縮瑟在一旁的五節芒草叢中。耳朵還不時的傳來麻迓的吼叫聲。

傍晚稍早的時候，麻迓從外頭回來。今天林班地包工的工頭發放薪資，所以不用上工，領了錢，大家休息吃喝慶祝與休閒。麻迓的心情還算不錯，雖然喝了酒聲音也不算小，起碼不是吼叫罵人，包括桂妃與四個小孩的一家人呈現了少見的開懷。尤其是桂妃計畫如何分配薪水購買些日常用品時，大家的情緒還算是開心的，桂妃特地賒帳準備了一點酒菜，陪著麻迓說話。但不知道怎麼回事，桂妃後來的話題碰觸到了改中文姓氏這件事，引得麻迓也帶出了「戶長」的話題，之後聲音越來越高，火氣也越來越大。桂妃起初也不以為意，認為這是麻迓討論事情的習慣，她順著話題偶爾反駁，偶爾制止麻迓，沒想到引來麻迓更大回擊，更凶猛的發話。

莎姑警覺不對勁，回到這個家以後的幾年經驗裡，她知道麻迓已經瀕臨發作、砸東西、罵人的臨界點上。她正疑惑桂妃為什麼仍然在話題上打轉，才注意到桂妃桌上有酒杯，而她似乎也喝了一些。莎姑擔心她的兩個弟妹，卻發覺他們正悄悄的轉出門到院子去了。留在床上的小弟弟也因為恐懼而開始哭泣，這惹得麻迓更生氣的吼著。莎姑趕緊抱起他走到屋外。

桂妃責備麻迓不該這樣嚇著小孩，她還多說了這個家是她的，麻迓也不過是「嫁」過來一起過生活的，所以，家裡的事由她總理，連孩子姓也應該要跟著她。這引起了麻迓暴怒，猛力的吼著罵著，桂妃也不讓，麻迓忽然出手打了桂妃，桂妃像個破絮甩向一邊，暈了過去。嚇得莎姑趕緊衝進了屋裡，一手抱著小孩，一手企圖拉起桂妃。

麻迓似乎怒氣更甚，吼著要殺了他們，並轉身朝他掛著長刀的柱子走去。莎姑急著叫著伊娜，而桂妃只量了一下醒來，麻迓要殺他們的話她聽得清楚，一下子全醒了。她站了起來，把小孩接過手衝出屋子，莎姑緊跟著出去，兩個早就躲在院子口的弟妹，加入了行列。他們先經過鄰居阿鄔那條路往西往上坡疾走，先在往山上的路邊躲了一下，聽麻迓的吼聲並沒有移動，然後起身往溪邊移動。沒想到才走到轉角路口，麻迓的聲音移動了，那聲音正循著他們剛才奔出門的路線走來。桂妃趕緊抱著小孩往路旁一棵苦楝樹下的樹影擠去，那裡剛好是一段坍塌的石砌牆，坍塌處被人長期倒棄鍋牛的碎殼，那些帶有鍋牛下半身內臟的碎殼，發出陣陣難聞的惡臭。母女五人躲在微弱月光的樹蔭下，努力的不發出一點聲音，睜著大眼看著麻迓持著長刀，從他們面前路過，邊走邊吼著咒罵著，說要是被他找到，一定要殺了他們。

一直等到麻迓的聲音又回到家裡固定著，桂妃才敢起身，移動到溪邊，現在的位置藏匿，這裡離家不算遠，看得到門口，有芒草遮風，又不容易被發現。

「如果，將來嫁人，妳一定要找一個脾氣好的男人。」桂妃對莎姑說，莎姑卻忽然哭了，輕輕的只一下下的哭出聲。

莎姑想起她的姑姑，先前收養她的卡桑，那個可怕脾氣，打起人來往死裡打的夏絲。果然比起麻迓絲毫不讓啊，她忽然覺得自己太可憐了。

「如果，男人都這樣，我就決定不找人結婚了，這樣太痛苦了。」莎姑說，停頓一會兒，又說：「但也或許只有他們家的脾氣是這樣吧。」

「啊？」桂妃被莎姑的話攪混了，又忽然聽懂了她的意思而笑了，「的確是這樣吧，他們家的人都是這個脾氣，沒見過其他人家是這樣凶惡到骨頭去的。不過，最近村子裡的男人都變了，一提到姓名，一提到戶長，每個人似乎都要表示他們的男性尊嚴，大家好像在比賽似的對家裡的女人發怒亂吼叫。唉，一家人可以這樣嗎？」

「怎麼會這樣呢，伊娜？」

「我怎麼會知道呢，過去的男人會發脾氣，但是沒有像這樣的，妳的阿瑪也從來沒有動手打過人，我想以後會越來越糟糕的。唉！」桂妃往家裡眺望，而痲迓的聲音已經平緩下來了，但仍然沒停止說話。

「我們以後怎麼辦？」莎姑問。

「怎麼辦？我不知道啊，我看這樣吧，他一喝醉開始大聲，我們就躲得遠遠的。他總要睡覺的，還好他平時還算正常。」桂妃說著，自己也真不知道該怎麼辦。她伸手攏了攏其他三個小孩，往芒草叢中心更聚攏，減少一些吹風。她感覺左側被打的臉，痛到有些僵硬，她刻意的撇過頭，避開莎姑的角度忍不住又掉淚了。

小弟弟睡著了，芒草叢旁邊的相思樹上飛來一隻貓頭鷹「咕，咕」的叫著，嚇得其他兩的弟妹更往桂妃的位置擠偎，而家裡的方向，痲迓的聲音時大時小。

「伊娜！」莎姑著實安靜了一會兒，又忽然說。

「怎麼了？」

「我想跟著村子的人去工作。」

「去工作？去哪裡工作？」

「去都蘭那裡開馬路啊。」

「妳哪來的消息，妳怎麼知道要去那裡做這個。」

「今天我聽到村子裡的人在說，說有百朗來招募工人，男女都可以，等過幾天工作就開始了。我問過，我一天可以得到三十塊的工資。」

「三十塊是多還是少？」桂妃問。

「阿瑪到林班工作是六十五元，我這三十元不算多，但我是女工啊，年輕的女工，這個錢不算少了。」

「唉，妳讓我想一想，總是這樣讓妳出門受苦也不是辦法。」

「伊娜唷，我在家難道就不吃苦，家裡現在又不是很好過，我們多一個人賺錢總是好的。妳想想，我們家有多久沒吃白米了？」

「白米？我已經忘記那是什麼味道了。」提起白米，桂妃忽然愧疚，說話聲音小得不能再小了，「村子還有誰去？」

「阿落、阿米咕都會去。」

「鄰居的阿鄔去不去？」

「我白天遇見她，有問過，她說不可能出去，她要照顧家裡的人，只能打柴還有種種家裡的地，看看能不能種些食物來。」

「的確是這樣啊，我那可憐的妹妹，比我們還要辛苦啊。我們要是像其他人那樣早一點搬遷下來，住到下面，那裡有水，也有不少的地，種什麼也會有好收穫吧。說不定也可以種水稻呢。」桂妃說。

「當初，我們為什麼不早一點下來？」

「那時我肚子裡懷著妳，也不能說下山就下山，更何況妳的阿瑪並不想搬下來，他說在甘達達斯什麼都方便，天氣也涼爽得多。」桂妃沒多說麻迓後來是想把這裡的家賣掉，搬回山上。

「妳睡一下吧，等一下我叫妳。」

「我不睏，我想著去工作的事，妳答應我吧。」

「我沒主意啊，等明天我跟妳阿瑪說，他應該不會反對吧。」

桂妃的話聽來毫無任何她能當家作主的氣勢，讓莎姑一陣心思：村裡的女人畢竟還是女人，即使傳統制度上擁有家產，結了婚讓男人住了進來，到最後，家裡的事還是得聽聽男人的意見。

我將來會遇到什麼樣的男人呢？莎姑心裡忽然騰起了這個念頭，臉頰稍稍感到燥熱。而大腿內側似乎有一股熱流往下竄。她好奇伸手一摸，黏呼呼的一點腥羶。

「伊娜，我好像流血了。」

「流血？哪裡流血？妳阿瑪剛剛也打了妳？」桂妃被莎姑流血的事驚嚇了，以為剛才自己昏厥的時候，莎姑挨了打。

「不是，是我的大腿內側。」

「我看看！」桂妃自己趕忙調整姿勢，逼得其他兩個小孩讓出空間。

「妳……是要跟著月亮（註：月經）來了。」

「那是什麼？」

「妳長大了，等過一會兒回去再處理吧。」

幾天後，莎姑還是跟著施工隊去了都蘭的修路隊，她的父親麻迓沒有多說什麼，只是瞪著眼專注的看著莎姑，又忽然皺皺眉頭，沒多說什麼。麻迓很少跟莎姑說話，總是安靜的看著她，只有在喝了一點酒，微醺未醉時，才會以日語說些話，而且總是隔個距離。這情形讓莎姑很難理解，那似乎是將她當成外人，一個敬畏的外人。

公路修築隊的工人，其實是公路局外包委託招募的，修建臨太平洋海岸連通台東與花蓮的公路，目前的工作路段在都蘭附近。工人交通車每天經利家，然後六點半在村子下方那個十字路口接送村子周邊的工人一起出發。工人自帶工具與中餐便當，薪資每三天結算，當天下工後發放。

一大早，她拿著準備好的畚箕、短鋤衝到了集合點，來接載工人的卡車也剛好來了。她跳上了車，煙塵中一路顛盪到了都蘭。工作性質還好，就是鋤土石、搬土石依指定的位置倒落，反覆的進行，也逐步的移動著，唯一困擾她的事，她打著赤腳，接近中午的時間，道路的砂土變得非常的炙熱，她必須不斷的找到路邊的草皮踩踏移動，以至於回到家，腳底都紅腫。還有一件事困擾，她第一次來經，她的母親用了幾塊的碎布和較緊的底褲讓她穿著，導致悶熱搔癢，等回了家一看，都臊癢、紅腫，還好上工一天已經停止了，往後的工作天沒了這個困擾。另外還有一件讓她一直到了後來自己當了媽媽，都還常常掛在嘴邊的事，那就是便當的問題。

莎姑上工是沒有帶便當的，最初幾天的中餐，她被其他年紀較長的部落人一起拉去吃飯的，但吃了兩天，莎姑也不好意思了。她決定離開他們自己躲起來，等到他們吃完再出現。

那天她特別努力盡可能倒完了預定的第二十個畚箕的土，然後比其他人早離開，順著路上臨海的一處缺口下海灘。走過不算寬的砂礫，她跳過幾片岩礁，然後爬上一座較高的岩礁，背著工作夥伴，面對海面躲著。

這是她第一次這麼「深入」海的領域，即使那只是海浪拍擊的岸邊，也是第一次面對著海吹風，感受浪花濺起風吹到臉上身上的感覺。但她餓了，實在感受不到海有什麼讓人高興的地方，特別是中午陽光熾烈的海邊，她只想貼著岩礁所遮蔭的地方躲太陽，看著岩蟹爬上爬下，忍不住飢餓時，不斷的嚥口水。清晨出門，她只吃了一小塊地瓜。前幾天的工資，讓母親桂妃拿了去還了大部分賒欠雜貨店的錢，似乎也買些油鹽魚乾，但沒有多的錢買其他食物。

她的心思飄得老遠，她忽然羨慕起鄰居的阿鄔，那個年輕的阿姨。她一樣的窮到底，沒有儲糧，連可以安心留到下一餐的地瓜與或芋頭也沒有，必須每天到野地四處找尋可以作為食物的野菜山產。正因為他們家人老弱傷殘，她必須留在家裡不能遠行，反而有機會留在村子，參加在巴拉冠臨時教室的「民教班」上課學習ㄅ、ㄆ、ㄇ的發音。有時課程裡，要部落一群年齡相仿的女生，學著軍人唱軍歌、做軍操。莎姑記得那一首她聽來覺得有意思但不確定是什麼意思的歌：

反共，反共，反攻大陸去
反共，反共，反攻大陸去
大陸是我們的國土
大陸是我們的……

莎姑理應跟著一起上民教班，但她的父親麻迓，並不允許莎姑參加，連莎姑想找工作賺錢幫忙家裡，也猶豫著。之前，她常常放下手鍬，偷偷走到位在村子中央的巴拉冠，看他們唱歌，喊著「向左轉」「向右轉」的做操，轉來轉去，又走來走去。她不完全記得那首歌，也不知道反攻指涉著什麼人，什麼地名，但是大家一起唱歌，那歌聲齊鳴盤旋而上傳向四周的時候，還是讓莎姑一陣感動而雞皮疙瘩四起。莎姑覺得好好玩，期待自己也能加入他們一起唱歌。但是莎姑現在的情形是：自己的父母健全，桂妃卻越來越會遊蕩，而父親麻迓除了打打零工或上山採集狩獵，存不了錢還要喝酒罵人打人，逼得弟弟妹妹們成天只知道躲起來，根本不願待在家裡。莎姑自己得做家務，下田幹活，有機會就結伴工作離開家裡賺錢，像現在這樣，跑到都蘭來工作，然後開心等候發放工錢。想到這，莎姑又不羨慕阿郞了。她覺得自己還算是自在，不用因為家人的關係，綁在村子裡，日復一日。

海風吹拂著，莎姑有些受不了，她移動了身體想少吹一些風。又不自覺的撓了撓頭髮，靠著岩礁搔背癢，她已經持續很久了這個習慣，她總是疑心自己染了頭蝨，或者因為不常洗澡，身體長了奇怪的東西。心想著如果還在夏絲的家裡，吃飽應該沒有問題，好好洗個澡洗個頭應該也不成問題。莎姑這麼想著但又立刻搖搖頭。她知道再苦再窮，桂妃的家還像個家，即使桂妃幫不上自己什麼忙，但至少她真正的把莎姑當成女兒看，而夏絲只當莎姑是外人，自從大轟炸受傷遷徙到關山之後，夏絲對她更加的生冷又莫名的敬而遠之，就像她的父親麻迓那般的，總是遠遠的，隔離著的。這一點，莎姑心裡十分明白。

莎姑似乎聽見有人鼓譟著，呼喊著。海風中，浪濤聲中，她以為聽到了有人叫喚她的名字。她起了身，平了平身上的衣服，站上岩礁往工作的路段上遠眺。發覺原先吃中餐的，那些一起工作的人，正慌慌張張的前後疾走著，叫喊著。不一會兒，忽然一個人站住，朝著莎姑的方向指著，似乎大聲的喊著：她在那裡！隨後幾個大人快步的越過幾個岩礁走了過來，詢問怎麼回事？有沒有受傷？把莎姑帶回吃中餐的岸邊。

稍早，吃飯的時間，並沒有人發現莎姑不見了，前兩天拉著她來一起吃飯的幾個長輩，也沒留心。吃了一半，才想起今天沒有一起跟著來吃飯的莎姑不見了。他們目光搜尋了一會，沒有發覺莎姑的身影，疑心出了事。所有人都著急了，因為他們今天的工程是在接壤海邊岩礁的路段，海水雖然不會直接打上路面來，但路面與岩礁呈現有兩公尺的高度差接壤，岩礁間有些地方確實是有海水灌進形成激浪的，所以，消失的莎姑也不能排除是掉落到海裡了。這一推測，大家急了，各自分頭找人。

「妳怎麼可以一吭不聲的走掉，急死人了。」一位村裡的阿姨說。

「我們還以為妳掉進海裡被海浪帶走了。」

「妳已經不是小孩子了，怎麼還真像是個小孩子啊？自己亂跑也不打個招呼。」

幾個媽媽阿姨，聲音急，也稍大聲的責備與詢問莎姑的去向，惹得其他大人看不過，過來打圓場，認為不需要責備莎姑，她本來就可以自己走動啊。也有人想起莎姑可能沒吃飯，問起來確認莎姑沒吃，根本連便當也沒帶，頓時又讓大家無語，各自將自己帶來的飯盒還沒吃完的飯菜都集中到了一起，讓莎姑吃。

當晚，幾個跟莎姑一起參加鋪路的大人心疼莎姑，相約到了桂妃家質問為何不讓莎姑帶便當。才知道，桂妃家裡根本沒有多餘的食物讓莎姑當便當帶去工作。稍晚回來的麻迓帶著酒意，難得沒有在遠遠的路口大聲的吼叫，看見家裡有人立刻又變回溫文有禮的男士了。得知這件事之後，在稍晚的時間客人都走了之後，又一陣的發怒狂吼。全家包括桂妃與四個孩子瞬間逃離，留下麻迓一個人砸東西，狂吼亂叫。

第二天，莎姑沒再跟著鋪路的工作隊，為此，白天的時間，在院子裡小小地瓜園裡，她躲在一棵樹豆的樹影下，輕聲的哭泣著。

幾天後，一個被他們稱作為「發拉嘎」（註：音譯美國人，一般對白種人的稱謂）的洋人來到村子，在巴拉冠發放物資，引起了一陣騷動。消息是留在巴拉冠的年輕人分別沿著村子街道傳達的，沒有人知道那是什麼，許多沒有上山或著留在村子裡的，好奇的陸續擠滿半個廣場。

莎姑猶豫了一下，也放下手鍬去了巴拉冠，才發覺一大早不知遊蕩到那兒的桂妃，在人群外圍晃蕩。莎姑看了一眼穿著白袍的洋人，立刻就知道他是一個傳教士，他身旁還站著一個膚色深沉個子不高的男人。當年她還住在台東市區的時候，她遇見過這樣的人這樣的裝扮，他們甚至還跟夏絲在街上相遇聊過天，甚至試圖傳教。她對傳教士的印象是好的，她在住家附近遇見過一兩次。他們總是笑容可掬，態度和藹可親，令人不自主想親近。莎姑曾短暫夢想自己也是那樣的人，良善誠懇，認真安貧，並為其他人帶來一些新奇的想法。但被夏絲不經意表露的不屑給打消念頭，她可不想讓這想法變成一個新的找碴點，沒事給夏絲找到機會羞辱她。有一天夏絲嘴巴碎念著，說自己要是加入了這個教，不能喝酒又要上教會還要繳錢，那鐵定會憋死了她。

「這是幹什麼的？他們是什麼人？」桂妃的聲音忽然響自背後，莎姑急忙回頭，看見剛剛晃蕩的桂妃，正站在她的背後，盯著那個傳教士前面堆著的一些箱子。

「基督教，那個『發拉嘎』是神父。」

「妳怎麼知道？」

「以前我看過，他們人很好，會一直找妳說話。」

「呸，一直找我說話有什麼好，妳要是願意，我也可以一整天跟妳說話。」

「伊娜，那不一樣啦，妳都一直重複說一些可以不用說的事，神父講的是神跟人的關係，說神很愛人，所以人要親近神，才會得救。」

「呸啦，什麼我都說些可以不用說的事，妳那麼厭惡我呀？還有那個……什麼神很愛人？神就是『費如瓦』，要是跟人親近了，人就要生病了，我們一定要找巫師把這些勸走，怎麼可以還要我們親近才會得救？那樣不就是要死人了？真是亂講。」桂妃說完，臉上幾乎就同時浮起一種鄙夷厭惡，輕皺眉而嘴角下沉。

桂妃說的是部落巫覡文化的神靈觀，傳統觀念裡，把神、仙、佛、道、鬼、怪、精、靈、魍、魎等非凡間事物通稱為viruwa，是必須恆常保持距離不接觸的東西，否則要害病了。

「不是那樣啦。」莎姑辯解，但她也不知道怎麼多加解釋，一方面她不懂宗教，二方面不論日語或者卑南族語，她都沒有足夠可以完整解釋一件事的字彙，不過，她說錯了一件事，這是天主教不是基督教。

洋人說了一些話後，站在那個洋人傳教士的皮膚深暗色的年輕人已經開始說話了，兩人接替著說話。現場多數人輕聲說話，還算安靜，連桂妃與莎姑的交談也沒傳太遠。神父顯然是在說卑南語，既生澀又不連結，卻吸引眾人專注。對於一個白色人種在說自己的語言，確實是一件奇特的事，桂妃張著口直視著，盯得出神。那皮膚深暗色的年輕人也是個傳教士，自稱是知本卡地步部落的卑南族人，是來替天主教的神父補充並翻譯他的話。

洋人神父說的卑南語幾乎沒有人聽懂任何一句，倒是他指著前面的一些貨物，大家瞬間就懂了，根本不需要翻譯。神父帶了許多東西，允許來廣場的人各帶一件東西回去，並且約定每週日他們會到這裡，也會持續發放一些物資，歡迎大家入教會，一起認識天父。

回家時，莎姑拿了一件小碎花的舊衣服，桂妃則是帶回了一包米。

「這個發拉嘎還很有意思啊，那麼認真說我們很難聽懂的話。」桂妃說。

「伊娜，你說那個神父是在說我們的話？我完全聽不懂。」

「妳又不很會說我們的話。當然聽不懂他的話，他說的腔調比較接近卡地步那裡的，我其實也聽不懂，連幫忙講話的那個年輕人說的話，我還要猜半天，他們的話聽起來比較硬，舌頭攪在一起，那樣。」

「舌頭攪在一起怎麼說話啊，妳亂說。」

「哎呀，反正就是那樣啦。我們全家加入教會好了，這樣我們可以多拿一些東西回來。」

「妳說的簡單，阿瑪會不會答應，到時候，我們這些東西會不會被他砍成碎片放火燒啊？」莎姑說，卻令桂妃忽然感到頸背抽緊。

「是啊，這怎麼跟他說啊，不然，時間一到我們帶著妳的弟妹偷偷去領東西，不要告訴妳阿瑪。」桂妃說。

「這樣好嗎？不管啦，田裡的工作還沒完，我們一起去弄完吧。」

「我們？不，妳已經長大了，妳自己慢慢弄吧。」

「哎呀，伊娜呀，這種事怎麼丟給我，我還是小孩呢。妳都不做了，我們靠什麼吃飽啊。」

「唉，就這麼一點大的地，就算我們兩個把這塊地翻了三遍也種不出什麼東西的。妳別找我了，我背疼啊。」

「伊娜！」莎姑生氣的近乎絕望的看著她媽媽說。

她的生氣是因為家裡根本沒多的錢買食物，只能種地。她的父親麻迓並不是每天上山狩獵、採集找食物，也不積極找其他工作。而她這個媽，遊魂一樣沒事遊蕩，也懶得多做一點工作，即使下田，也是這裡不舒服，那裡痛的，才做一點事，就要休息一長串時間。現在全家似乎都靠自己一個人，光找東西下鍋都成問題了。

「伊娜，我問妳，我們沒有更大一點的田地嗎？光在屋子附近能種出多少食物呢？」莎姑想起村子裡的人常常一群一群的結伴下田，今天這家，明天那家。

「有啊，都在原來住的地方，舊部落那裡。那裡田地很多，只是要走一段路，而且人少，很難做大面積的農作。」

「那你們以前怎麼做？」

「我們通常是『母哇賴巴』，要不然那麼大的地怎麼種啊。」

「母賴？那是什麼？」

「母哇賴巴，不是母賴。那是我們一群夥伴約好了一起工作，今天做妳家，明天做我家，每個家的田大小不一，所以，我到妳家做幾天的工，妳就還我幾天的工作。這樣就不用像百朗那樣付錢請工人。」

「伊娜，妳都知道，妳怎麼不用這個方法種地啊？」

「我哪有辦法，光是應付妳阿瑪，我就頭疼得不知道該怎麼辦了。還有，他的脾氣這麼恐怖，誰敢跟我結成母哇賴巴關係啊。」

「妳明天帶我去我們的田地看看，然後妳教我該種什麼，我去找一群朋友來母哇賴巴。」

「妳是說真的還是假的？」桂妃顯然被莎姑的話嚇到了，撇過頭看著她。

「當然是真的！我們都快沒東西吃了，去工作賺錢機會也不多，你們兩個，一天到晚亂跑，喝酒然後罵人打人，我總要想辦法啊。」

「唉唷，看妳說的，好像我們真的沒有用。」

「有用，只是沒有幫助，妳看我們這些孩子，沒好東西吃，還要天天躲飛機一樣躲自己的阿瑪。妳看鄰居的阿郞伊娜她家，雖然一樣沒東西吃，他們家也沒有常常吵架罵人。」

「怎麼沒有，她那個媽媽，腿都瘸了，聲音還是很大啊。好啦，我說不過妳啊，不如，我們現在就出門吧。去看看，回來也差不多傍晚煮飯，等妳阿瑪回來。」

「好，我帶著弟弟妹妹一起去。希望阿瑪會帶一些肉回來，不會又跑出門找人喝酒了。」

「等等，我問妳，我們不去參加那個『發拉嘎』的什麼教會嗎？有東西可以領呢。」

「當然要啊，不去，我們什麼也拿不到，去跟著聽，說不定還可以學讀書認識字呢。」

莎姑說著，其實也不是很有信心，因為她的父親根本反對他們參加這些奇怪的東西。別的不說，巴拉冠旁的臨時建築，縣政府早就開了一個「民教班」，教授中文發音練習、漢字學習，她的父親不准她參加，說那是大陸人的東西，大陸人跟日本人一樣壞。有一回麻迓喝了酒，還拿著火把說要燒掉那個充當教室的臨時茅草屋。還好巴拉冠裡還有一些年紀與麻迓相仿的單身男人攔住了他，沒釀成大事。這一會兒，她要是真的去參加洋人的傳教，不知到時麻迓又會做出什麼奇怪的舉動。

不過後來，莎姑還是參加了教會的部分活動，特別是教會唱聖歌或者要舉辦跟其他村落聯誼的集會，總要找幾個嗓音好、能唱歌的人一起參加，莎姑就經常被指定。麻迓固然還是嚷嚷著反對，但聲音與反對力道相對弱了些，莎姑猜想也許是因為有救濟物資可以領取有關，雖然不是什麼特別多又好的東西，總是一份禮物，填補生活物資所需。

日子忽然變得積極與康朗。偶爾能參加教會活動，讓莎姑感動開心，雖然不是正式受洗的教徒，她也不可能每週都能參與，但因為可以跟著學習唱歌與外出觀摩比賽傳教，讓她的日常生活得到了很大的調劑。另外，她在舊部落開墾的地，有了母親桂妃的幫忙，母親生活有了重心，也逐漸有了較多的笑容。麻迓不跟著下田，桂妃也開始自在的唱起歌來，莎姑總算有機會聽到那些大人們在喝酒以外的歌謠。桂妃的歌聲好聽，屬於那種柔細、溫和的音質，聲線也好。當然莎姑那些一起參與輪工換工的夥伴們，喜歡在工作的過程中唱歌助興，更是莎姑前所未有的經驗，她太喜歡這樣的勞動了。

比較年長的姊姊們教了她一些歌，其中特別符合他們輪工換工型態的一首歌，莎姑特別喜歡，她總會在唱所有歌以前先領唱這首歌。莎姑的聲音高拔清亮，聲線流轉滑順，很快得到這些工作伙夥們的認可讚賞。當然，男生們也開始注意到了莎姑。

莎姑新闢的旱田，是桂妃家原來的耕地，遷移至新的村子後廢耕的。莎姑規畫一大半種植小米，留一小塊種植了地瓜與芋頭。她期待六月時候可以有不錯的收穫，賣掉一些或者全部當成儲糧。在這個之前，沒有農作的時候，她盡量想找些零工來做，但那個機會實在太少了。父親偶爾上山採集，有的時候變賣得來的錢，除了喝酒錢，大致也只購買一些米，或者油鹽這類的基本廚房用品，大家有一餐沒一餐的過。不過，因為有田地農作，有了期待，也有了不同的生活動力。日子有了希望，窮，也窮得輕盈與喜悅，桂妃這麼覺得，莎姑也覺得一且充滿了希望，她也期望她的父親看到了這些，也開始接受並參與，並一起改變家裡的所有，而麻迓似乎也有所改變，即時偶有飲酒大聲的時候，也不像過去那樣砸東西甚至打人。

田裡季節性的工作大致就序，已經不需要多人力的輪工換工，母女倆每天領著弟弟妹妹一起到田裡，在田裡簡單的找些食材充飢，或者在田附近的山坡找尋晚餐所需。從田裡回來，一家人和樂喜悅。莎姑沒有外出打零工，或者到發電所等候父親麻迓上山回來的時候，一家人大致維持這樣的生活步調。

看似平靜的日常，偶有些變奏，頗令莎姑感慨。有那麼一天，出門到卑南地區販售山產採集的麻迓，從老遠處就開始大聲的說話著，帶著酒意吼著。好心情的桂妃也不覺得有什麼特別的，提議莎姑一起前去迎接麻迓。莎姑也附和，走在桂妃前頭，像個日本女人一樣，站在院子口等候著父親麻迓。只見麻迓揹著背簍，微微踉蹌地由巴拉冠的方向走來。

「妳阿瑪應該買了不少東西啊，妳看他的背簍東西不少，他這樣走路，東西會不會掉了下來啊。」

「應該不會吧，真要是會掉下來，早就沿路掉光了。」

「我怎麼忽然聽不出來妳阿瑪是生氣還是怎麼，聽他的聲音，是有一點不高興的味道，但又不像他以前那樣。」桂妃忽然感到不安的說。

「那怎麼辦？我們還是躲起來好了。可是，我又想在這裡等等他，他可是辛苦的忙了一天。」

「是啊。」桂妃說，但她的不安更強烈，天色還亮著，距離開伙煮飯也還早，麻迓的身影已經如巨人般的沉沉壓來，令她喘不過氣來。

「多桑，辛苦了！」莎姑的聲音把桂妃拉回現實。

只見麻迓楞住了，停止了說話，停止了動作看著莎姑。他專注的看著莎姑一如平時看著她的樣子，忽然，他目光一凜，吼著：「妳是誰？」同時伸手摑了莎姑一掌。

莎姑悶哼一聲向右倒下，桂妃則第一時間衝出院子跑到路上，驚嚇著看著莎姑。

只見莎姑短暫的暈過去，隨後站了起來，抬起袖臂掩著臉哭泣，而麻迓繼續叫吼著走向屋子，進屋前卸下背簍，又忽然砸向茅草編紮的牆，背簍裡的東西散落一地。原先在屋子裡的幾個小孩，在麻迓進屋後隨即衝了出來，也不管哭泣的莎姑與遠遠待在院子外發楞的桂妃，一下子消失了。

莎姑很快的停止了哭泣，她想不透這是怎麼回事，她更想不到她的父親，那個平時只會遠遠看著她的凶惡父親，居然也動手打了她，她完全沒了主意，呆立了很長的時間。附近鄰居們被麻迓持續不斷的怒吼斥責招引，都陸續的走了出來，遠遠的望著。

麻迓持續在屋內吼著罵著，莎姑最後聽出來了一些端倪。

事情的原因是：麻迓到卑南地區販售黃藤心、肉桂皮以及一些金線蓮等藥材，遇見了幾個不同村的族人，聊起了大巴六九的臨時教會，帶來的幾個女孩很會唱歌，特別是名叫莎姑的女孩，沒有麥克風的歌唱，不論是齊唱還是獨唱，總是讓人輕易的辨識出她的歌聲，將來很有希望當一名歌星。也許是當歌星到處表演的說法刺激了麻迓，他按例在路上的小吃店喝了些酒，六分醉的時候一路走回來，在進入村子接近家裡的兩條街外開始大聲的說話並偶爾吼著。

莎姑反覆聽著麻迓在屋子裡的大聲吼叫，知道他對於一個女生出門唱歌表演這件事很反對，他說了那是像日本藝妓那樣的犧牲色相，讓人家看到自己的女兒扭腰擺臀取悅人家，人家會以為他養不起自己的小孩。

莎姑的左臉頰紅腫了一片，平靜的在屋子旁收拾了麻迓摔亂一地的東西，然後進屋，取了柴薪生火準備晚餐。她的舉動讓麻迓一時反應不過來，他從來沒遇見這樣的事，他的家人沒有人不畏懼他的脾氣，就像他與夏絲以及其他的兄弟姊妹，沒有人不害怕聽到他們的父親動怒。莎姑太平靜，太特別，令麻迓有一種被突襲又不知道如何還手的感覺。他閉上了嘴巴，好奇的盯著莎姑的一舉一動。而屋外的桂妃警覺起來了，深怕爆發新的衝突與意外，卻也只敢在屋外遠遠的往屋內探望，她實在太懼怕麻迓了。

莎姑不再參加教會的活動，桂妃卻依舊按時到教會做禮拜，領取一些物資。

3

離開天主堂，莎姑與德里選擇走巴拉冠的橫向街道回家，那周邊的土地已經都為漢人移民所擁有。走到最南邊的縱向街道，連接的便是部落族人所俗稱的「坍塌之地」，那是一九七二年左右因為雨水過大而造成山壁滑落的地形改變。這裡曾經是德里家的一塊小米田，結婚後在民國五十幾年，他們在這裡種植著又大又甜的木梨。莎姑是在這一塊旱地交換工的時候認識了德里，她現在的先生。德里是家裡唯一的男孩，家人工作時，他也跟著一起來幫忙。

轉眼就過了這麼多年，跟著一個人，誰又能想到可以一直這麼過著，沒風沒雨？莎姑心裡想著，她想開口跟德里說，這是她第一次知道他、認識他的地方，但又怕提起往事會引起不愉快的回憶。

「我記得我是在這裡第一次注意到妳。」德里忽然提起相同的事。

「是嘛？」莎姑心頭泛起一股甜蜜。

「是啊。妳忘了，以前，我家在前面那裡有一塊旱田，我記得當時我們種小米，在第二次除草的時候，妳來還一個工作天。」

「我倒是不記得了。」莎姑記得一清二楚，但她忽然起心，想聽聽德里怎麼說那些往事，都一把年紀了，自己確實早已忘記了愛戀的甜蜜。

生活啊。莎姑心裡說。

「當時妳幾乎是一個上午安靜的不說話，沒多看誰一眼，也沒理會誰，自顧自的除草，只有在大家開始唱歌，妳才輕聲的跟著唱。」

「是嘛？我真是那樣嗎？你怎麼記得那麼清楚？」莎姑心頭一股暖意。

「當然記得，我記得我大姊還要妳大聲的唱，妳起初不好意思，後來自己又不自覺的高聲唱起來了。我記得特別清楚啊，妳唱得正投入，其他人的歌聲忽然變小了，我很好奇的多看妳一眼，我就覺得奇怪，會不會是因為妳唱歌不好聽，大家不好意思唱大聲把妳比下去。」

「什麼呀，你覺得我唱歌不好聽？」

「不是，我不懂這些，我很少聽年輕女孩唱歌，我也不習慣有年輕女孩在我面前唱歌，我就只是好奇，所以忍不住多看妳一眼。我記得妳注意到我的注視，看了我一眼，臉瞬間紅了，但奇怪的是，妳並沒有受影響的繼續唱歌。」

「呸，這個年紀了，你倒是沒顧忌的亂講啊，什麼我臉紅的。」莎姑嘴上這麼說，記憶可是清楚的記得，那時，她注意到德里注視她很久了，她一直假裝沒這回事，誰知道還是忍不住好奇的回看一眼，心裡「叮咚」的響了一下，她知道自己臉忽然熱了，卻不知道是紅了還是黑了。

「我可沒亂講，後來跟著來幫忙的杜麥與達基斯，一直拿這件事來說我，說我喜歡妳，要我想辦法接近妳，讓妳認識，最好最後嫁進妳家。」

「這兩個人，從小就不正經，不是，是你們三個人從沒有正經過。」

「唉唷，年輕嘛，這種事，大家都敏感。」德里說。

莎姑不記得後面的事了。家裡需要有人工作掙錢，需要有人經營自己的農地旱田生產糧食，她沒有兄長，弟弟妹妹小，只會躲著家人到處遊蕩，她可沒心思放在這上面。但日後，她確實注意到德里對她的態度很熱絡，也注意到他幾乎已經是他們這一群輪工換工的固定班底。不過，在那之前她從沒注意到有德里這個人，不知道他是什麼樣子。

「妳在想什麼？我只是忽然想到這個，沒別的意思。」德里見莎姑忽然陷入不語，急忙解釋。

「我沒想什麼，我只是努力的在回想當時是怎樣的情形。」莎姑說，又忽然想起一事：「當時，你真覺得我唱歌不好聽？」

「其實，說真的，妳唱歌很好聽，但我不是一個能唱歌的人，也不完全了解什麼是好聽什麼是不好聽。不過，這麼多年，我還是認真的認為妳非常能唱，我們一起參加教會的許多活動，四處比賽，幾乎贏得了所有比賽，那不需要我多說，別人早就證實了。而且我們的孩子們個個能歌善舞，一定也都是來自於妳的天分，只是運氣沒那麼好，要不，我們家可以出好幾個歌星的。」德里邊說著，在稍稍往下坡的街道上，忍不住牽了莎姑的手。莎姑本能的抽開手。

莎姑被自己的反應稍稍嚇到，德里總是自己的先生，為他生了九個小孩，居然這一牽手，讓她害臊、難為情。

「我們回家吧，你也該休息了，如果還有精神，你給孩子們打個電話，說你出院了，讓他們放心吧。」莎姑淡淡的說。

「也好，走了這一趟路，還真是有一點累，但是流了汗也很舒服，我好久沒這樣走路了，如果能，你可以陪我每天這樣走了。」

「不如我們一起下下田，種點什麼打發時間吧。」

「那不一樣啊，走路散心與工作不同啊。」德里說著，又覺得自己掃興，補充說：「我們可以早上和黃昏的時間走走路，白天的時間到田裡輕鬆的工作。」

「好，你願意勞動、運動都好。」

「你們回來啦？」兩個婦人隔著一個電線杆的距離喊著打招呼。

「是啊！」莎姑拉高音量回話著。她們是跟自己一樣從沒有真正放棄過天主信仰的教友。

「那不是西露古嗎？」德里問。

「這點距離，你沒認出？」

「哈哈，我還真是有點眼花呢。」德里笑著回答，「我想起了一件事，我們是不是找他們一起重新把天主教的教友組織起來，定期集會？」

「你是認真的？如果那樣，我們倒是可以試一試，他們可從來沒有真正的脫離天主教的信仰，甚至還會到太平的教會跟著做禮拜，如果能在村子重新活動起來，那是最好不過的事了。這件事，我要請教一下曾建次神父，說不定他會派人協助我們呢。」

「真的啊？那真是太好了，如果那樣，我想一定可以恢復的，這件事我積極一點，也好彌補我的過錯。」

「別這麼說了，事情都過了，我們重新來過，我也問問孩子們的意思，看他們怎麼看這件事。對了，說到曾神父，昨天達基斯來看你，他說曾神父要編一套關於部落傳說故事，達基斯希望你能參加，說你懂得多，應該可以說得更周全。」

「這樣啊？我想應該可以吧，不過，我們先把教會的事處理完，或者，一併處理，反正跟曾神父有關係。」德里正說著，兩人已經與西露古兩人相對走到眼前了。

德里與西露古的寒暄中談及天主教會活動的可能，莎姑忍不住感慨造化弄人，當初一起受洗入教會，卻在德里的奇怪念頭間，忽然離棄了教會，現在又是他提議回歸信仰。

世事啊，莎姑感慨，心思又拉回到那幾年她決定與德里組一個家庭，又真正受洗成為天主教徒的時光，不覺又嘆了一聲息。

4

麻迓的狀況，讓莎姑有一股深沉的挫折感。當初她決意「逃離」養母夏絲已然生冷無感的家，為的是想找回一些家庭的溫暖。就像鄰居或者社區絕大多數家庭那樣，正常的工作與生活情緒，可以勞動後一起述說工作的樂趣與抱怨，或者大家可以輕鬆的，不帶有任何戒備的一起喝個小酒唱歌，偶爾小吵架，更多時大聲歡笑，就像她在關山看到的那些同樣是原住民的家庭那樣。她想的並不多，不期望能像在台東市區時期衣食無慮，甚至擁有以他們現在的狀況看來，極為奢侈的鞋子與沒有縫過補丁的衣服。就僅僅只是希望有一個完整的家庭生活，家人能一起的日常。但她失望了，她甚至已經懷疑那樣的日子根本不再可能。麻迓不是正常人，她的母親桂妃原本還算正常的，現在看起來也不再是正常人。沒有一個女人可以有四個孩子之後，還繼續懷孕生產卻沒有任何生活規畫，一無所有又整日遊蕩，一聽到自己的先生發脾氣，不先想到要保護自己的孩子，而是自己第一個跑掉然後躲起來。

可是，我不能不想辦法啊？莎姑心裡嚷。腦海硬又想起她那個勤奮，遇到問題一定想辦法解決的日本父親松本。他就常說我來想辦法，他就常說，人生一定要往前多想幾年，試著規畫以及努力實踐，才會有屬於自己的幸福。

我又能規畫什麼？莎姑懷疑自己。

她依舊在需要的時候與別人換工，想辦法要在自己的旱田多種出一些東西，但那些需要時間長成，根本沒辦法立刻填補家裡所需，她又得想辦法探尋可以打零工賺點錢，可以立刻支撐她家生活所需的費用。她不敢指望她的父親麻迓，因為狩獵採集換來的錢，的確可以換回一些生活所需，但伴隨的卻是他的酗酒以及酒醉後的瘋狂脾氣。莎姑已經厭倦了，她體諒自己的父親辛苦，但她無語、無力抗拒這些，只能期望自己多些收入，她父親會高興一些，喝了酒也不至於失控，笑容與廢話多過於他的吼叫與失控。

這樣的日子也不盡然是全無希望的，莎姑的弟妹們已經能夠提供一些勞力，幫忙自家田裡的工作。還有輪工換工的夥伴中，有了像杜麥、達基斯那樣愛開玩笑的年輕男孩，讓工作輕鬆不少，雖然不是每一回都會來。而莎姑是在好久以後，才注意德里幾乎是每一回都會跟著他的姊姊一起來，這讓她的感覺複雜，不知如何又摻了些甜蜜。

莎姑知道德里這個男孩，卻又不太想知道他。自上次莎姑在他們家的小米田還了一天工之後，她知道這男孩常常有意無意看著自己，這讓莎姑不自在。近幾次，對於德里藉故分一些他的食物，以及摘採野番茄野草莓的時候，都偷偷塞給了她的舉動，讓她感到暖意歡心，卻又感到害怕。她知道那是表示德里喜歡她，作為一個十四、五歲的少女，她難掩心中的虛榮雀躍，但想到後來可能會發生的事，她又覺得不安。

曾經，她莎姑野外如廁時，意外看見剛結婚不久的一對夥伴夫妻，他們在一棵樹後方的雜樹叢親熱，害她不敢尿出聲音，而蹲了很長的時間。那位新婚的姊姊壓抑的呻吟聲，皺眉與看起來痛苦與抗拒的表情嚇著了她。她當然知道那是夫妻之間特有的事，她多次在夜裡，透過微光看見不吵架的父母疊在一起，激烈的搖床吱喳聲、喘息聲以及桂妃壓抑的呻吟聲，她自然熟悉。也知道到後來就可能會懷孕生孩子，但大白天真實看見了那親熱的情形，她又害怕了。她更擔心的事是，另一次，她撞見夥伴之中一個已婚的大哥與一個未婚的姊姊做同一件事，他們緊緊纏在一起的樣態，像兩條交配中的長蛇，既警覺又旁若無人，既擔心又不顧一切。這些是讓莎姑本能的排斥關於男生愛女生，或者女生喜歡男生的這些事。但比這個本能更深層的本能，還是讓莎姑喜歡德里那些有意無意的獻殷勤以及示好，這讓她暫時忘了現實那些她無力解決的事，暫時減輕了旱地種植與可以收穫之間的尷尬期，也舒緩了家裡狀況的壓力。

「如果有那麼一天，妳願意讓我婚入到妳家嗎？」

有一天，德里這麼問，莎姑先是楞了一下，隨即「呸」的回應德里，她有種被冒犯的不舒服。

「我是說……算了，我再等等。」德里有些悻悻然，尷尬又帶有一點慍怒的離開，還刻意拉出一個距離，一個下午不再接近莎姑。

莎姑卻感到生氣。不是生氣自己回絕德里，也不是生氣德里沒頭沒腦的問這個問題，她就只是生氣，生氣得毫無理由。

地主田地不大，收工得早，她揹起背簍在田地周邊的荒地芒草叢，摘採了鵝菜與一些龍葵。一些較凹陷的石塊區，有一些半個拳頭大的蝸牛，她索性一路撿拾，卻發覺數量還不少，她撿拾了大約三分之一的背簍，便回頭準備回家，卻撞見德里手裡握著一把刺椿，站著等她。沒等她反應過來，德里靠近把刺椿放進莎姑背簍，然後轉身離開。因為驚訝與感激，莎姑無語，紅著臉跟著走。兩人一前一後的走出荒地，卻看見工作夥伴都坐在田地中間的一棵樹下閒聊，每個人不約而同的把目光望向他們。起初莎姑沒有警覺到這有什麼不同，後來覺得他們的目光一刻也沒離開她與德里兩人身上，有人皺眉，有人投以曖昧的眼神。莎姑忽然想起那些在休息時間，跑進荒埔野地的情人們，她忽然臉紅而心跳越來越快，腳步越來越快的逃了回家。

「你這個死德里。」莎姑一個人走在前頭，惡狠狠的說著。她越想越羞，越羞越氣，莎姑忍不住哭了，一直到家才收拾住眼淚。桂妃不在家，弟妹們不在家，麻迓當然也不在家。

「統統不在家，統統不要回來好了！」莎姑生氣了，摔了背簍，到屋子旁的水缸舀了一瓢水，大口的喝著，把臉都弄濕。

「伊伐（註：稱呼姊姊或哥哥輩分），我在家呢。」原來是她妹妹伊布。

「妳怎麼這麼早回來，還是妳沒有出去？」

「我出去了，又回來了。」

「怎麼了？出了事嗎？」

「我也不知道，就是想回家，不想在外面亂跑，我一個人在家很久了。這裡好像一個山上的工寮，時間一到有人來，時間一到，人就走光光，我看別人的家都有人啊，要不就坐在樹下，要不就坐在屋子裡，聊天或者忙旁邊的田地。只有妳在家的時候，這裡才像家。」

這個妹妹也十歲了，她的話倒醋似的令莎姑聽著心裡一陣酸。都傍晚了，鳥開始啁啾吵著要回家了，家人呢？我家的大人呢？莎姑想著眼眶瞬間濕紅。

「別想那些事了，妳幫我把這些菜處理吧，我們看看今晚能弄出什麼東西出來。」莎姑搔了搔妹妹的頭髮，拉著她一起撿拾她剛剛摔亂的背簍。

她看了看米缸，一樣是空的，平常裝地瓜的簍子也是空的，灶子上平時掛著的燻肉三天前吃完了，醃漬品也沒剩下。看來，今天又到了糧食全無的狀態。莎姑的父親前兩天嚷著要上山，到今天早上莎姑上工時，已經不見麻迓的蹤影，而他的長刀掛在柱子上，背簍在外牆上掛著。

莎姑搖搖頭，心頭一沉。「走，妳先跟我去挖一挖，看看地瓜園還有什麼東西可以拿來煮。」

地瓜園沒有成塊的地瓜，莎姑只好把前些時候掰開地瓜時，所遺留下回種的地瓜疙瘩掰下來，只留下莖葉重新埋回田裡。掂一掂還有一小盆的量。

「這樣應該可吃一個飽餐，我們還有蝸牛可以吃。走，妳來幫我，我們一起打蝸牛，我還帶回來了刺椿，我們可以煮一鍋刺椿蝸牛湯。」莎姑說著，想起刺椿是德里摘採的，心裡又一陣甜，一陣窘。

如果有一天，她真的必須要跟一個男人組一個家庭，她會有怎樣的家庭？德里認真工作嗎？他脾氣好嗎？他會打人亂罵人嗎？他會疼愛小孩嗎？想起小孩，莎姑覺得一股燥熱忽然湧了上來。

「伊伐，妳的耳根子變紅了，脖子也紅了。一定是妳打蝸牛太急了，留一點讓我多做一點，妳太辛苦了。」

「喔。」莎姑覺得自己的臉熱得，一定像是快煮熟的毛蟹，紅通通。

天色明顯暗下來而院子還沒全暗，桂妃回來了，兩個弟弟也回來了。

「喔，妳煮了什麼好吃的呀？咦？怎麼還有地瓜？哇，是蝸牛！」

「喔，伊娜，這是我跟伊布一起煮的。」莎姑聽桂妃的問話，沒好氣的說。

「什麼？我的女兒這麼厲害啊，可以幫忙準備餐食了，哎呀，要是我們家有更多的食物，像那些菜啊，肉啊，魚啊，你們應該可以像百朗那樣煮滿桌子的菜，唉，我好想吃那樣的飯菜啊。」

「伊娜，妳怎麼這樣說話呢，妳是大人，我們是小孩，妳要是真能準備那些，我會好好的煮那些菜，我也好想吃那樣的飯菜。」莎姑有一點生氣這個已經犯傻，沒有責任感的媽媽，沉著臉平板著語氣說。可是桂妃絲毫不以為意，堆著笑臉說：

「唉唷，妳是知道，我們是沒有用的大人，我只會作夢啦。你們人都回來了，等妳爸爸回來吧，他該回來了。」

桂妃才說完，在一條街的距離外，已經傳來麻迓的聲音。這是麻迓的習慣，除非是上山，平時只要在家，即使出去喝酒一定會在天黑前回到家。他的聲音帶有點怒氣，莎姑的弟弟妹妹已經本能的走出屋子，躲到水缸旁的屋角。莎姑則站在桂妃右後側半步站到門外等候，她實在不想第一時間與麻迓碰面。

他不是我的丈夫！莎姑才興起這個念頭，又感到臉一陣燥熱，而麻迓已經踏進院子，莎姑倒吸了一口氣，整個人靜了下。而麻迓看見門口等著他的家人，居然也感到驚訝而住了嘴不說話，安靜的進了屋子，拉開椅子坐了下來，盯著桌子的兩盆食物看。桂妃與莎姑也進了屋子。

「這是什麼？」麻迓隻手端起了番薯盆沉聲的問，時間忽然靜止了一個世紀那樣久。

麻迓忽然大吼著：「這個東西能吃嗎？」一揮手將一盆的地瓜甩出去。

桂妃驚叫了一聲，隨著地瓜的飛出落地，她幾乎是同時的移動身軀撿起了盆子撿拾地瓜：「你這是幹什麼，我們都已經沒有東西吃了，你還丟。」

「啊？妳囉嗦什麼。」麻迓衝著桂妃大吼。

看在莎姑眼裡，一團火已經堵在胸口，令她呼吸困難，她深呼吸了幾口，看見麻迓已經把目光投向那鍋蝸牛刺椿湯，莎姑背脊升起了寒意，一動也不動的看著麻迓，猜測他想幹麼。

「這個是什麼？」麻迓拿起鍋裡的木杓攪動了湯料，「啊？怎麼都這麼小，你們把大顆的吃完然後留下這些小的讓我吃？啊？馬鹿野郎。」麻迓又揮手將湯料摔了出去。

莎姑瞬間火氣頂著腦們，怒視著麻迓，大聲地爆出了日語：

「你說馬鹿野郎？你對你的家人說馬鹿野郎？你怎麼說得出口？你嫌這些食物太小，不好吃，你不覺得羞恥嗎？讓家人吃飽肚子這種事，是我該傷透腦筋的嗎？這不是你這個當多桑的人該想辦法的嗎？而你只會指責你的家人說馬鹿野郎，你不覺得羞恥啊？」

莎姑的聲音拔高尖銳，字字清晰的出口，讓桂妃受到更大的驚嚇，她手裡端著已經撿拾了一半地瓜的鍋子，呆立著，張著口看著莎姑，還兀自顫抖不已。麻迓更是瞠著大眼瞪著莎姑，不一會兒忽然回過神：

「哪尼（什麼）？」麻迓說著日文，不可置信地瞪著莎姑。忽然，他退兩步伸手抓向柱子上的長刀。

桂妃見狀，大叫一聲，甩掉地瓜盆往屋子外衝，莎姑本能地伸手想拉扯住麻迓。當麻迓的右手碰觸到刀柄的同時，莎姑也抓住了麻迓的手，死命的往後拉扯不讓他抽刀。麻迓使勁掙扎了一下，終於握實了刀柄，卻因為醉態無法完全使上力，站不穩也掙脫不掉莎姑的拉扯。莎姑的拉力令長刀柄頂著柱子，巧妙的阻止了長刀刃被抽出。兩人僵持著，而麻迓掙扎著，站不穩又想甩脫莎姑的拉扯，同時大聲的怒吼著：

「馬鹿野郎，妳一個小孩怎麼跟我這樣說話？妳忘了我是妳的多桑？日本人還在的時候，一個父親可以被這樣對待嗎？妳一個女人怎麼可以對家裡的男主人這麼說話。」

拉扯繼續，莎姑的火氣依舊，但是麻迓拔刀帶來的恐懼感已經漸漸襲上腦門。莎姑忍不住哭了，說著：

「你說你是當父親的，你盡到責任了嗎？你不是應該認真找食物養活家人嗎？怎麼經常喝酒，打罵你的家人？這麼多年卻要我這樣一個你眼裡的小孩子去找食物。吃的東西已經很難找了，你還這樣亂丟，你在想什麼？你對這個家有用心嗎？」

「什麼，妳在說什麼，我殺了妳。」麻迓吼著掙扎著，一個站不穩向後倒，長刀順勢被拔了出來。

莎姑見狀心頭一凜眼淚瞬間停止了下來，她放開了手拔腿就往外衝，她衝出院子的時候麻迓還在吼著，狼狽又踉蹌的想站起來。

莎姑衝出院子，經過阿鄔家的路口，她往右跑，沿著向西的小路往上坡走去，小路往上經過「法魯古」溪上游。她興起一個念頭，順著溪床往下走，走到與她家大致平行的位置，找了幾塊大石頭之間躲了起來。她沒哭，只是呆呆地坐著，而麻迓的聲音更大，莎姑甚至還聽得見一些刀具砍剁的聲音。

莎姑陷入好長一段時間的沉默，連憤怒、哀愁、恐懼都沉默了。她爬上了石頭，溪床上有一定程度的開闊視野，可以清楚的眺望台東市區的夜景，那裡有許多的燈火。她收起目光回向村子，部落一片漆黑，樹木遮掩著各家各戶的微弱煤油燈火。地勢遠低於部落的溪床，在月光下仍顯得明亮得多。她記得發電廠就在舊部落的溪谷，走路幾十分鐘就可以到達，此時，遠遠的市區有電，而發電廠的所在地旁的村子卻沒有電燈只能燒煤油燈。

莎姑莫名想起了曾經是母親的夏絲，那個有著凶暴脾氣的姑媽那一回的毒打，逼得自己一路衝向鯉魚山山頂，而現在卻被她的哥哥，莎姑自己的親生父親揮刀而逃向漆黑的溪床。上一次在山頂俯瞰市區街燈，這次卻在溪床遠眺市區夜景，莎姑忍不住笑了，又哭了，很認真又無負擔的埋起頭哭泣。

「唉，我想不通了，這一切是什麼道理？是不是我到哪兒都會遇到這種事？」莎姑喃喃的說，「我敬愛的天父，我什麼時候可以不再忍受這些事？」

莎姑近乎禱告的呢喃，出乎意料的讓自己感到平靜，她稍稍吃驚。她記得神父是這樣教她們的，特別是每一次出去表演時，總要在上場以前做這樣的禱告，就像部落巫師為她們祈福的時候總是喃喃祝禱，令人平靜。

「如果能夠真正的變成一個天主教徒，那該多好啊。」

「但是這樣，阿瑪就不會亂發脾氣了嗎？或者我要拉著阿瑪一起去教會？」

「我真是笨蛋了嗎？阿瑪為教會發脾氣的原因之一，是因為他認為教會的祝禱跟巫師的祝禱是一樣的，而神父卻不贊成巫師的存在，要村民不要再跟著巫師。對此，阿瑪總是嚷著說：乾脆我們都變成外國人了，一起信天主教，那樣的話，連屁股也可以跟這些白人一樣白。」莎姑自顧自的說話，低聲的，只有她自己聽得的。她忽然感到一陣厭惡，決定一有機會一定要受洗變成一個真正的天主教徒。

人才平靜下來，莎姑又覺得溪床並不安靜。一隻夜鷺在後面的溪床上啼叫，回應牠的，卻是溪床對面那幾棵相思樹上的一隻貓頭鷹。法魯古溪並不寬敞，溪水潺潺淙淙的從這裡的石頭間，那裡的高低落差中，不斷的聲響著，傳響著。部落裡各家各戶似乎也不斷傳來說話聲，不大聲卻也是這一戶大聲，那一戶小聲的參差，仔細聽，還有一些斥責聲、吵架聲。相同的是，不論是部落或者溪床，夜色同樣是深沉、暗黑，星星密雜的疏遠的同樣的布滿天空，極靜又極吵雜。

莎姑覺得好玩，平時她在家裡，根本聽不見這些，她索性脫了衣服，身體浸入水裡搓洗，溪水很冷，令她直打哆嗦，但她一點也不想爬起來，任由身體在水裡發抖。溪水下游處似乎也有幾個女人在洗澡與輕聲說話。莎姑豎起了耳朵。

「我的家人呢？現在。」莎姑想起率先逃出來的桂妃，以及向來機警的弟妹。

莎姑睡著醒來回家的時間是太陽升起前，天已經大亮了。她才進院子，桂妃衝了出來抱著她哭。

「我以為妳已經離開家裡不要我們了。」

「不要你們？我現在又能去哪裡啊？」莎姑沉聲的說，實在無法假裝熱絡。

「伊娜真是對不起你們，可是我怎麼辦？我害怕我被打死啊。」

「所以，我們這些小孩先被打死，妳就不會被打死了？」

「不是那樣的，是……唉呀，妳不要那樣跟我說話，我已經完全不知道該怎麼辦了，我也不知道該怎麼跟妳說這些，還好妳沒有離開。」

「別說那個了，你們是我的家人，生氣歸生氣，我不會離開，但是我也不知道該怎麼辦啊，我總是個小孩子呀。」

「妳不是小孩子了，妳比我們大人都清楚，妳得幫著我。」

「我幫妳？唉，好，下一次我要跑得比妳快一點，幫妳被阿瑪追打。」

「呸，說這個。到時我們比賽，我才不會輸妳呢。進去吃點東西吧。」

「還有東西吃？」

「唉，我把昨天的地瓜重新洗了，還可以吃，蝸牛撿了洗一洗，沾醬油還可以吃，我們居然還有一點醬油。」

「妳們不吃？」

「吃了，我讓妳弟弟妹妹替妳留了一些。」

莎姑才進屋，看見桌上四五根地瓜鬚，還有三顆蝸牛，沒看見麻迓。她想問，話到嘴邊又縮了回去。

「阿瑪呢？」她終究還是忍不住的問。

「不知道，應該上山了，他的長刀與背簍不在位置上，長矛也不見了。」

麻迓已經三天沒有回家了，這是不曾有的事。當天他一如每天的習慣，天不亮便醒來，發覺桂妃不在身邊，他到孩子睡的通鋪看，只見桂妃與三個小孩睡在一起，莎姑不見了。麻迓沒吵醒家人，取了背簍、長刀便出門上山了，然後三天沒有回家，也沒任何消息。

麻迓的無故離家，令桂妃很著急，卻又不敢太明目張膽的四處打聽，這兩天她不著痕跡的，試著向麻迓平日一起上山打獵的夥伴問話，只確認了麻迓這幾天沒跟他們在一起，當然也沒有跟著夥伴一起上山進入獵場。

「他會到哪裡去呢？他會不會不要我們了。」桂妃問莎姑。

莎姑的小米田，已經長高過膝蓋及腰，大多已經開始結穗，母女倆拿著手鍬，整理旁邊的地瓜田，莎姑已經前後一個來回了，桂妃才往前兩三步，時而沉思，時而無意識的揮動手鍬。

「你不是說他上山了？」

「我是那樣說，可是，他已經三天沒有回來了，會不會有意外啊？還是……他真的不要我們了？莎姑，會不會是那樣？」

「伊娜，我實在不想知道那些，再過幾天，我們的小米穗開始結實了，那些鳥雀不會放過我們，妳得想辦法教我製作一些器材，我好讓弟妹一起來幫忙趕鳥。」

「妳怎麼一點也不關心妳的阿瑪，他總是家人啊。」

「他又不是小孩，他想走他想回來，他什麼時候告訴過我們，他又哪裡關心我們？」莎姑停了工作，嚴肅的看著桂妃。

「不可以，不可以這樣說他，他是你們的阿瑪，脾氣是壞了點，但也是認真努力的上山想辦法找東西變賣，讓我們有錢買米、油、鹽。現在他不見了，怎麼可以當成沒這回事呢？」桂妃急了，語氣生硬了，表情也慌了，手鍬才剛剛觸地又急著收回，隨著說話聲音比劃。

莎姑沒再接話，因為她看得出來桂妃的確為這件事急。她心頭嘆了口氣，畢竟是夫妻啊。他們一定經歷過許多事，即使厤迓脾氣不小，總是一起建立家庭的人。

「唉，你別急了，這裡弄完，下午，我去找他回來。」

「妳知道他在哪裡？」桂妃表情顯得吃驚，瞠著眼看著莎姑。

「我不知道，但我猜想他應該在上面那一塊地。」莎姑指著舊部落山區。

「妳怎麼會猜想到那裡？」

「妳忘了，上一次我跟妳說想要開墾一塊地種植小米、玉米、地瓜，妳除了帶我來這裡，隔天妳還帶我到上面，那裡有一座維持得很好的工寮。妳跟我說在那裡種東西很好，又不會太熱。」

「喔，妳還記得這個？妳為什麼沒在那裡種東西？」

「咦？妳忘了？我跟妳說那裡太遠了。妳自己也說就是因為太遠了，所以，當時也就廢棄不耕種了。」

「是啊，可是，妳的阿瑪怎麼可能在那邊？」

「猜的，我記得妳說過，阿瑪一個人上山的時候，通常會留宿那裡。」

「是嗎？我說過嗎？」桂妃像個小孩興奮的說著。

「是！妳跟我講過馬鐵路的故事，我想，他們是一樣的，一定也是躲著，等著讓妳找回去。」莎姑說，又忽然補上一句：「呸，這什麼男人啊。」

「妳怎麼這樣說妳的阿瑪。妳讓我跟妳一起去吧。」

「不用啦，妳先回去看看有什麼可以煮的，或者叫弟弟去雜貨店買兩碗酒，我摺疊起來當成枕頭的那件衣服，有個小口袋，裡面應該還有五毛錢。」

「買酒幹什麼？」

「給阿瑪喝啊，三天不回來，他不渴死了。」

「妳說真的還是假的？孩子啊，我怎麼搞不懂妳了。」

「哎呀，別搞懂了，我也搞不懂你們啊。」

「那……真的不要我跟妳去？」

「不要！妳弄吃的，還有，妳的肚子……沒事不要跟著亂跑。」

「咦？妳怎麼知道我懷孕了？」桂妃撫著肚子，像被發現祕密一樣的，側斜著看著莎姑。

「猜的！」莎姑也不想多說了，此刻她反而像個媽，叮嚀著自己的小孩，她有股哭笑不得的感覺。

麻迓果然在莎姑所說的那塊廢棄的旱田。

莎姑抵達時，正好是太陽沒入山稜線上的雲霧，又趁隙向上射出幾道餘暉的傍晚。麻迓正坐著抽菸，一語不發的看著莎姑從小徑走了上來，出現在他那座茅草工寮前。他先是一愣又不著痕跡的，若無其事的撇過頭，假裝沒看見莎姑。

「阿瑪，伊娜要你回去了。」

「嗯！」麻迓沒有立刻起身，只是冷冷的回應。

莎姑注意到，工寮的左前方架著幾根曬架，架上有幾隻煙燻過的野鼠，還有兩隻較大塊肥厚的煙燻獸肉，她分辨不出那是什麼。另外茅草工寮旁一個以樹幹鑿空的水槽旁，有幾捆山蘇、溝菜蕨、一大捆黃藤心，還有一疊姑婆芋葉。曬架旁靠近南樹子的地方，也撐起了一個架子，上面掛了好幾捆黃藤。

莎姑不等麻迓回應，自顧自的取了藤子和幾張姑婆芋葉把較小的鼠肉包在一起，另外把那些野菜依芋葉的大小，分別包了起來，然後塞進自己的背簍裝得滿滿的。她看了看其他的東西，又看了一眼麻迓，麻迓仍抽著菸不語。莎姑感覺得出麻迓眉宇間有股喜悅似乎很開心，她假裝不知道這些，逕自揹起了背簍便往山下移動。才走上小徑的一個折曲，她看到麻迓正迅速的打包架上那些較大塊的燻煙肉。

下山到舊部落的位置，莎姑更加理解麻迓要失蹤三天了。也許那天她的頂嘴以及麻迓酒後幾乎殺了自己的家人舉動，讓麻迓酒醒後覺得慚愧而做出的補償性動作，而他也知道家人一定會找他。莎姑想著，先前幾回麻迓拿了刀迫得他們母子四下逃難，之後麻迓有沒有做相同的補償舉動？又或許，麻迓本來就計畫著等自己想通了以後，再帶著他的收穫回家當成賠禮？而莎姑只是湊巧地，誤打誤撞地找到他罷了。或者更早以前，麻迓就做過相同的事，否則他不會如此淡定，先期把所有東西都準備齊，然後悠哉的等人來請他回家。如果真是那樣，一定是桂妃根本忘了這個環節。

莎姑這麼一想，覺得好笑，但想起自己父母的行為，她又搖搖頭。

接近到了進入村子前的法魯古溪，麻迓不吭一聲的超越莎姑。

「阿瑪！」莎姑輕喊著。麻迓放緩腳步沒回頭。

「伊娜懷孕了。」莎姑也沒停止腳步的說。

「喔。」麻迓頭也不回的回了一聲，放大腳步往回家。

5

重新引進教會到村子的事，莎姑始終沒有找到時間跟曾神父研究，但她幾番跟孩子們商量重新回歸信仰進入教會的事卻遭婉拒。孩子們認為，都經過這麼久了，他們也習慣這樣沒有特別宗教信仰的自由與隨遇而安，他們甚至建議，就隨莎姑夫婦依著自己的意願，先重新回歸天主教的信仰。小孩子們也各自決定要不要入教會，不做強制性的全家入教。

孩子們的回應，莎姑並不感到意外。要自由慣了的孩子們重新回到一個有許多生活戒律的教會，的確也有著很多的不方便與需要調整的地方。在莎姑眼裡，要重新回歸信仰，是德里生了重病後的頓悟，是他的渴望，不是孩子們真正的需求。儘管有些淡淡的失望，莎姑還是感到欣慰，畢竟德里是真心想要重拾天主的信仰，重回天父的懷抱。

想當年，大家進入教會的情景多熱鬧啊，不僅天主教來了，基督教也來了。小小的村子，頓時分成兩個不同的宗教，各自辦活動，私底下又一起過部落的節慶。雖然現在兩個教會離開村子已經這麼多年了，當初一起進天主教的教友，也早在教會宣告合併到太平教會前，差不多就已經散佚了。僅有很少的幾個人像莎姑一樣，仍然持續守著過往的習慣，參加別村的教堂，或者自己相互招一招，在自己家一起讀經分享心情與見證。

「我想起了，我想天主教不可能在村子設立一個聚會所，然後派神父來主持。」某日，德里從杜麥家回來，才進門便說。

「為什麼？」莎姑放下手上的禮盒。

「那是什麼？」

「水果禮盒，老蔣送來了，他說沒到醫院看你，不好意思。」

「嗯？他自己不是也在高雄的醫院檢查？怎麼？他還好吧？」

「還好，看起來很好，說話中氣十足呢，人都回來了，還能不好。」

「哈哈，魯跌就是這樣，老了還是中氣十足，想找他們吵架還不容易壓得過呢。」

「你剛說為什麼不可能在村子設立一個教會？」莎姑把話題拉回。

「喔，我岔題了。妳想想看，我們有多少人可以支持一個教會在村子設立？當初，村子裡的人為什麼會來教會，還不是因為有食物、衣服可以領取。不管天主教還是基督教，都是相同的狀況。現在，那些救濟品沒了，我們人都散夥了，就算大家已經不是那麼需要救濟品，真正有興趣參與教會活動的，還有幾個人可以一起來？」

「是啊，我記得當時教會由洪神父主持的時候，就已經沒有多少救濟品了，有些人也就不太常來教會，最後就根本不來了。有些人因為不好意思半途背離，勉強的參與卻因為不會禱告，被洪神父罵了幾回，也就索性不再來了。現在我們已經沒有那麼多人了，沒有足夠的獻金，就沒辦法支撐我們自己辦理活動。總不能一直靠教會支援啊。」

「這的確是個問題啊。但是信仰宗教也不能全靠這些物品的吸引，來教會不是因為要求得心靈的平靜嗎？」德里說。

「是啊！」莎姑也同意德里的說法，這確實是莎姑一直維持著禱告，與翻閱她並不是真正看得懂的《聖經》的理由。她喜歡那樣的氛圍，尤其禱告的過程中，她呼喊天主的那種靈俗交融的片刻，最為平靜與無爭，但是沒有資金確實很難進行比較大的活動，除非只是內部自己比較小規模的活動，例如讀經或者定期的集會、分享與見證。莎姑心裡嘀咕著

「我們懂字的人太少，能夠帶領我們讀經，甚至解釋《聖經》的人根本沒有。」德里似乎也同意這個，心有靈犀的應和。

「基督教有張阿信還好，可是村子裡一樣也不存在基督教會啊。我記得當年張阿信與阿鄔伊娜，還常常被派去花蓮受訓。我還親耳聽過阿鄔伊娜讀經與解釋《聖經》，那真是吸引人啊。」

「對了，我也聽過她解讀經文，那是《聖經》最吸引我的時候，可是後來她也放棄了。」

「她怎麼能不放棄，她的家族體系是部落的巫，她擁有巫器袋，她必須成為一個巫師，她當然要放棄啊。再說，不管天主教與基督教都不會允許他們的信仰存在。」

「撒旦！」德里忽然開口說，令莎姑楞了一下。

「你說撒旦？喔，是啊，神父們或者基督教的傳道都愛這樣說。可是，這樣說部落的巫師，也沒有道理啊，不同的信仰應該相互尊重，要不然村裡的百朗，他們的廟又算什麼。」

莎姑說。

「在以前沒有這些發拉嘎宗教的時候，我們也都找巫師搭拉冒，甚至我們還都清楚自己的祖靈屋有哪些，祖先的體系怎麼區分，結果，大家進了教會，本來就懶得參加祖靈屋祭祀，又覺得節日要花錢祭祀的人，乾脆就放棄了祖靈屋，這是很可惜的事。當我還是教徒的時候，我並不清楚這樣是不是正確的，我也不是真懂得祖靈屋的意義，但總是覺得拋棄是不對的。」德里說著，站起來伸腿，又坐了下來。

「咦？我們說著天主教，怎麼說到這裡了。」

「喔，妳削些水果來吃吧，醫院帶回來的好像還有不少。」

「吃梨好了。」莎姑起身去取了削刀。

「我們的人太少，所以，只能併到太平的教會，跟他們一起做活動。」德里說。

「可是我不想這樣跑到別的村子去，也許我們幾個人定期的在家集會，偶爾找教會的神職開導我們，只在必要的時候，參加教會的活動。」莎姑折回座位，削起了梨，說著。

「這也是個辦法，我總覺得自己需要重回信仰，禱告令我平靜啊。我看，我找個人幫我物色一座十字架，《聖經》和一些聖母、聖子的圖像吧。」德里看著大廳牆上說。

莎姑不再接話，想著當初她與德里是在非常奇特的機緣下，一起跟著教會而後受洗。那是她與德里剛結婚沒多久，一日午睡，寤寐中，她「看見」一個非常高大的巨人，從太平洋水面站起來，然後朝著陸地向西走來。莎姑一開始並不覺得害怕，但是巨人沒走上幾步路，就已經走到村子下方的十字路口，巨人忽然睜著眼看著莎姑，莎姑嚇了一跳，撇頭看了一下躺在身邊的德里想叫醒他。但，巨人已經已經站在她的眼前，並伸手抓起了她，莎姑掙扎著想叫喊，卻掙脫不了也發不出任何聲響。巨人把莎姑安在肩膀上，往村子上方走，然後上了山沿著稜線向北方移動。

站上了山稜線，莎姑覺得開始平靜，她不再那樣害怕，她看著遠遠的台東平原，以及剛剛巨人冒出來的太平洋。天很清，雲很薄，連平時冠在都蘭山頂上的積雲，也不見任何留戀與羈纏，那山頂輪廓剪貼似的，貼在遠處青藍色的天空背景。莎姑感覺到從未有過的舒暢、寧靜，她想像不出在自己的生命記憶裡，曾經有過如此平靜、舒坦、無牽掛。她鼓起勇氣撇頭看著那個巨人，巨人濃眉、高鼻、厚唇，即使不正面看，也感覺得出眼球前凸，雙眼皮之間幾乎可以夾住一隻蒼蠅或更多的蒼蠅，那樣深刻的線條，又令她覺得面熟。巨人宛若一棵大樹，約有四個大人的高度，肩膀的一側，莎姑坐著還有些餘裕空間讓莎姑手掌張著貼放。

「不要怕，我們一起去幫助那些可憐的人。」巨人忽然說話，那聲音厚重卻洪亮，莎姑便醒了。

莎姑把夢告訴德里，德里覺得是個好夢，可是不知道怎麼解釋。兩人決定去見部落祭司拉佑，拉佑也說這是好夢，而且說明莎姑有被託付著什麼重要的事，去幫助別人。

那個禮拜，莎姑心血來潮拉著德里上教會，真正的開始了他們的天主教經驗。

「你記得嗎？」莎姑問。

「什麼？我記得什麼？」德里問。

「我當初作的夢，後來我們開始跟著教會。」

「記得啊。怎麼了？」

「後來，我們並沒有因此而不再有煩惱。」

「呵呵，妳想什麼啊？但至少妳跟我結婚了，我們有一個家庭，然後生了九個小孩，盡管窮，我們還沒有拿刀相殺，我甚至連大聲罵妳都覺得心虛。」

「那確實是，謝謝你，你確實是個好人。」莎姑想起了她的父親，以及過去村子那些常常毆打妻子的男人，包括德里的兒時夥伴達基斯結婚後的經常暴力，她慶幸沒有因為這種事而離婚，仍能繼續保有完整的家。

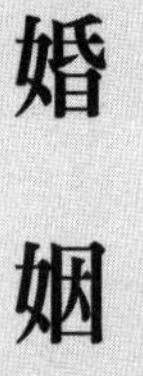

婚姻

1

麻迓又在發脾氣了，原因是，一個他們熟悉的親戚女兒嫁給一個外省老兵。

這其實與麻迓一點關係也沒，況且在日本人剛來的時候，就有幾個部落婦女嫁給包括閩南人、客家人、日本人，甚至是那些清軍的逃兵。現在，嫁給隨國民政府來台的老兵，也不應該是新鮮事。沒有人知道麻迓的生氣是為了什麼，桂妃不懂，他那個親戚更是不懂，還嫌麻迓多事，後來，莎姑還是從麻迓喝完酒大聲說話中，聽出了一點端倪。

麻迓認為婦女嫁給了外人，尤其是人口眾多的外省老兵，那麼部落就會有很多的單身漢，單身漢一多，巴拉冠就會擠滿人，這些沒有人要的男人，會失去努力工作養活家人的動力。況且嫁給老兵圖的是對方有糧有餉，誰知道他們會不會因此看不起，而欺負部落婦女？誰知道會不會損害部落的尊嚴？所以，麻迓不准他的女兒們嫁給外人。

聽得出來麻迓是心疼自己的孩子，擔心孩子真的嫁給了老兵，會受到欺負。這讓莎姑感覺稍稍有股被疼愛的溫暖，但這種感覺卻一閃而逝，因為麻迓不是老兵，沒有糧餉，但喝酒、打人、罵人出氣卻一點也沒有少。這麼多年家人活在被家暴的恐懼中，處在經常為吃食傷腦筋的不確定感，絲毫沒有讓家人有家庭的安定感。就算最軟弱的桂妃也經常這麼認為，甚至她贊成哪天莎姑也能嫁一個老兵，起碼肚子不致挨餓。

「妳真的認為我該嫁給一個魯跌？」莎姑有一天這麼認真問桂妃。

「我不是認為妳應該跟魯跌結婚，也不是要妳別跟村子的人成立家庭。我其實想說的是，妳跟誰結婚成立一個家都可以，但希望妳運氣好一點能嫁給一個脾氣好一點的人。」

「村子的人脾氣都壞嗎？」

「年輕的我不知道，但是已經結婚的，妳想想看，有幾個不打老婆的？每個男人比賽打人一樣。這真的很不一樣啊，以前的人男人住進女人的家，財產是女人的，再凶的男人即使喜歡亂吼，也不會對自己的女人吼來吼去的，妳的父親也是這樣。只是這幾年變得很可怕，這些男人不知道從哪裡學來的，他們之間好像約定好了，甚至彼此比較與學習，看誰打老婆打得凶。」

「如果這樣，妳的丈夫，我的阿瑪，一定是第一名的壞，好像沒有人可以比得過他。」

「這……不是這樣，嗯……好像也是這樣，他好像特別壞。反正，我是說妳得張大眼睛選個人，窮不窮沒關係，要對妳好才行。」

「伊娜，我不能跟魯跌結婚嗎？他們不是都很好嗎？」

「這……也不是這樣的，只要是人，就一定有好有壞，有好脾氣的有壞脾氣的，有善待家人的，也有只顧自己的。妳看上面那個黃阿公，妳別看他說我們的話這麼流利，他可是個魯跌，他在舊部落時候就跟他太太結婚，他就非常好啊。拿最近的來說吧，下面那個姓杜的魯跌，來的時候手臂就是斷掉的，脾氣也沒有比較好啊，他打太太像是打共匪一樣有仇。他還不准他太太去巴拉冠跳舞，說那樣會跟男人牽手，碰到身體，說那樣很不好，說什麼不守婦道。我問妳，魯跌說的『婦道』是什麼？不會是斧頭吧？」

「這什麼呀？不那樣跳舞，怎麼跳舞呢？婦道是什麼？妳用日文說一遍，也許我知道。」

「我怎麼會知道魯跌說的這個東西。不過啊，人是不一樣的，不一定好也不一定壞。也許就只是那個山東來的老杜，是個神經病吧。」

「是啊，我知道住在下面第一條路那個姓楊的對他太太就很好啊。上一次到鄉公所選舉的時候，大家看熱鬧，他就把他太太扛在肩上，讓他太太看得清楚，那真是特別啊。」莎姑顯然特別喜歡這類故事，她說話的時候，眼睛不自主微微瞇了起來。

「所以，看妳這麼認真，妳乾脆找一個魯跌好了。」桂妃說。

「我問妳，伊娜，如果可以讓妳選擇，妳願意跟魯跌結婚，還是跟阿瑪成立一個家。」

「我當然是跟妳阿瑪啊。」

「嗯？他脾氣這麼壞，又經常讓妳挨餓，妳還要選他啊？」

「哎呀，結婚不是只有光吃飯這件事，他脾氣壞也不是天天壞，也不是一開始就亂發脾氣。畢竟我們認識多年，說話起來也知道彼此在說什麼，生活習性近，不至於因為生活小差異吵架。我不適合跟魯跌啦。我不是夏絲，嫁給日本人一點也不怕，我可膽小得很。更何況我們還不知道這些魯跌到底是怎樣的人啊。萬一跟我說『婦道』的時候，我該怎回答。」桂妃說。

莎姑忽然對桂妃產生了不同以往的看法，簡直到了另眼看待的程度。桂妃似乎異常清楚自己選擇伴侶的考量。但莎姑還是懷疑，是不是因為當初沒有得選擇，畢竟，他們的年代雖然也有了一些不同文化的漢人異族，數量也不可能多，想找一個適合桂妃的，或者能讓她接受的外省老兵，確實不容易。

「伊娜，妳不是已經傻傻的像個笨蛋，只會遊蕩不管事，怎麼這麼清楚自己的選擇？」

「呸，什麼傻傻的，我只是不知道該怎麼面對現在的狀況，妳問的是過去，過去的事我當然清楚啊。」桂妃蹙了蹙鼻孔，看著莎姑，「妳年紀也不小了，妳倒說說看，妳想不想找個魯跌，我讓他們幫你介紹一個。」

「不了，我還小，將來，我也不想找一個我無法說話溝通的人，那會讓我像個笨蛋，處處聽他的。」

「妳可要想清楚啊，不是每個魯跌都是壞的，有的魯跌是很有耐性的，對女人很好，對妻子家人也很好。」

「怎麼？伊娜，妳很希望我找一個魯跌結婚啊？」

「我哪敢啊，妳阿瑪那個脾氣，誰知道會有什麼反應啊。到時候妳高高興興的結婚去了，他會不會一喝了酒，拿刀把我給劈了？」

「不說這個了吧。」莎姑一聽到這個，立刻結束這個話題，她對家庭的暴力的忍受度已經到了極限，她不想再聽到這類的事，「妳看我們的旱田要不要再擴大一點。」

「妳看著辦吧，我也幫不了多少忙，萬一妳真的跟人家結婚了，對方住到家裡還好，妳住到別人家裡去了，這些田，誰去耕種啊。」

莎姑心情有點複雜了，她心裡目前沒有人，也沒有想要立刻結婚的念頭，無意提起的結婚話題，到最後好像是自己面臨即將的嫁娶。她對老兵沒有概念，知道他們有一些不算多的糧餉，生活不是大問題，但是截然不同的語言與生活習慣，能不能適應與調整，還是個未知數。她比較想要找一個語言、生活習慣相近的人，那樣她可以有說話的對象。她不是那麼在意生活清苦，這年頭大家都苦，只要努力認真，隨便一塊荒地都能種出糧食，重要的是一起生活的人要能吃得了苦，又願意與她談心，脾氣還不能太壞。

這樣的人，村子裡有嗎？德里呢？莎姑忽然想起德里，臉上一陣臊。

平日她很少遊蕩，除了稍早參加教會活動認識的人，以及幾個固定輪工換工的夥伴，她認識的村子人確實不多。但認識她的並不少，特別是適婚年齡的男孩子，都知道壞脾氣的麻迓有一個漂亮能幹、歌聲極好的大女兒。每個人都在掂量自己的條件，找個時間向莎姑表白，誰也不希望錯過這樣的機會，讓自己早點脫離巴拉冠男子會所的光棍行列。

德里又向莎姑表達心意了。

那是在莎姑到德里家參與第二季小米播種前整理田園的時間，而且在幾個大姊可以聽得見的距離，半開玩笑的態度說的。這讓莎姑尷尬，心裡怦怦的跳個不停。她面無表情，眼角瞥了一眼德里，嘴角忍不住上翹了一下，然後撇開頭再也不多看德里一眼。幾個大姊沒有多鼓譟，幾個人微笑的看著莎姑，這讓莎姑更加窘迫，繼上一次她與德里陰錯陽差的一前一後走出荒草地，她覺得這一次更窘迫，卻甜蜜得多了。

也就是莎姑那一嘴角的微微往上翹起，讓德里受到莫大鼓舞。

「妳不喜歡我跟妳說那些事嗎？」在一次的休息中，德里還是忍不住地靠近莎姑坐著找話題。

「不是，只是我很害羞，這種事我不知道怎麼回應。」莎姑知道德里想什麼，平時在田裡工作時，德里幾乎是竭盡力氣的勞動著，簡直是把莎姑的田當成是自己耕種的田地，既主動又毫不保留。這些看在莎姑眼裡自然明瞭德里的心意，又不便多表示什麼。怕別人閒言閒語，又擔心過於排斥引起德里不必要的聯想。她又已經習慣了德里行為的表白，這非常滿足她作為一個年輕女孩被人愛慕的虛榮。

「我是認真的，這兩年，妳也看到了，我不是光顧著嬉戲不事勞務的人。我們可以一起建立一個家，一起工作養活我們自己，或者我們的父母。」

莎姑被德里的「一起建立一個家」撥動心弦。這些年她多希望看到自己的家人可以有這樣的想法，她對麻迓失望，對桂妃失望。眼前儘管被德里的話感動，她還是很謹慎的不透漏太多心事。德里是好的，但日子久了誰知道？她心裡也有著這樣的聲音提醒自己。

「我知道妳不可能一下子就那麼放心，也許妳覺得我會騙妳，或者認為將來我可能會是一個脾氣暴躁對妳凶惡的人。這一點，請妳相信我，我脾氣很好，不至於像那些大人那樣打人或者沒有節制的喝酒鬧事。」德里似乎知道莎姑的顧忌，急忙解釋。

「我沒有說你騙我。」莎姑輕聲說，「我只是不知道怎麼回應你。我還沒想過這些事情，那太遙遠了。」

「遙遠？我們都到了該找對象的年紀，我甘冒著被人指指點點說我輕浮，不顧男女禮儀，主動向妳表白，這不就說明這件事就在眼前，不遙遠啊。」

「對不起，也許我說錯了話，我不是很清楚這些事，我也不知道該怎麼做。我很高興你跟我表白這些事，說明我至少還有人喜歡。只不過，這一切我心理都沒有準備好。請原諒。」莎姑沒有說明，她惦記著家裡的狀況，她甚至不知道她的父親麻迓，聽到這件事會有什麼反應。

「喔，是我該說對不起，是我太心急了，我擔心有人搶在我前面向妳表白。我知道暗地裡很多人喜歡妳，我不能說他們的壞話，我只是要妳知道，我是不錯的人，一個可以依靠的好男人。」

莎姑被德里的話逗笑了，看了一眼德里說：「有人這麼稱讚自己的嗎？」

「哈哈，就怕妳不知道啊。」

「先不說這個吧。」莎姑停了一會兒，「以後再說吧。」

「妳不是厭惡我吧？」

「不是，我沒有厭惡你，事實上你讓我覺得自己還是一個很好的女孩，你的友好也讓我這段時間不至於太難過。目前說這個還太早啊，別急著要我回答你什麼，時機還不到啊。」莎姑看了看周圍其他豎著耳朵想偷聽他們說話的兄長夥伴們，始終輕聲的說。

「我知道了，妳沒拒絕我，沒讓我覺得難堪，沒關係的，我再等等，謝謝妳。」德里說，隨即又補充：「對了，別給其他人機會哈。」

「啐！」莎姑輕皺眉，微笑著淘氣的回了德里。

莎姑心裡是甜的，暖的，茫然沒有主意。到了這個年紀，這是避免不了的話題，她的母親桂妃說了，她的工作夥伴也不斷的敲邊鼓，全村子的年輕男孩，眼神裡期望被注意的眼波，不時的向她投來，這都讓莎姑心頭壓力一層層一團線的疊著纏著，既甜蜜又壓得她喘不過氣來。

2

院子裡坐了些人，莎姑沒急著去陪他們。近日，不下田的下午四點多，她一定陪著德里在屋子大廳裡一起禱告，然後一起走路；有時間的時候也會請造訪的地區神職人員來讀經講經。今天家裡來了一些人，說要一起為德里的出院慶祝。沒有外人，來的都是自己的親友。住在旁邊當鄰居的妹妹伊布夫婦，嫁給外省老兵的妹妹伊端夫婦，嫁給鐵路局公務員的小妹妹夏思夫婦，一直住在舊部落的大弟一家人，二弟以及大舅的兒子潘再霖也來了。大媳婦已經在廚房忙碌，最小的女兒惠春也從學校回來，難得沒有約會出門遊蕩。

莎姑念禱完畢，看見德里依舊閉目誦念著，那樣的安靜與虔誠讓莎姑感慨。人終究還是要真誠的面對自己與天父、聖母、聖子，只是每個人頓悟的時機不同，她很高興德里在這場病之後，能有所領悟與改變，對莎姑向來不放棄信仰而言，著實是一個強力的肯定。

感動中，門口閃過一個身影，莎姑注意到是小女兒惠春下了樓正要開門走出大廳到院子，背著院子的光亮，將她的臉側影剪貼似的映入莎姑眼瞳，莎姑不由自主的又看了看德里臉部線條。

簡直是一個翻版啊。莎姑心裡忍不住說著笑著。

嫁給德里，日子儘管窮，她還是一路生下了九個孩子，到了這個小女兒，才在衛生所醫護人員宣傳與勸導下開始使用避孕藥來避孕。如同其他部落婦女一樣，每個人在身體狀況允許下，規律的從懷孕、生產，一個接著一個生下孩子。當被問起是不是真的那麼愛自己的丈夫，所以才生下那麼多孩子時？部落婦女總是哈哈大笑，根本不是那麼回事，只是怕被丈夫罵，加上也不知道怎麼避孕，大家一路生下孩子，宛若比賽誰家最能生。以至於後來，經濟狀況拉不上來，養、育都成了沉重的負擔，也不知道能給孩子們規畫什麼，或者能期待什麼。就像惠春這樣，糊裡糊塗被養大了，今年將從高中畢業。漂亮、神采動人，歌聲與表演欲望同她的幾個姊姊一樣強烈，做父母的莎姑與德里卻完全沒有概念她能做什麼，這恐怕也是部落多數父母面臨自己的孩子，所遇到的相同狀況，只能任由他們隨命運安排，遇見什麼便是什麼。

「妹妹，妳畢業可以考我們鐵路局看看啊，這幾年，公務考試有優先幾個名額給原住民優秀人員。」莎姑小妹夏思的先生說。

「那個很好啦，你去鐵路局，將來妳當列車長，妳一定像劉文正戴那個帽子的樣子一樣。」愛開玩笑的潘再霖聽似沒頭沒腦的說，令大家笑成一團。

「嘿啊，妳真要是那樣一扭一跳，列車上的乘客一定很安靜的看妳跳舞。」

「那樣怎麼可以，火車的站務員或是列車長不可以太輕浮，被督導到了，考核會變低的。」夏思的先生忽然很嚴肅的說。

「怎麼會呢？被督導到的時候，妳就說要代表鐵路局參加五燈獎比賽，說不定鐵路局會放妳假，幾天不用上班，方便妳參加比賽呢。」潘再霖說，而他的話又引起大家的哄笑。

其實潘再霖說的是惠春小學二年級的時候，看電視一個人物回顧之類的節目，當中歌星劉文正，正戴著一頂類似鐵路局的大盤帽，表演著當年一首火紅的歌〈像太陽一樣〉，她就著迷著又跳又唱，她找遍了家裡所有的帽子，終於壓箱找到大哥安將在士官學校的大盤帽，自己沒事就學著劉文正在電視的畫面跳著唱著。有一天，夏思剛好帶著穿制服的先生來探視德里夫婦，惠春見到那個帽子，簡直是觸電般的驚嚇與呆立。就在大人們閒聊時，惠春不自覺的拿起放在一旁的帽子，戴在頭上面對客廳壁櫥的玻璃，唱跳起來了，她唱得異常投入，過大的帽子不斷的歪斜將掉落，而惠春不斷抓握調整帽子，又旁若無人的賣力唱歌跳舞，讓大人們笑個不停，連連拍掌叫好。當時潘再霖以及比夏思稍大的姊姊伊端也在場，夏思的先生早已經忘了這事，惠春也不記得這檔事。

「是啊！」夏思忽然長長的，語帶感慨的說：「妳確實可以去比賽參加，或者找機會去哪裡唱歌，妳身材比例好，漂亮有型，唱歌也不輸妳幾個姊姊，可以試試的。有一天你一定會成為歌星的。」

大人說得高興，惠春也不知道怎麼回話，咧著嘴笑著，一排牙齒整齊潔白的閃著光。

「還可以拍牙膏廣告！」潘再霖補充說。

「唉唷，你就是愛說那個有的沒的，我說得那麼認真，她跟她幾個姊姊都這麼能唱，她們之中總要出個明星的。」夏思說，沒等他人說話，她又說：「對了，卡子應該再報名參加比賽的，她只是忘了詞，要不然她的台風與歌聲都是最好的。」

「是啊，我們台東站裡面每一個人也都這麼認為啊，她應該再報名參加的。或者，妹妹妳也報名參加，姊妹一起在台上比賽。」夏思的先生說。

「那樣不行啦，第一名只有一個，最好是卡子先報名，拿到五燈獎以後，惠春再去，這樣，我們家就有兩個第一名了。」潘再霖說。

家人們在院子的聊天說話，讓莎姑直想笑，她注意到德里唸禱完睜開了眼，立刻提醒：「走吧，他們都來了，我們跟他們一起吧。」

「我知道，唸禱中也聽到他們的玩笑，我祈求天父照顧這些家人，都能平安健康，我們出去吧，讓他們久等了。」德里說。

莎姑只微笑著，沒多接話。時光啊，才一轉眼，就拉出長長的軌跡，寫滿了各自的故事。她感慨著。

如果能選擇呢？她會希望孩子有多大的事業與成就？或者能有一個穩定的家庭，與完整的家人一起的記憶。莎姑在踏出門口幾步路，閃逝了這個念頭。然後又忽然想到自己的婚姻。她不確定當時答應要與德里結婚究竟是一時的衝動，還是早就準備好了要一起建立一個家庭，養一群小孩。莎姑想著，忍不住笑了。

3

莎姑十六歲那一年的六月某夜，她作了一個非常奇怪的夢，很多年以後，那個夢一直清晰的記在腦海裡。那是一個沒有爭吵，沒有酒氣，全家飽餐了一頓，在院子鋪了月桃席，一起乘涼說故事的夜晚，麻迓異常難得的，講述了他在獵場的經歷、故事。當晚，莎姑在剛睡著的寤寐中，便作了一個奇特的夢：

下午，太陽還沒完全落到山頂雲霧的後方，莎姑一如往常，揹著背簍往發電廠的方向走去。她先在電廠的下方掬起溪水喝了幾口，又撿拾了一根漂流木當長杖，然後反常的往溪水的出山口走去，涉過溪，逕自走上了通往大巴六九溪上游集水區的山路小徑。

莎姑沒有來過這個地方，但她似乎又對這裡熟悉。小徑幾個彎迴一路向上攀騰，泥石路並不難走，小徑周邊零星的出現幾棵需要幾人環抱的大樹，其餘全都是腰部粗細以下的樹木以及灌木叢，周遭環境並不是她所熟悉的蒼翠綠意，反而像是浸浴在淡淡薄薄霧氣中，那樣的氤氳與灰白色調，這樣的色調並沒有帶來不安、沮喪與抑鬱的情緒，反而讓莎姑有一股回到她原初到來之地的感覺，她說不出箇中的理由，只覺得適意、自在與喜悅。

她走著，經過了一棵大樹，不自覺的坐了下來。她一點也不覺得疲倦，只是很自然的坐了下，坐在由一根氣根延伸到山路所形成的小台階。望向剛剛走來的蜿蜒小徑，只見樹梢層層疊疊，根本已經望不透那些灰白。

「小姑娘，妳怎麼走到這裡來了？」一個聲音從莎姑背後稍遠的地方傳來。

莎姑猛回頭瞻望那個聲音來源，她並沒有看見什麼人。

「我在這裡呢。」那聲音又起。

莎姑仔細瞧，發現眼前這棵大樹，其中一根向山坡延展的氣根旁坐著一個老者，一個看起來比她的父親麻迓稍微年長一些的老者。臉上沒多少皺紋，頭髮卻白了一大半，黑的灰的雜亂分布，看起來像是個有不少年紀的人。莎姑沒有不安感覺，因為，那老者的聲音，有一股令人安定的舒服感，她很喜歡也很安心。

「喔，阿瑪，是你在說話啊，你怎麼在這裡呢？」莎姑站了起來說話。

「是啊，是我在說話，我看妳一個人的，我很好奇妳為什麼坐在這裡。」

「喔，我是來接我阿瑪的，他今天清早上山巡看鐵獸夾子順便採集，怕東西多他會累。」

「是這樣啊，妳真是好孩子，這個習慣可不能忘記啊。對了，妳帶了背簍來了嗎？萬一妳阿瑪東西多，恐怕要有個簍子來幫忙裝啊。」那老者說，卻坐著沒離開座位。

「是啊，我帶了背簍。你看，就是這個。」莎姑說。

她回過身彎腰拿起背簍，想給老者看，卻發覺原先是空著的背簍，已經裝滿了東西。她疑惑著哪來這些東西，起身回過頭，那老者不見了。

「咦？人呢？怎麼回事？」莎姑嘟囔著又低頭看著背簍。

耐不住好奇，莎姑一件一件的取出那些東西。那像是一包包很特別的衣囊，從外頭摸不出來是什麼東西。每件大小相當，色澤大致相同的灰黑，卻有深淺之分，重量卻大有不同，其中有一件顏色近乎華白，重量特別的重。莎姑一件件的數著取出放在簍子旁端詳著，總共九件。此時遠處忽然傳來一陣長鳴，而頭上橫飛過一隻看似白鷳的巨大鳥兒。

「是阿瑪回來了嗎？」她側耳想聽聽麻迓的獵犬是否已經吠叫著接近中，手一刻也沒閒著的將那些東西重新放進背簍裡。

「咦？」她不自覺的發出了疑惑聲，卻又像是聽見別人發出的聲音。

剛剛，她把東西放回背簍時，發覺只剩下八件，這令她感到不安，正想回頭瞻望找尋那老者的聲音，卻聽到一個聲音響起：

「這個孩子怎麼會在這裡？」聲音似乎是麻迓的，語氣帶有責備的意味。

倏地，莎姑醒了，睜開眼，只看見穿越茅草牆細縫射進來的微微月光，而父母的床架上，傳來兩道粗細不一，頻率不同，音量明顯區別的鼾聲，她只記得這是才剛剛上床不久的時間，疑惑怎麼家人一下子都睡著了。

第二天，麻迓一大清早出門，莎姑則參加了一戶種稻人家水稻田收割的工作。休息時，她同德里說了這個夢。德里笑她老是愛作夢，氣得她賭氣不理德里整整一個下午。

「好了吧，別生氣了，我不是故意氣妳，我確實不懂妳的夢境，我是那種不會作夢的人，我不知道夢境能有什麼意思。我只是想逗妳開心而已。」德里在下午收工前，低聲的向莎姑解釋。

「算了，沒事了，我也不是真的生你的氣，我只是自己生悶氣。更何況那只是一個夢，也許就只是我平日胡思亂想的夢吧。」

「不生氣就好，我還真怕妳生氣不理我了。」

「這水稻田，種植起來可真是費工啊。」莎姑轉移話題。

「水稻確實費工，但是產量很大，同樣大的地，種出來的稻子可是小米的好多倍，白米也比小米好吃多了。將來我們可以試著種水稻看看，這樣子。」

「種稻子確實是個有意思的事，真不知道一開始他們怎麼就選擇種稻……」莎姑忽然住嘴。她想起剛剛德里說的「我們可以試著種種看」的話語，心想這小子可真是有心機啊，把話題往那裡帶。她收了口，想聽聽德里會繼續說什麼。

「他們都是很早就開始種稻了，聽長輩說，他們在舊部落時期就有種稻子了。別忘了，他們的祖父是百朗啊，就算不是百朗，也是很早就開始種稻，我們可以跟他們學習。」德里說。

「喔。」莎姑沒有直接潑德里冷水，或許他沒意識到自己說話的範圍，也或許他心裡早就認定兩人的關係。這讓莎姑有一點為難，卻又窩心。畢竟，總算有人把她放在心上。只是，這一切似乎都還很遙遠，況且，就算兩人真的結婚了，哪來的田地可以種植水稻，德里家的田地是他姊妹應得的，德里按規矩住到莎姑家，她也只有舊部落那塊已經準備收割的小米田，以及山腰上的那塊平坦旱地，這些都不是可以種水稻的田地，沒水利，砂礫地質也留不不住水分。

「對了，妳的小米田排在什麼時候收割？」德里問。

「應該是四天後吧，這中間還有四天的工時要還人家呢。怎麼了？」

「喔，我是說，我會找達基斯、杜麥他們一起來幫忙。」

「哎呀，你不要老是麻煩他們，他們平時又不做這個，我要怎麼還他們工啊？」

「妳別煩惱那個，反正，現在也沒別的事，不找他們一起來他們也沒事幹。不過我們說好了，等過了七月挨餓祭之後，我們可能會去林班工作。」

「林班？他們會讓你們去啊？」

「會啊，前幾天，一個百朗來找工人，講了這個事，沒等我們問，就直接說我們可以去，像妳這樣的女生也可以去。」

「什麼像我這樣的女生，我怎樣？」

「不是，我是說，像妳這麼大的女生也可以一起去工作。工錢還不錯。」

「是這樣啊，我想想看，等小米收割完，如果可以，我就跟著去。」莎姑的語氣居然出現了一些興奮。

收了工回家，莎姑還在想著去林班工作的事，覺得興奮，她沿路哼起了歌。才離開水稻田，走上回家的上坡路，距離家還有三個街區的距離，已經傳來麻迓的吼叫聲，那是莎姑再熟悉不過喝醉發酒瘋。莎姑楞了。目前天還亮著，一大清早就出門的麻迓怎麼就先喝醉了。

「伊伐，阿瑪喝醉了。」一個聲音叫喚著莎姑，原來是大妹伊布朝她說話。

「怎麼了？」

「不知道，阿瑪才回來就摔東西。」

「伊娜呢？」

「不知道，聽到阿瑪在吼叫罵人，我們根本不敢回家，繞了一大圈跑到這裡。」

「哎呀，真是的，伊山跟馬邵呢？」

「不知道，他們跑過去那裡了吧。」伊蘭朝著南方比劃了一圈，「伊伐，妳要幹嘛？」

「回家啊，不回家看看，誰知道發生了什麼事，我要煮飯啊，要不然你們吃什麼？」

「要回去，妳自己回去吧，他這樣神經病下去，煮什麼他都給你丟掉，還不是白煮，我不回去，我不想聽他發酒瘋。」

「哎呀，妳喔。算啦，我自己回去。」莎姑理解這個情形，她也不勉強，自顧自的走回家了。

院子的狀況還算正常，屋子的周邊也看不出有什麼異狀，但茅草編成的牆邊看起來就有一點狼狽了。首先是麻迓的背簍居然是斜放在地上，他一雙已經破了縫了又縫的日式夾腳趾布靴，兩腳不同方向的被脫了下來丟棄一旁。一張麻迓穿鞋抽菸常坐的小板凳，似乎是被甩向圍牆轉角處。

莎姑在屋外站了一會兒，聽著麻迓的聲音轟炸一般，由屋內一陣一陣傳出。她聽出了麻迓生氣的原因。原來是因為今天上山採集的收穫狀況不好，所以提早下山，剛好遇見林務局的人，囉嗦他擅自進入林務局的林地採集。雖然沒有沒收他的東西，但是警告麻迓下次不准再進入這個地區。麻迓當下沒有回應，下了山剛好遇見幾個阿美族人偷偷進入北邊的林地空手而回。看到麻迓的背簍裡的黃藤心便買了下來。於是麻迓繞了個大圈，去喝了酒才回來。

酒後的他便爆發了，說什麼林務局是什麼東西，祖先一輩子採集狩獵，是天經地義的事情，林務局管什麼？國家管什麼？

莎姑安靜的收拾屋外的狼藉，她掛好了自已的背簍，舀了水洗臉，就進屋子準備起火燒飯。麻迓看見她，停了嘴，又忽然問：

「妳的伊娜呢？」

「不知道，我剛回來。」

「剛回來？妳是多大的人了？遊蕩到現在？妳說，妳是不是像那些人一樣到處遊蕩找男人？」

「阿瑪！」莎姑火氣來了，但她壓抑著平和的說：「我去工作，而且我不知道你說的那些人是誰，他們做了什麼事。」

「工作？工作什麼？我怎麼看不到妳賺了什麼錢回來？」

莎姑火了，不理會麻迓，抱了幾根柴薪準備生火，麻迓卻一把拍掉了她手上的柴。

「我跟妳說話，妳不當一回事啊？馬鹿野郎。」麻迓吼著。

「阿瑪！」莎姑幾乎要失控了，她壓平著聲量說話，「你怎麼好意思問錢？你看那裡的米缸，還有櫥子上面那些你愛吃的鹹魚，那是怎麼來的？還有舊部落那個田的小米又是哪裡來的？這不是我打工還有跟人家換工得來的嗎？」

「妳說什麼？妳的意思是我一天到晚不工作光喝酒，讓妳一個辛苦？」麻迓幾乎是用盡力氣的吼著。

「我沒那樣說，是你自己說的。」

「你……麻鹿野郎！」麻迓又大叫，轉了身取了放在牆邊的長矛，刺向莎姑。

「啊！」幾聲驚叫從屋子外響起。

莎姑沒哼出聲音，倒是桂妃與幾個小孩在屋外，見著這一幕，大家忍不住同時驚呼了一聲。

莎姑感覺肚臍下緣一個指幅的位置有一點刺痛，她毫無懼色的瞪著麻迓，一動也不動。而麻迓盛怒之下刺向莎姑，又本能的在刺中莎姑的剎那間，及時收手，矛尖刺透莎姑的上衣，扎入皮膚，麻迓霎時被自己的舉動驚嚇到，一動也不敢動。兩人僵持著，屋子裡外瞬間寂靜。過了很長時間，時間長到一隻斑鳩飛來他們家院子旁的樟樹，枝椏啼叫了一輪，兩人還沒有移動一分一寸。

「麻迓，有人找你！」桂妃顫抖著的聲音終於從屋外傳來。

麻迓移開注視莎姑的眼神向外，發現是住在村子專門收購山產的平地漢人。他收起了長矛，而莎姑移動位置，撿拾起剛剛被拍落的木柴，放到灶旁之後，面無表情的走出屋子。

第二天，村子另一塊水田收割，莎姑去還一天的工作，在中午放飯過後的時間，莎姑對著跟在她身旁休息的德里輕聲的說：「你說你要跟我建立一個家，你有什麼打算？」

「什麼？」幾乎是站了起來，他不相信自己聽到的事。他驚訝的看著莎姑，莎姑也正盯著他看。

「我以為我在作夢，我先確定一下妳剛剛的意思是，妳願意考慮跟我結婚？」德里問。

「嗯，但是你得說清楚，我不想糊裡糊塗的就結婚。」莎姑平靜的說。

「這件事，我晚上就跟我的父母說，看這件事怎麼進行比較好。」德里認真的說，「你居然願意考慮這件事，我太幸運了，我太幸運了。」

「唉，我不知道你是怎麼想的，但這件事，我希望等我的小米田收割完，你再進行吧。」莎姑說。

「嗯，就先這樣吧，哈哈，我好高興啊，我好幸福啊。」

「我希望，如果可以結婚，婚後我要進天主教，希望你不反對。」莎姑說。

「我不反對，如果可以，我也想陪妳一起進教會。」

德里幾乎沒有浪費太多的時間在其他的瑣事上。在等候小米收割的時間，他同時想辦法進行其他的事。依照傳統習俗，他必須向他當年成年祭儀拜認的教父與教母報告，然後請教母帶著檳榔到莎姑家裡提親。為此，德里請杜麥特別留心誰家的檳榔樹上，還留有整串完整檳榔果子枝椏。德里則在莎姑的小米田開始收割前，自己得依習俗獨立完成小米田周邊的整理，並完成一兩間休息用的草寮，供當天來工作的人有地方休息。

杜麥花了不少時間找尋檳榔，六月份的時間，平地的檳榔還只是開著花包，散著香氣，不太可能有結成果子的完整檳榔。最後杜麥想起在大巴六九溪上游集水區的獵場，有一座獵寮旁，種了三棵檳榔。由於山區海拔較高氣溫涼爽，檳榔的花季與結果都晚了平地兩三個月。這個時間，樹上還有上一季節的果，還沒完全變黃變硬。杜麥全割了下來，將檳榔分成兩個大捆，另外還細細的削了藤子編出了一些花樣，用來捆紮檳榔串的根部。當他送到德里家時，德里的父母大加讚嘆杜麥的手藝。

莎姑的小米收割完第三天，德里的教母便來提親。她在兩個小伙子幫忙下，把兩捆檳榔都帶來了作為見面禮。事情很快談妥。基於現在已經改為男性為戶長的戶籍政策，加上德里是家裡唯一的男孩子，所以也不堅持德里必須婚入莎姑家，而是莎姑婚入到德里家。婚宴就訂在過完七月收穫節以後，第二季小米開工前舉行。最後，麻迓把檳榔留下一半，另一半讓德里的教母帶走，算是同意了這門親事。

莎姑的心情頗為複雜，她擔心自己嫁了沒人幫著種田、賺錢，可是不嫁，她又覺得留在這個家遲早會被麻迓失手殺了。德里的教母前來提親的下午，她仔細小心的割剪檳榔，把兩顆並聯在分岔的枝椏的檳榔，成對成雙的剪了下來。在傍晚的時間，她包在布巾放進背簍，親自到親戚家逐戶分送，每一家一對檳榔，算是告知了這件喜事。

麻迓對於莎姑出嫁這件事，似乎特別高興，這可讓莎姑心裡有一點不是味道。但，總算是嫁了，她心裡又有一股莫名的開心，從此，與麻迓這個生家的關係有了區隔，她有了真正屬於自己的家。

婚禮當天，莎姑穿著為自己準備了很久的，一件當時流行的薄旗袍，德里則似乎是因為太匆促，穿著一套運動服當禮服，莎姑並不以為意。

親友都來了，桌上只有高麗菜炒米粉，酒也只有幾罈供長輩們喝的分量。年輕人們沒有吵著分著喝，只專注的圍聚在一起，唱歌跳舞，累的人暫時歇口退出休息，等休息夠了再加入，大家一直唱歌跳舞到天亮，年輕未婚的賓客，分外珍惜這樣可以公開傳遞男女好感的聚會。

很多年後莎姑回想這些事情，她總覺得自己是衝動要嫁，竟順了麻迓的意；又覺得自己並沒有真正被麻迓當成是自己的女兒，反而像個外人，她頓時替自己感到有些不值。她不恨麻迓，一如她也不恨一度成為她母親的夏絲，就像只是結束一段關係，她沒有應該悔恨或歡欣的情緒。這場簡單又情義深厚的婚禮，在往後的很多年裡，讓她一直津津樂道著。

4

莎姑不知道自己的小妹夏思，怎麼忽然決定要嫁給在鐵路局上班的漢人，她甚至一直好奇，那個被勸說嫁給外省老兵的妹妹伊端，她們真正的感受如何。在那個外省老兵大量進入村子周邊的時期，村子的女孩很自然的讓父母勸誘威逼給嫁了。現在回過頭來看，莎姑也不知道是自己幸運、幸福，或者是嫁給老兵或其他漢人的女孩幸福些。

我老想這些幹什麼？莎姑心理責備自己。

院子外的家人聊天吃食，氣氛融洽，德里也開懷著，氣色似乎也逐漸回復到住院前的狀況。大家為了祝福德里的出院，都默契的不帶酒精飲料。然而因為潘再霖在現場，那些詼諧與時不時加料的言語，讓大家才從大笑中回過神，又被帶到了另一個笑料之中。伊端的先生老蔣乾脆建議莎姑領頭帶大家唱歌。莎姑推卻著，指著伊端要她領唱。

「我看還是莎姑來領唱好了，我好久沒聽妳唱歌了。」德里幾乎是哀求的眼神說。

「咦？看來你是要我出洋相了。」

「不是啦，我一直愛聽妳唱歌，妳不記得了啊？剛剛認識妳，也是因為妳的歌聲而被吸引，後來我們一起參加教會的活動，或者去比賽，不也都是妳帶領，所以我們能一直贏一直贏得比賽？」

「哈哈，你就別說了，說得讓我不好意思了。可是我唱什麼好呢？我已經好久沒隨性唱歌了。」

「都是我，身體不好，讓你沒心情唱歌。」

「說這幹嘛？」莎姑阻止了德里自責。「安將，你幫我起個音好了，我們大家一起唱唱歌好了，難得你們都在。」

安將沒有猶豫，開口便哼起了歌，他太太隨即跟著和起聲來，然後眾人各依自己的狀況加入歌唱。大家打著拍子，沒有能力開口唱歌的，也開心的打著拍子。一首歌唱了兩輪還不止。

「這歌我有一點忘了詞。」伊端說。

「我也聽不懂呢。」惠春說。

「這個歌是這樣的，我來說給大家聽。」德里停了一下，「這首歌歌謠音律是早年部落的老歌，原先的歌詞是沒有特別意思的，後來莎姑填寫的這個歌詞，除了述說歡聚在大巴六九部落的歌舞即景，這首歌比較特別的地方，是方位的敘述由北南西東順序開始，跟現在我們習慣講東西南北是不一樣的。這是部落傳統對方向的表達順序，除了是順應冬季的風從北方來，而山形由西向東順勢，還有北方有『遙遠』的意涵，先西後東也有把壞的、不好的丟掉的意思。這個歌的意思是：大家齊聚歡唱於大巴六九。」

「爸，你這樣講講好像老師上課呢。」惠春說。

「是啊，害我很認真的聽不懂。」潘再霖說，而他的話引起大家的笑聲。

「啊？你們聽不懂喔，害我那麼認真的說。」

「爸，你一句一句解釋啦。」

「喔，好！聽著啊。」德里說。

Gema yi ‘ami gama yi gezet	來自北方，來自南方
Gema yi raya gama yi lawuz	從西方來，從東方來
Smenai da yi Damalagaw	我們一起在大巴六九歡唱
Damalagaw mu ma lialigasaw	在大巴六九一起舞動
Mu ma ligasaw a vulavulayan	當美少女盡情舞動時
Smenasnai ya vangaesaran ho hai yan	俊美的漢子們賣力歌唱著
Ho hai yan ho hai yan（虛意歌詞）	
Gaya la mu li senasenayan	歌聲是接力的湧動著
Vulavulayan do vangsaran	時而青年男聲，時而少女美聲
Gema yi ‘ami gama yi gezet	來自北方，來自南方
Gema yi raya gama yi lawuz	從西方來，從東方來
Gema yi ‘ami gama yi gezet	來自北方，來自南方
Gema yi raya gama yi lawuz	從西方來，從東方來
Smenai da yi Damalagaw	我們在大巴六九歡唱
Damalagaw mu ma lialigasaw	在大巴六九一起舞動
Mu ma ligasaw a vulavulayan	當美少女盡情舞動時

Smenasnai ya vangaesaran ho hai yan　俊美的漢子們賣力歌唱著
Ho hai yan ho hai yan（虛意歌詞）
Gaya la mu li senasenayan　歌聲是接力的湧動著
Vulavulayan do vangsaran　時而青年男聲，時而少女美聲

Gema yi 'ami gama yi gezet　來自北方，來自南方
Gema yi raya gama yi lawuz　從西方來，從東方來
Smenai da yi Damalagaw　我們在大巴六九歡唱

「這樣了解了嗎？」德里說。

「好像很難呢。」惠春皺著眉側著頭說。

「不難啦，妳常常練習，唱國語歌的時候，假裝不小心唱進去，一定會很吸引人。」潘再霖說。

「才不會呢，別人會笑你說是山地人唱山地歌。」

「山地人唱歌才好聽啊。」

「是啊，可是別人還是會笑你啊，連歌都唱不對，只會娜魯灣。」

「妳很在意嗎？」

「其實不會呢，很多人只是開玩笑，但也真有一些人是存心要說你。我通常不會在意，不管他們，只是偶爾心情不好的時候，這種話很煩。」惠春說。

莎姑已經不太注意是誰發聲說話了，她的心思跌到了「山地人唱歌」這件事。對她而言，唱歌尤其是唱族語歌，這類被稱之為山地歌的歌謠，都是生命經歷，無需思慮別人喜不喜歡的問題。但是幾個女兒幾乎是以唱歌為職志，她們在都市裡，一定也遇到這些無禮的言語，假如只是一般人也就算了，萬一這也是唱片公司老闆的想法，那會怎樣呢？有沒有可能因為這一層顧忌就不找原住民唱歌？莎姑想著，想多問，耳朵已經響起了安將的起音，他換了一首歌。

這個小孩喔。莎姑心裡笑著嘟囔。

安將是個安靜的人，唱歌卻老搶著先。莎姑有時不太能理解這個大兒子，有時又絲毫不費力的解讀他心裡想什麼。他有著莎姑那種安靜與總是沉思的習慣，遇著陌生人經常是聆聽得多回應得少，即使他自己讀了士官學校，退伍後又在永豐餘紙廠上班多年，這樣的性格依然沒有改變多少。安將愛唱歌，唱族語歌，唱改編過歌詞或者自行填詞的林班歌。

如果唱林班歌，根本不會有「不找原住民唱歌」這個問題吧？問題是，唱林班歌能當歌星嗎？莎姑想著。

「你們唱一些林班的歌吧。」莎姑在他們剛唱完就提議。

莎姑的提議立刻獲得伊端的附和，不等眾人聲音靜下來，她起音唱了村子裡都熟悉的歌曲，這首歌後來被歸類在「林班歌」。那些粗俗卻又不失精準的歌詞，確實道盡了那個時期原住民部落情人間的思念，當然也精準的呈現了當時使用中文傳達情感的最大程度。院子的歌聲自然讓莎姑的心思，重新回到當年短暫在林班工作的情形。

5

婚是結了，生活也有了笑聲與關懷，莎姑也終於知道自己未必需要天天武裝自己，扛起所有的生活壓力。她是女人，她有示弱、掉淚、哭泣的權利，誰也不能剝奪。於是，她有了當初剛回到部落的前兩年，那種無需負擔什麼而快樂唱歌的日子。她與德里歡心的受洗成為一個天主教徒，她開始唱起聖歌，笑容又重新綻放。但，經濟還是得用力付出，對此，莎姑並不覺得苦，也不擔心沒有三餐，她自認為自己可是認真與吃得了苦的人。

第二季的小米播種在八月底結束，在一場颱風過後，德里提議跟著村子的一些人到關山一帶的林地工作。

「這樣好嗎？我沒有經驗呢。」莎姑有些疑慮，她知道這個工作，村子裡不少人是跟著包商四處工作的。拿的是現金，幾天結算一次，伙食費另外算，露營或宿營視林班地的狀況而定。

「如果妳有疑慮，我們可以不去，另外找別的工作來做。」

「不是這樣的，我沒有疑慮，只是不知道怎麼回答，能跟你一起工作，到哪裡做什麼事，我都沒有問題的。」

「我也是這樣想的，所以試著問妳。現在小米剛播種，距離除草還有一個月多的時間，我們賺點錢，好購買些家具或其他物品。但我不想一個人外出工作，放妳孤單。所以林班工作應該可以，我也不熟悉那些工作，但我們年輕，應該還可以適應，反正有那麼多大人跟著。」德里解釋著。

「那好，我們要不要添購些什麼東西？」莎姑問。

「東西這兩天準備齊，我們得準備長刀柄的鐮刀、衣物、晚上睡覺用品。我去準備鐮刀，衣物妳準備準備吧，如果還需要什麼，我們再想辦法。」

這一期林班地的工作，主要是在新造林地砍草，以及除去可能妨害樹木生長的藤蔓，但因為颱風剛過，使得許多好不容易長出一個人高度的新樹倒塌折斷，所以增加了「植樹」的項目。也使得做的工作週期拉長。但這些不影響莎姑工作的心情。她從來沒有體會過在林班工作可以有這麼大的樂趣。

先不說林地在山區，因為樹林的調節，即使太陽熾烈的九月，也覺得涼爽，不像在平地輪工換工的工作性質，那樣的讓人燥熱與難以逃避。莎姑特別期待下午收工之後的時間，在那之後，一直到就寢前的整個晚上，大家閒著沒事，會喝一點小酒唱歌說笑。林班通常會有不同部落來的工人，這一回也來了幾個排灣族的工人，編起歌來一點也不輸給部落的人。可惜莎姑聽不懂歌詞裡的排灣語，加上中文不甚流利，所以不太能懂他們歌詞裡那些以中文述說的郎情妹意、相思情傷。但就是喜歡聽，也喜歡跟著輕聲哼著那些旋律，並在自己腦海裡自行填詞。當被要求獻唱的時候，她還是選擇了她所知道的部落歌謠，特別是她在村子裡聽到的老人歌謠。

讓莎姑稍稍不習慣的事是，在村子裡沒電的夜裡，為了省燃燈的煤油，全家幾乎早早上床睡覺。在林班地，同樣需要點煤油，但晚上活動反而比較多，除了唱歌，白天設下的陷阱每天幾乎都會有收獲，讓大家晚上可以吃肉、閒聊、喝酒，往往睡覺會拖得比較晚。還好莎姑只是不習慣，而且夜裡的時間總是比較長，睡眠時間絕對足夠。德里也體貼，擔心因為人多擠在緊鄰的草寮，會讓莎姑感到不方便，剛來的第一天，他便搭建一間草寮，與其他人稍稍拉出一點距離，也有了較大的私密性，這些都讓莎姑感到開心與幸福感。

「謝謝你，讓我覺得開心與被疼惜。」夜裡，草寮裡茅草與麻布鋪設的睡鋪上，莎姑輕聲的說。

「怎麼了？謝我什麼？」

「如果不跟你結婚，我現在應該還在家裡面忍受我阿瑪的脾氣，說不定我現在就躲在溪床的某個地方，等候他睡著了才回去。或者一夜不回去。」

「哈哈，說這個幹嘛呢，我不會那樣的，我保證永遠也不會那樣對妳，也不會對我們的小孩亂發脾氣。」

「還有啊，幸好你帶我來這裡，我可是從來沒想到過我會到山裡來做這些工作。實在太有趣了。」莎姑說著。

「喔，我們可不能太長久出來做這種工作，住山裡森林，睡草寮地鋪。我們可要像正常的家庭那樣，好好種田或者找工作，一起蓋房子，一起養孩子。」德里輕輕摟著莎姑。

「是啊，我們得努力工作，把地開墾好，認真的建立我們的家庭。」莎姑想起原先努力種植的旱田已經留給娘家，她想著現在剛播種不久的地。

「還好，我家人的土地還多，如果不夠，我們還可以好好開墾村子南邊的荒地，如果你願意，我們就那樣做。」德里說。

「其實，我不是一定得要開墾什麼，就只是習慣性要往前規畫，想這想那我自然也就心裡慌了。」

雖是八月，林地的溫度冷涼，莎姑很自然的背過身，窩在德里懷中，以兩張粗布縫起的被子覆蓋保暖。山區的夜裡並不安靜，除了習慣夜裡活動的蟲鳴，還有一些鳥聲很惱人。莎姑只分辨得出夜鷹以及夜鷺這兩種鳥叫聲，其他就不知道了。另外還有一類的聲音，即使側過身子不必仔細聽，也聽得見不同方位與距離總是傳來窸窸窣窣的聲音，令她感到不安。

德里也不是很清楚究竟是哪些夜行性動物，在覓食移動中擦撞樹枝樹葉，踩到枯枝的細小聲音，或者山豬翻掘泥土找食物的聲音。但幾聲零碎豬嚎聲以及遠處幾乎同時傳來的雄渾嚎叫，讓德里放開懷裡的莎姑，起身檢查草寮兩側茅草牆下作為遮擋的樹幹，並躺下伸了手確認可以作為武器的鐮刀位置。

「怎麼了？」莎姑被德里的舉動搔起不安。

「你問的那些聲音我不知道，但是剛剛那兩聲，我可是清楚的知道是附近有一隻山豬，遠處有熊經過。」

「啊？那怎麼辦，我們會不會有危險？」

「應該不會吧，動物怕人，應該不會主動接近我們吧。」德里說著，目光卻朝向稍早以前大家坐在一起的小空地，那裡有幾個男人剛離開睡寢的草寮，拿了幾根木頭，丟進營火裡。有人點起了菸，聊著。

「他們在幹什麼？」

「應該也是被剛剛的聲音吵醒了，他們有經驗，一定知道那是什麼，妳看他們添了柴火，就是不想讓那些大隻的動物接近這裡。沒事了，我們睡吧。」德里說著，躺回了自己的位置。

「我在想，如果那些動物自己跑來，我們從後面推倒，直接送進火堆裡，那我們不是就有肉可以吃了？」

「哈，妳在想什麼，哪有那麼好的事？更何況，動物躲著我們都來不及了，怎麼會自己跑來讓我們抓。」

「想吃肉吧，不知道為什麼，最近老想著動物皮毛被燒焦的味道，還有帶有那種焦味的肉湯。」

「像這幾天的鼠肉湯？」

「對，就是那一類的味道，連工作的時候都會常常流口水。甚至你們鋸樹的味道都會讓我腦子裡充滿那個味道。」

「哈哈，妳可真是想吃真正的肉了，等過幾天工作沒那麼緊了，我們下了工我就去找找看有沒有獵物，老吃他們獵來的山鼠肉也不好意思啊。」德里說著，調整了姿勢躺著，又想起一件事，側過身子問：「下午他們嚷著要去追那一隻山羌，妳怎麼阻止我去追？」

「這個……」莎姑猶豫了一下，「不知道該不該說．你知道他們追的是什麼嗎？」

「山羌啊，不是山羌嗎？一隻屁股很圓很像人屁股的山羌啊。不是嗎？」

「所以，我覺得很不安，把你叫住不讓你去追啊。」

「這怎麼回事？妳可別說得今晚我睡不好。」

「所以，我還是不說了吧。我們睡覺，明天再說。」

「唉，妳都把話題帶到這裡了，妳不說，要我怎麼睡得著啊。」德里說著，視線延伸出去，發覺靠近火塘的那些人已經回到各自的草寮。

「是這樣的，去年在鄰居阿郞伊娜家，我們吃著她新婚沒幾年的先生高魯打獵回來的山豬，他說了一件事。」

莎姑翻過身，仰躺著講述高魯說過的一件事。

那是幾年前高魯與村裡的一些人，被招募到部落北邊的農場實驗所的一座新墾的林地工作，他們被指導著砍伐樹林，開墾使成為山坡農場，準備實驗種植一些外來的樹木。有一天傍晚收工的時候，一隻山羊出現在他們的開墾地，又旁若無人的沿著他們新開闢的小徑，從他們面前十公尺的地方走過。眾人都看見了，都興高采烈的追了出去。當時高魯注意到那隻山羊屁股渾圓，他警覺有事，想阻止其他人，但是他們早就追了出去。

「高魯阿瑪？他一定看到了什麼，他能看到我們看不到的東西。莫非他講了奇怪的事？」

「你別打岔。的確有奇怪的事，那些人，包括部落跑得最快的烏杜，都沒有追到那隻山羊。據說那隻山羊走著走著就遠遠的消失不見了，雖然走得緩慢，但是沒有人真正的接近到牠。當天晚上，除了高魯，所有人都發高燒，不停的說夢話。第二天停工，那個農場的什麼官，找了醫生給他們開藥。而高魯自行下山，買了百朗的紙錢、香回來。」

「這是幹什麼？我知道高魯阿瑪家裡有拿香，但是……難道這些人遇到不好的東西？」

「沒錯，大家只知道追的是大屁股的山羊，高魯看到得是一群人追著穿著奇怪衣服的女人。」

「什麼啊？意思是，妳剛剛看到……」

「呸，你別亂說，我什麼也沒看到，我沒那個本事。」莎姑說著，打了個冷顫，渾身起了雞皮疙瘩。

「那麼，妳怎麼會阻止我呢？」

「我看到了那是一隻屁股很渾圓的山羌，我想起了這件事。」

「那的確是一隻屁股很渾圓的山羌。所以……他們……我們……」德里說著，渾身倏地起了雞皮疙瘩，撇過頭看看其他草寮，「不對啊，當時我有去啊，我怎麼沒聽到高魯講的這話呢？」

「當天你來得晚，又走得早，也不知道忙什麼？說不定是跟誰約會呢。」

「哪有啊？我心裡只有妳，根本容不下其他的。妳又不是不知道。」

「我不知道，我才不知道呢。」莎姑笑著囁囁的說。

草寮外，響起幾聲奇怪的鳥鳴，莎姑分不清楚那個怪叫聲是什麼？那不是她熟悉的貓頭鷹「咕咕」一聲，飛鼠爭吵嬉戲的「嘎嘎」一聲，而遠處遠處傳來了「嘓嘓」山羌叫聲，她不想開口問德里那是什麼，因為德里已經緊貼著她，令她渾身燥熱而心跳加速，她不想破壞這些美好。

幾個草寮的鼾聲，異於平常夢囈聲，而德里的草寮內，鋪墊在開展的麻袋下的茅草，被揉碾出「沙沙」一聲中，一股壓抑的、歡愉的喘息聲與呻吟聲，夾雜其間，林地的草寮營地忽然安靜的熱鬧起來了。

第二天，除了德里夫婦，所有人發了燒匆匆下山。

隔年，莎姑生下了安將，德里卻收到入伍徵兵令，當兵去了。

6

想起過往，莎姑忍不住半瞇著眼睛笑了，她看著院子內眾人不間斷的哼唱著歌，深覺得有趣。先前說不想刺激德里而忍著不喝酒的人，也不知道什麼時候誰去買了幾瓶啤酒，分置在幾個人的面前。於是歌聲也有了酒氣，愈加的甜潤與輕颺，一首接著一首，齊唱合唱，拍著手或製造節奏的。不太唱歌的德里拉開了嗓子，連老蔣也斷斷續續的唱一段哼一句誰也聽不清楚的山東腔山地歌。莎姑也加入了行列，她拔高了音域凸顯其中一句關於小米田邊碎石牆的歌詞，伊端變了和音融了進來；安將暫歇，等過了兩句接著唱，他的妻子也跟了上來一唱一和。

莎姑開心極了，又忍不住感傷，眼眶都是淚。

當年她剛生下安將，德里便入伍了，幸好德里入伍前他們認真工作還有一點存糧，以及不多的現金。在德里家人的協助下，日子還挺得過去，但之後大家似乎都陷入了苦日子，營養不良的情況下，安將始終沒有多大的成長。莎姑記得她揹著安將到田裡工作，或者到別人收穫過的田地找尋還能食用的碎塊殘餘，安將就經常無預警的翻著白眼暈倒在背上。有一度，莎姑懷疑安將能不能活著等到德里回到家。現在安將步入中年，強壯的身軀，嘹亮的歌聲，這倒是沙姑始料未及，想都不敢想的事。

「安將去士官學校的時候，是你已經退伍以後的事嗎？」莎姑側頭問了德里。

「怎麼？我沒聽清楚，妳問什麼？」德里遮起了另一隻耳朵問。他的舉動引起其他人注意，歌聲倏地減低了不少。

「我是說，安將去當兵時候，你退伍了沒有？」

「哈哈，妳的記憶模糊啦？當然是在我當兵以後很久的事啊。妳想想，我去當兵的時候你才剛生下他沒多久，他怎麼可能先我去當兵呢？他是我兒子啊。」

「哎呀，你好意思笑我記憶模糊？我哪會忘記那個時候自己一個人帶孩子的事啊，你忽然就離開了，我一個人要忙小孩忙你的家人，我怎麼會忘記？我是說，後來我生下老二的時候，你不是又去當兵了一次。那時，安將已經去當兵了嗎？」莎姑問。

「啊？姊夫，你怎麼都算好了讓姊姊生孩子，然後你就跑掉當兵去，當兵有那麼好嗎？」小妹夏思插話了。大家興頭來了，也不再唱歌，都靜下來想聽點什麼。

「姊夫？你當兵當兩次？」老蔣好奇了，自己當兵跟著國民政府來台灣，對於德里當兩次兵的事，覺得新鮮。

「等等，我想起來了，應該是德里當兵回來以後的事。」莎姑想起來那兩件事之間的先後，不好意思的自己趕緊說。

「我是當了兩次兵。」德里故意沒理會莎姑的打岔，「第一次當兵的時候，是民國四十三年，安將出生沒兩個月的時候。後來退伍回來，沒幾年就爆發八二三砲戰，我又被徵召回去當兵，那時候是民國四十七年。安將還小，他去士校是多年以後的事，他十四歲、十五歲的時候吧？為了他去讀士校，還讓我們慌亂了一陣子呢，妳忘了？」德里說。

「應該是這樣吧？」莎姑說著，想起那時差一點報警的事情，他看了一眼安將，發覺他正笑著聽他們說話。

「大哥，你幹了什麼事啊？為什麼爸爸說他們慌亂了？」惠春覺得好奇，發了問。

「你自己說吧，我看全世界沒有人比你更厲害的，我想起來就感到驕傲，真不愧是我的大兒子。」德里說。

安將仍然維持著笑容，延遲了幾秒，然後抿抿嘴說了那年的事。

那一年，軍校招生的團隊來到部落做宣傳，希望能招到學生去念士校，安將很想跟著去。一來三餐有著落，而且他羨慕極了那些已經去念軍校的部落兄長們。於是，他也跟著人家測量身高體重，才發覺矮了三公分，未達到最低的錄取標準。他苦苦央求一個帶隊的士官長讓他錄取，但是士官長很為難，雖然很喜歡安將這樣堅決想去士校的孩子，但是安將身高明顯的矮了一截，他找不到理由讓安將跟著。

當這一隊人上車離開時，安將也混了進去，一直到進了學校，士官長才發現了他。因為不能正式辦理登記為學生，又不能趕他回台東，士官長只好收留了他，給他一套學生的制服，供他吃住。安將跟在士官身邊，也積極主動跟著出操上課，過了半年多，安將居然長高了幾公分，士官長想辦法讓他變成正式的學生。

「家裡的人都不知道？然後學校就收下你，怎麼可能？」惠春說。

「可能啊，以前很亂啊，很多制度沒上軌道。遇上這麼一個渴望當軍人的人，換了我，我也一樣這麼做。不過，大姊你真的不知道嗎？」老蔣說著又撇過頭問莎姑，他那聲音洪亮得令一旁的潘再霖忍不住掏了耳朵。

「那個時候，德里不在家，好像跟著去林班，他回來沒看見小孩，問我人到哪裡去了，我根本回答不了，他罵我是個笨蛋，連小孩都看不好，失蹤了也不知道怎麼辦？那可是我第一次被德里罵。」莎姑說。

「唉，遇上這種事，我這樣的反應也是正常的嘛。」

「正常？我不知道這是正常還是怎樣，自己的孩子不見了，又不敢報警，我心急得快神經病了。你這麼一罵，我忽然想起有人跟我說，他跟那些軍人一起去了。我這樣回答德里，又被罵了一次，說什麼沒見過像我這麼笨的人，就算是真的跟軍人走了，也應該有聯絡的方式，怎麼會完全沒有資料？德里這麼罵我，我可是哭了好幾天，心想這個人是不是外面有女人了。想想又不能怪他，這也是我的疏忽。一直到快一年了，安將回來了，我幾乎認不出來，他變高變壯，完全不是在家的樣子。」莎姑說。

「唉唷，聽起來我這麼壞啊？」德里說。

「你又不是只有這麼一件事讓人心裡不高興。」

「這太神奇了吧？大哥，你都沒想家嗎？」怕氣氛被莎姑弄擰，惠春趕忙插嘴問。

「沒有吧，剛開始我不知道該怎麼辦，怕被丟掉，我都不敢亂跑，一直跟在士官長身邊。後來他覺得不是辦法，他把我編到一個班，讓我跟著出操上課。別人根本不知道我不是正式的學生。我不知道自己有沒有想家，每天擔心的是能不能吃飽，或者能不能跟得上人家的進度。」安將說著，神色卻像是被擲回久遠的那個時光，糅雜著思念、不安與渴望。

莎姑看著安將輕描淡寫的說了他那些往事，自己也忍不住回憶當時的情形。當時莎姑的憂懼與慌亂只有她自己知道，而至今仍然清晰感受著。當時她完全沒有了主意，一來怕德里的家人不諒解，二來怕德里怪罪自己。她無處說予誰聽，又時刻想打聽安將的去處。她整個人成天像是被掏空似的失去了魂魄，心臟時時要停止跳動，每天夜裡都睡不好，在德里回到家以前，她足足瘦了一圈。

「還好你去了士校，退了伍還能到永豐餘去工作上班。像我退了伍，只能去沙烏地阿拉伯當外勞。」潘再霖說。

「什麼？舅舅，你也是軍人？你去過沙烏地阿拉伯當外勞？」惠春幾乎是睜大了眼睛說。

「那個時候很多人是去當軍人啊，像阿郎伊娜的弟弟古辣斯，還我我那個表弟林再生，還有修賢的爸爸布鄧都是軍官，當士官的像你哥哥安將，還有楊太平，那個張平果的哥哥也都是啊，後來的，你們知道的我就不說了。我呢，是政戰預官，後來要我簽留營我就不簽了，太囉嗦了當軍人。」潘再霖說

「沙烏地阿拉伯啦，你說那個給我們聽啦，聽說那邊可以娶四個女人。你說，你有沒有女朋友，那邊。」惠春問，她的話引得大家笑。

「哪裡有可能，我們光是工作就已經很累了，都是沙漠也沒有地方可以去，去哪裡交女朋友。」

「我們唱歌吧，你們的故事很好笑，我們還是唱歌當廣告時間啦。」伊端似乎不喜歡這類的話題，說完便逕自發音唱歌了，連帶著，引起院子裡眾人的應和。

看在莎姑眼裡，忽然有股幸福感。想她先後換了兩個家，忍受著自己父親與姑姑的暴烈脾氣，她總算有了屬於自己真正的家庭，儘管德里並不是沒有缺點，也不是每件事都讓自己滿意、安心，但總算也是個勤勞認真的丈夫。家裡再窮孩子們總算都長大，也陸續有了自己的家庭，算一算自己還是幸福的。

莎姑笑了，想起今年初為了聯合年祭，她改編了一首早期從廣播聽來的菸酒廣告歌曲，變為族語發音，以方便表演團隊歌舞展演。那些輕快的韻律與別有意思的改編詞，她忍不住拉高了音，唱了起來。而她的歌聲自然引起其他人高興的跟進，伊端起了身扭動，其他人也

跟著起來扭動。歌舞持續著，大家忍不住拉成了一個舞列成圈，一圈一圈的跳。莎姑忽然哭了，聲音有些近乎壓抑後的失控爆出，嚇著了眾人，歌聲戛然而止。

「妳怎麼哭了？」德里問。

「我想起我們結婚的情景。」莎姑幾乎是在哭了一會兒後，才勉強的回答。

「哈，妳真是的。好了吧，我知道妳受了委屈，不過我們總算也很努力的維持了一個家庭啊。別哭了，妳嚇著大家了。」

「對不起，我只是被你們感動得……忍不住哭了。」

「唉唷，大姊，妳嚇死人了，我以為發生什麼事了。」伊端說。

「媽媽，這個歌的意思是什麼？」惠春體諒的想轉移氣氛，她問。

「這個意思是……」

「來，我跟妳說。」德里搶著回答，「我看妳拿個紙筆來記一下吧。」

Sagaran~~（開懷啊）

Sagaran sagaran na yi nu sa'uran（這樣的聚會真是教人開懷）

A vulavulayan yi Tai-an tsun ali（泰安村美麗青春的女孩們呀）

Ha wo wai yan hi yei yan（虛意歌詞）

Ha wo wai yan hi yei yan（虛意歌詞）

Ha wo wai yan（虛意歌詞）
Layuwan ~~（歡迎啊）
Layuwan layuwan na yi nu lisawan（歡迎你來參加我們的行列）
A vangaesaran yi Tai-an tsun ali（泰安村俊美健朗的男孩們啊）
Ha wo wai yan hi yei yan（虛意歌詞）
Ha wo wai yan hi yei yan（虛意歌詞）
Ha wo wai yan（虛意歌詞）
Snai yo~~（唱歌吧）
Snai yo snai yo a mabiyabiya（我們大家一起歡唱吧）
A wazaziyanan a pinuyumayan（卑南族的兄弟姊妹們）
Ha wo wai yan hi yei yan（虛意歌詞）
Ha wo wai yan hi yei yan（虛意歌詞）
Ha wo wai yan（虛意歌詞）

「記起來了嗎？」

「嗯，很好唱，也很好聽。」

歌舞

1

七月中旬了。吃過晚餐的時間，巴拉冠前的廣場已經來了不少人。多是婦女小孩，只有為數不多的男人參與其中，他們正在彩排明天「小米收穫祭」的表演歌舞。莎姑與德里坐在天主堂門前的穿堂，注視著幾個人伸展擺姿勢。

近日希望恢復七月的「小米收穫祭」的聲音一直被提起。德里是支持與主張把這個祭儀恢復的，主要是基於可以有個名目讓大家團聚見面與一起整理部落。但，究竟要「恢復」到什麼樣的程度，呈現哪個年代的狀況？他則保留態度，他認為祭儀形式可以調整，讓大家不需要有那樣大的壓力。希望透過討論形成共識。

但恢復這個祭儀有其實際的困難，首先是自從基督教天主教開始在村子傳教以後，各氏族祖靈屋以及分火另外的建築也都拆除，只留下最核心氏族「布拉登岸」的一座祖靈屋，由該氏族自己管理與祭祀。因此恢復祭儀要不要先把各氏族的家族成員先做一個釐清，便是一個大問題。因為有些老人根本已經忘記自己是屬於哪個氏族，民國四十幾年後半段出生的孩子也多半不清楚這個概念。另外是，部落小米種植的規模在這二十幾年之中，已經逐漸萎縮零碎化，像過去那樣慎重進行「小米入倉儀式」的需要與能力也不再存在。最重要一點是，

「小米收穫祭」是在第一季小米收穫後，在進行第二季小米播種之前所進行的儀式，實際上並不是一個歡樂慶祝豐收的祭儀。這個祭儀在被稱為「大巴六九部落」泰安村的正式名稱是「GaHiwayan」，意思是「該挨餓的日子」，有著「豐收之年必須緬懷或記起荒年挨餓沒糧食的窮日子」。因此祭儀上，在執行小米或其他農作物的入倉儀式之後，部落未婚男子必須挨餓禁食三到四天，其他人則只吃食溪蝦或野菜之類的非豐年時節的食物。在這個時期大家分工整理部落，製作粿粕分送各家，順便確認各家男丁的狀態，直到挨餓期間結束，大家便解散，沒有任何歌舞、娛樂的成分。這意味著要恢復這類的祭儀對某些人來說是活受罪與不必要，也不可能受到包括現代青年與婦女的歡迎。

對於這個提案，長老們倒是很高興，那些曾經有經歷，或者有印象者，也希望有機會讓祭儀再鮮活起來，因此彼此的溝通上出現了很大的分歧。這些分歧多半來自於各自不同的經驗，但共同指向——這不是一個唱歌跳舞的歡樂祭儀。因此，在還沒有具體執行程序的共識前，有人建議不妨在這個季節，大家參考其他部落的所謂「豐年祭」，讓大家一起有參加活動的意願。所以，初步有了這個看起來沒有爭議，也比較容易讓大家接受的形式，安排一系列的活動與歌舞。

「妳看要不要先練習一下？」德里看著現場來了不少人，想熱熱場子。

「也好，我們的人還沒到齊，不先放音樂跳一跳，大家都不知道要按時來了。」莎姑說。

音樂放的是今年初他們參加利家村辦理的聯合年祭所表演的樂舞，因為事前的練習以及現場的展演，今天到巴拉冠的人多數都會跳，連小孩子也毫不忸怩的跟著跳了起來，形成大會操似的整個廣場都動了起來。向來以老師自居的林源正長老，也在現場指揮似的舞動，他今年快七十歲了，身材不高，但頗有才華。

「一群人跳舞真美啊，我們村子就應該這樣的。」德里說。

「確實是呢，還好伊端他們幾個人會帶，這樣表演跳舞還是跟往常很不一樣。」

「妳是說……」

「你記不記得，過去我們去表演，連麥克風都沒有，只能唱歌，憑著嗓子清唱，一首接著一首。特別是教會時期的表演，沒有像這樣熱鬧與歡樂。」

「是啊，現在音樂帶很方便，只要找到適合的節奏就能編舞。就算沒有音樂帶，有樂器就能伴奏，廣榮隨便也能彈出可以作為舞蹈的音樂。不過，如果要講真功夫，還真不是一般人可以做得到，就算伊端這樣年輕，也比不上妳這個做大姊的肺活量。」

「哈哈，你這麼稱讚我，是要我等一下清唱讓他們跳舞嗎？我跟你說喔，我已經沒那個能耐了，我今天是來複習一首我編的舞。」

「我哪敢那樣要求妳啊，再說，清唱已經沒有辦法帶動氣氛了，除非大家一起吟唱古謠，或者是元旦他們跳傳統舞。」

「我還是喜歡現在這個樣子，既然是很多人的表演場合，那個氣氛一定要很漂亮，要不然，在自己家唱歌也很好啊。」

德里夫妻倆在熱鬧的音樂背景下，拉高音量的說話著，而巴拉冠籃球場大小的廣場熱鬧著，部落稍有年紀的也陸續到來，各自拿了板凳坐在莎姑周圍一起觀賞著。

「我們好像沒有在七月這樣做。這樣也不錯啊。」教友西露古說著，「我們應該常常這樣，就算不是過節也該找時間一起唱唱歌跳跳舞。」

「是啊，莎姑，我看你就當我們的領頭，就像以前在教會那樣，大家一起練習，然後一起出去表演。」中年女巫基古說。

「妳還真能說啊，我們都一把年紀了，還要去表演？」另一個婦人說。

「是啊，光看年輕人跳舞，就覺得腳癢，想想我們年輕的時候，還不都是能歌善舞，就算現在跟他們這些年輕人比，也不差呀。」西露古加強了想要跳舞的意思。

稍早幾年，她曾擔任部落婦女會的會長，第二個兒子，曾經是縣運撐竿跳紀錄保持人，後來獲得保送進入體專的機會，也算是村子極少數的大專生。

「哎呀，誰不知道妳西露古也是個能唱能跳的大美女，如果莎姑沒有空，妳可以帶著我們一起，我們自己組一個表演隊，年祭的時候我們表演，不要跟這些年輕人一起。」

「唉唷，我還是希望由莎姑帶領，我們人不多，她的經驗足，由她來指導，如果她很忙的時候，我會幫忙，這樣。」西露古說。

西露古的漢姓是「孫」，她的家族女性多為美人，歌聲也極具部落特色，一般來說她不太服氣別人，但對莎姑卻頗為配合。畢竟多年的情誼又常常一起出外表演。

「看來妳們真的很想表演啊。」德里說，而莎姑始終不語，專注的看著場內跳舞。

「莎姑，妳覺得如何？」基谷問。

「來不及準備吧，明天的。」莎姑遲了幾秒鐘回答。

「不是，我當然知道來不及啊，光是明天那兩首新舞，我們都還沒有完全熟練呢。我說的是，以後，我們可以單獨組老人隊。」

「我們又不老，頂多是中年婦女隊啦。」

幾個人又分別提供了意見。

「慢慢來，妳們一下子想太多啦，我理解不過來呢。先跳明天的舞吧。我們都下去跟著跳吧。」莎姑說。

莎姑確實一下子不知道怎麼安排這些事。這些姊妹們現在是部落婦女的中間力量，那些年輕的女孩們正在逐步的奪去光環，這原本是正常的現象，可是今年初以來，開始出現了焦慮。那種被慢慢奪去舞台的失落感，莎姑可以理解。不過，這是部落，人不是很多，無法細分年齡層個別編舞，把他們跟三四十歲中壯年婦女編組在一起，並無多大的衝突與不協調。不過，莎姑認為她們的想法很有意思，也許可以把部落六七十歲的編成一組，中壯年編成一組，青年人編成一組，各自形成不同的年齡層，各自編舞。也許可以吸引更多的人參加部落活動，整個部落活動會變得更活潑有創意。

莎姑想著這事，她瞥向德里，德里正望向她，似乎也想著同樣的事。

「大家下場活動活動吧！」莎姑催促著大家。

廣場排出了表演的隊形，德里注意到，確實還有不少人沒有排進去，各自在角落望著廣場內已經排列好的人，而且各年齡的分布都有。他忽然頓悟到他先前不曾認真的注意到，關於年祭活動在巴拉冠一整天的活動，也許應該細分，並做好活動行程，按表接著進行也許會更熱鬧，更活潑。他又疑慮，這樣子，部落會接受嗎？堅持整天跳傳統舞的，不太能接受現代表演歌舞形式的人，在部落還是很多啊。

總要試試。德里心裡說。他同時想到，應該要提醒規畫活動的黃正雄，甚至要鼓勵兒子廣榮在主持的過程，把這些可能的想法融入流程中。

杜麥與達基斯並肩走來，德里把他的想法說了一遍，意外的，並沒有受到他們的支持。

「你們不同意這個想法我可以理解，但是有更好的辦法嗎？」德里說。

「我也不是不同意你的說法，你想想看，德里。我們的年紀剛剛到了要扛起這個部落的眾多事務。就像當年我們還很年輕的時候，還是萬沙浪身分的時候，我們總是一個個被派遣工作，總是趕早睡晚的成為巴拉冠最值得信賴的人，為什麼？還不是因為我們絲毫不懷疑部落的所有一切。」杜麥表情嚴肅的說。

「等等，你這樣會不會扯太遠了？」德里說。

「不是，我的意思是說，正是因為那樣，我們在這麼長的時間裡，延續了部落的很多祭典儀式，也維護了許多的傳統習俗。現在，在祭典的進行上做重大的改變，會不會因此連帶改變祭典的形式？讓部落年輕人忘記祭典儀式上應該進行的傳統樂舞。」

「我也是這樣擔心的，德里。祭典沒有了蹲跳的傳統舞，年輕人以後就忘了，清唱之謠也會被淡忘了，甚至忘了怎麼唱，我們得慎重啊，二十幾年來，我可是不斷提醒的。」

「哈哈，你們兩個會不會太嚴肅了。這是七月的祭典，你們想想，這祭典也幾乎停頓了快三十年，這是什麼原因？難道是因為過去我們就已經把這樣的表演形式拿出來用？」德里說，廣場的音樂換了新的一首，練習中的婦女們正開心的擺動，場邊友人模仿並主動進入表演隊伍的行列中。

德里繼續說：「時代變了，我們不是要改變那些傳統的歌舞，而是希望在傳統舞之間加入一些新的表演形式，一方面讓大家有機會展現他們編舞寫歌的才華，一方面這樣增加樂趣也吸引部落人，特別是年輕男女一起加入。你們沒有注意到嗎？我們來參加跳舞的人越來越少，這恐怕也是因為無趣。更何況這些歌舞都是在我們真正的祭儀以後的餘興節目。應該沒有那麼多的禁忌的。」

「你這樣說，也不完全沒道理。想想，還是因為部落人根本不團結，要像我們以前那樣，只要部落的長輩一句話，我們總是二話不說的統統站出來，那多好啊？」杜麥看著廣場說，語氣多有緬懷。

「想那些太遠了，你想想，欣賞這些女人跳舞，遠比一群男人跳舞好看些，男人總愛比腿力，但是又能跳多久？」達基斯隨口說，想緩和一下氣氛。

「怎麼會？男人跳舞的力道，剛強才好看呢，以前我們被要求在廣場的火塘邊一直跳一直跳，有的時候就一個晚上，根本沒有人願意示弱退下場，這可跳得久呢。」

「哈哈，那是以前，你叫現在的小孩跳兩圈，小心他們給你白眼。」德里說。

「其實，改變不是問題啊，只是要很小心，好好的跟大家說清楚啊。」達基斯說。

「這的確是該小心的事，明天是收穫祭，第一次嘗試在這個時間恢復辦理，時間急迫，事前也沒完整的規畫，我們不妨就當成是聚會而不是真正的祭典，順便引起話題，作為將來真正恢復祭典的參考，我們就別太嚴肅了。」

三個男人的交談在音樂聲，跳舞人的吆喝聲，以及周邊小孩的嬉鬧聲中時揚時抑，看在莎姑眼裡也覺得有趣，猜想著他們的交談。她讓跳舞的隊伍再跳一回，自己退了下來回到座位上，幾個同年齡的婦人們也跟著下來了。

莎姑看著廣場的隊形，記起自己第一次這麼認真的編舞，要回溯到八二三砲戰的時候，她想起來也覺得好玩了。

2

德里的家人都知道莎姑生著悶氣，大家想說點什麼，卻又不知道怎麼開口。莎姑三天沒開口說一句話，臉上沒有任何表情，但是德里的母親聲稱她昨晚聽見莎姑悶著聲啜泣。

一九五八年八月二十三日，金門發生了砲戰，德里在第二天上午即離家向指定的單位報到。

這讓莎姑心理異常的不平衡，但又不知道該怎麼發洩，畢竟還是有其他人一起回營報到。但是「砲戰」是什麼？莎姑身邊沒有人有那個概念，只知道是打仗。莎姑生氣德里是因為在她才剛生完孩子不到兩個月的時間就回軍營，跟上一回生下大兒子安將時，他去服兵役一樣。生氣在於，這不是誰能控制得住的事情，沒有人可以預料，沒有人可以違抗政府命令，她怨德里又不能怪德里。莎姑更生氣的是，她擔心德里去打仗有生命危險，但她卻不能表露出擔心與脆弱，那不是部落女人應該有的反應，那只會使先生懦弱並帶來厄運。

夜裡，莎姑忍不住哭了，又必須很快的平撫情緒，因為她深信部落的傳統信仰中的一種禁忌，認為思念與哭泣會透過意念傳到你思念的人的意念之中，使他與你相互感應，於是他也會因為跟著思念而開始怯懦。這些都是讓莎姑糾結，讓自己生悶氣又不知道該怎麼辦的事。這些事自然也逃不過她婆婆的眼睛。

「這個給妳吃吧。」婆婆拿了一個比頭還要大的綠色果子。

「這是什麼？」莎姑問，她注意到那是剖半的某種果子，有著不扎手小圓刺的綠色外皮，感覺曾經看過。

「我也不知道這個名稱是什麼，這是我住在下面的那些阿美族朋友給的。我吃了，甜甜的。有一股香氣，味道很重。他們說可以讓奶水變多，看他們的胸部都跟木瓜一樣，我相信他們說的事，妳拿去吃吧。」婆婆說，而莎姑被「木瓜」的形容詞逗笑了。

莎姑知道婆婆所說的那些住在十字路口下方的阿美族人，他們是精通水稻種植的人，村子裡種稻的人家跟他們都有些交情。他也常看見他們在灌溉渠道裸身洗澡的模樣，那些豐滿垂擴的乳房，確實有木瓜的長相。

「謝謝，伊娜。」莎姑說了日語的謝謝。

「妳說起日語就是跟其他人不一樣。不要客氣啊。妳要健康高興的，孩子才能好好的。安將太安靜了，妳要是都不開朗，不說話，你現在懷裡這個嬰兒說不定也會變得更安靜。」

「我知道，真是對不起。」

「別說什麼對不起，我們沒有這個字彙啊。更何況這不是妳的錯，也不是誰的錯，有的時候官府要叫我們去哪裡幹什麼，我們連抗拒的能力也沒有。」

莎姑沒接話，撇頭注視著她的婆婆。

「我說給你聽。」婆婆拉了張椅子坐了下來。

「日本人還在的時候，在飛機來丟炸彈之前，我們部落被徵調了五個人跟著日本人去很遠的地方打仗，很久以後回來了兩個。後來日本人打仗輸了回去日本以後，魯跌又來村子招年輕人說要去工作，我們一下子去了二十一個，後來聽到逃跑的林吉說他們是被騙去當軍人，要送去魯跌的地方打仗。這些年輕人到現在沒有回來。也不知道他們現在去了什麼地方，究竟還有幾個人活著。他們都是年輕人啊，都是能夠工作養家的萬沙浪，他們要是都留下來，我想我們大家的生活應該不會這麼清苦的。」

「我知道這件事，聽說我的一個舅舅跟著去了。」

「是啊，很多人的兄長都去了，連我家對面那個卡沙一也去了，我記得他要離開前一晚他的伊娜躲到牆角偷偷哭著，我還塞了幾個我僅有的銅板給她，讓那孩子帶著出門。現在，德里跟幾個年輕人又被徵調出去打仗了，我甚至不知道我還能不能……還能不能見到他回來。」

「伊娜，我們不說那個吧。」

「我不說，但我的心情跟妳是一樣的，德里從我肚子裡生出來的，養他這麼多年，沒讓他多吃苦，我不可能看著他離開卻一點也不擔心。但我不能掛念著呀，因為他會跟著掛念家人，我也不能躲著天天哭，那會讓他害怕與分神，甚至發生危險。我只能假裝他只是出去玩，或者去工作，忍不住的時候自己掉眼淚，短暫傷心。」

「我知道了，伊娜，我不應該這麼任性的像孩子，真是對不起，請原諒我。」

「他是男人，他有當個男人該有的樣子與命運，而我們得自己打理好所有的事，做一個能幹的女人。家裡的所有事，沒有人會接手，也沒有人應該憐憫我們。」

「是的，伊娜，我知道了。」莎姑說著，目光看了一眼婆婆帶來的波羅蜜，又轉頭望向院子，一個月前德里除過草的空地，已經又重新長滿了草，當時德里說要種菜的。

「伊娜，這個要怎麼吃？」莎姑問。

「把這個黃黃的挑起來吃就可以啦。」

婆婆說的簡單，但是那些「黃黃的」果肉外，黏呼呼的纖維可是要費上功夫。莎姑拿出了工作小刀，一塊一塊的割裂，挑出果肉，找個盤子放上。婆婆只吃了一塊，莎姑掏了一塊給安將，安將接下，動作緩慢的送進嘴裡吸吮著，又咬下一片咀嚼，安靜又無力。看在莎姑眼裡，覺得心裡一陣酸，心疼她沒有多餘的奶水讓這孩子好好的吃出力氣來。但想起吃這個奶水會充足，胸部會像木瓜，莎姑忍不住塞了一塊到嘴裡，又笑了。

唉，這種事……莎姑心裡感慨著。

院子有些聲音響著，莎姑撇頭望去，發覺是平時與莎姑進出教會的姊妹西露古等人，另外村幹事也來了。

「這個時候不下田工作，他們來幹什麼？」婆婆輕聲的說著，已經起身前去迎接。莎姑看了一眼搖籃床上的嬰兒，也跟著出去迎客。他們的到來，讓莎姑原來已經平靜的心情又翻騰了。

原來村幹事來傳達一件事，說現在金門的戰爭很激烈，社會各單位團體正在發起要慰勞前線的軍人，所以有錢的出錢，有物資的出物資，沒有物資的就想辦法用其他的方式表達。鄉公所這邊有人建議，各村不妨排練山地歌舞，由鄉公所統一編組一支慰勞隊到前線支援。村長想了半天，也沒有什麼主意，剛好遇見西露古等姊妹，沒想到，大家竟然感到開心，可以出門慰勞觀光，並建議指定莎姑編舞。所以，村幹事與其他的姊妹來了。

儘管幾個年輕的婦人認真的想著這件事情的可行性與如何規畫，但等村幹事一離開，莎姑的婆婆便表達了不同的看法。

「有件事沒有講清楚，現在那裡，他們說的金門正在打仗，我們的青年在那裡跟我們不認識的人相殺著，你們去哪裡唱歌跳舞給誰看啊？他們有時間看嗎？你們會不會不小心就被他們殺了？鄉公所的這些人想什麼啊？你們青年都離家了，這個村子也就沒什麼依靠了，那樣子打仗打贏了有什麼用啊。」她說完，便搖著頭離開。

「伊娜說的沒有錯，可是村長這麼說了，我們怎麼辦啊？」

「唉呀，還以為有機會出去看看的，伊娜說的也很有道理，打仗的地方那麼危險，我們不應該去的。我們的小孩怎麼辦？田裡的農作怎麼辦？」

「我看我們不要理會這個啦，我們自己的事都忙不完了，看來部落老人也不會答應。」

幾個人因為莎姑婆婆的提醒，瞬間都回到現實。看在莎姑眼裡，也知道她們還是有那麼點覺得惋惜。

「妳怎麼都不說話？莎姑。」

「是啊，妳的男人在金門，如果我們真的能夠成行，說不定妳就能遇見他。」

「這個……」莎姑有股被看透心思的窘迫。剛剛她確實閃過這個念頭，但她知道戰場砲彈落下的情況是怎樣，當年美國的飛機來轟炸的時候，砲彈是在她頭上飛過來，炸傷人也炸死人的情形她也目睹過。

「我能說什麼？我的小孩才兩個月，我該煩惱的是讓奶水充足一些，好讓小孩吃飽長大，這種什麼慰問康樂隊的事，是鄉公所沒事亂出的主意啦。」莎姑說。

說不要理會，好像也不太可能，因為村長老楊還是經常的造訪莎姑，希望她趕快想辦法幫忙編幾首歌舞應急，免得鄉公所要看成果。幾個姊妹有事沒事的也來問這問那。

「我看，還是妳去編舞，需要商量時我們再研究看看。」莎姑對西露古說。

「也只能這樣，妳帶小孩忙，要妳這麼忙也不合道理，就我先來好了。先說好，這不是搶妳的風采啊。」

「呸，妳說這個做什麼？我要說謝謝都還不夠呢。」

「妳客氣啦，莎姑，我問妳，妳真的不想編這個康樂隊嗎？我們很習慣妳來帶頭了，妳知道怎樣才是最好的，而且我相信，其他村子一定也是以妳為競爭對手在準備。這麼有競爭性的比賽，如果做得好，說不定鄉公所的金門慰問康樂隊，會由妳帶隊並且編排歌舞，我不相信妳沒有興趣。」

「唉，妳們很了解我，可是，我確實沒有多的心思了。男人去打仗，我要擔心，兩個小孩要照顧，我手忙腳亂的，雖然伊娜會幫忙也一直幫忙，那總是我的孩子，我不能在這方面認輸啊。要比賽，以後多的是機會，現在請妳們扛下來吧。」莎姑說得真切，西露古也深受感動。

康樂隊的事暫時說定了，由西露古編舞，每天下午大家從田裡提前回家，到巴拉冠作短暫練習，部落婦女盡可能的抽時間參加練習。

一個星期過去，莎姑有時間會著孩子去看看，眾人見到她來都圍了上來，他們練習了一週，基本上一支舞算是編成了，可是大家除了覺得新鮮以外，總覺得沒有信心。即使是擔任教席的西露古也這麼認為，卻也說不上哪裡有問題。

為了讓莎姑看看有什麼建議，他們從頭表演了一次，廣場的泥石子並沒有影響他們的流暢性，莎姑怎麼看都覺得似曾相識，站位、走位與歌聲的節點都很到位，就是少了點什麼。她忽然想起了好幾年前，阿鄔他們在巴拉冠穿著各自裁縫的卡其色衣服，實施軍訓，唱軍歌做操練的樣子。那種整齊、活潑，歌聲也響亮好聽的樣子如出一轍。只不過，西露古的選曲沒有採用軍歌，而是教唱了一首從南王村傳唱而來的〈當兵好〉，那是南王部落音樂家陸森寶老師寫的歌曲。

莎姑沒多說什麼，只讚揚西露古的指導專業，而且舞作看起來很新奇，聽到這個團員都很高興，但西露古覺得莎姑沒有說出事實，陪著莎姑帶小孩回家的路上，她決定問到底。

「所以，還是真的有問題？」西露古問。

「不是問題，我問妳，妳是不是參考了以前在巴拉冠那些姊姊們唱歌做操的隊形與方式？」

「是啊，妳真厲害，一眼就看出。我想了想，這個主題與形式應該最恰當。妳看這歌謠是這樣唱的：當兵好，當兵好，**a ma wu na ma ha yir**（正是那保衛者），當兵好，當兵好，**a ma wu na merehaha law**（正是那守護者），這個節奏與歌詞，正好可以鼓勵他們成為一個真正的男人打勝仗，保護我們。」

「聽起來是這樣，可是妳想想，這首歌是誰作的？南王的呀，歌是他們教我們的呀。所以，歌的部分，我們就輸了。」

「怎麼會？就算是南王的歌曲，但是我們村子唱歌的高低搭配還有轉音，沒有哪個村子可以比的呀，這不是每個村都公認的事了嗎？」西露古難以置信的反駁。

「妳說的沒錯，可是，這首歌像是搬磚塊一樣，一塊一塊的疊上去，適合唱歌會往東邊跑掉的那種人，也是給嗓音一般的人唱的。現在，放棄我們的長項，去練習人家最習慣的歌當成比賽歌曲，妳說，我們怎麼會贏？」

「哎呀，被妳這麼一說，還真是有道理，我怎麼沒想到這一點。那……舞蹈可以吧？」

「舞蹈，換了歌就得換舞蹈啊。那樣的歌跳起來，會不會像是手腳痠痛抽筋一樣處處不協調？」

「也對，我得重新挑歌練習，並且重新設計動作。」西露古有些挫折感。

「別灰心，妳很厲害了，我要感謝妳願意接下呢。」

「好了，謝謝妳的安慰啊。」西露古說，「對了，妳覺得我們該換什麼歌？」

「不用花時間教歌。妳用我們在巴拉冠開場的歌當主要的歌，前面設計一下出場的動作，我們一開口唱歌就讓觀眾驚訝、震撼。中間，讓聲音最嘹亮甜美的一對男女出列，就妳跟陳繁雄兩個人齊唱一段歌謠，再讓大家打散隊伍唱這首歌。這首結束的時候，轉接到我們唱的那一首送別的歌曲。根據那首歌的情境設計舞蹈動作，不要太複雜，用簡單的舞步展現我們部落人跳舞，那種流暢、柔媚帶剛的身體特質。退場的時候，你們唱前半段這幾天你們跳唱的歌曲與動作，我想就十分完美了。」莎姑說著，而西露古已經瞠目結舌了。

「妳……一直再想這件事嗎？怎麼好像都設計好了，就等我問妳。」

「這……其實……」莎姑覺得語塞，「唉，不瞞妳說，我還是忍不住的一直想這件事情，我知道跟著去金門是一件不實際的事情，我也不是真心希望這件事情會變成事實，畢竟那太危險了。只是，提到歌舞展演，我忍不住就會投入心思。」

「哈哈哈，妳果然是莎姑，不願認輸啊。妳放心，今天晚上我找幾個人一起討論，明天我就讓他們改歌改動作，妳過兩天一定來檢驗一下。」西露古興奮之情全寫在臉上，「這種事，找妳就對了，高興啊。」

「好啦，快回家煮飯吧。」莎姑被說得不好意思了，急忙趕人。

這種事，我從來就不想輸給任何人，除了第一名，其他的我不要。莎姑笑著心裡說。

這歌舞經過重新編舞，幾乎只花了兩次練習的時間，大家就上了軌道，為了獲得更大的信心，西露古邀請了部落的長老們，還有外省村長與村幹事一起觀賞鑑定。幾個上了年紀的婦人也覺得，原來已經熟悉了的歌舞，做了簡單的編排加上新的元素也能這麼好看。大家開心的拍紅了手掌。

可惜，不明原因的，他們沒有真正被派出去參與競爭，隨後不了了之，也沒人再提。莎姑算是放下了心，卻又存留著一點點淡淡的失望，只一點點，連她也不敢明確的。認為是失望情緒，也或許，只是失落吧，她想。

3

巴拉冠果然熱鬧，年輕人設計的遊戲活動，吸引年輕男女一起競相爭取好成績，驚聲連連，也笑語不斷，連中年男女也搶著想跟這些年輕人分組競賽。歌舞隊被安排在這幾個趣味競賽的間隔中，輪番上場表演幾個舞碼，似乎沒有人對這樣的安排有其他的意見。主持人的麥克風持續響著，控制流程也開開玩笑，吃吃大家的豆腐。廣場上笑聲、吆喝聲不斷。

德里別有意思的看了一眼協助安排活動的黃正雄，昨晚他們再三討論，公開的橫幅上面該寫上什麼字才好，最後決定寫上「八十一年度收穫節」。用概略等同附近排灣、魯凱部落的七月小米收穫的「豐年祭」概念，模糊帶過。看這樣子，是成功了，多數有了年紀與經驗的人，並沒有意識到之間的連結，但幾個長老還是提醒了，要好好思考著未來怎樣重新找回七月過節的樣子。沒有責罵，倒是多了很多的期待與託付。德里心理許諾，要重新整理祭儀的形式與進行的內容，用一年或兩年的時間嘗試著恢復他所熟知的「挨餓祭」或是小米種植前的活動。

莎姑結束了一段表演，她退回了作為長老台的天主教堂前廊，坐在德里的座位後方。天氣實在太熱了，七月的中午時分，陽光越熾烈，許多人一表演完就退散到廣場邊的大樹下。

「太熱了。要是廣場能搭個棚頂就好了，你看廣場的水泥都變燙了，以前那樣的泥石子反而涼快。」莎姑搧著扇子，她穿著日式簡單和服的表演裝，感覺悶熱。

「棚頂的想法很好，這以後可以好好的規畫。高興啊，這總是個開始。」德里說。

「對了，關於八月底去台北表演的事，有沒有進一步的消息啊？大家都說等七月這個忙完再來討論，我看不出來現在還有人在意這個呢。」德里想起五月份一個大學教授明立國與導演虞戡平一起到村子，談這些事，事後也找了村子幾個人一起，與其他村子的代表們談了一下方向。可是村子裡，到現在仍然沒有動靜。

「我不知道呢，他們說表演祭儀，這個我完全沒有概念啊，幾個巫師們還在努力的弄清楚這到底是怎麼一回事。」

「這個事，該怎麼來進行呢？現在不開始準備，不到一個月的時間，準備工作很有挑戰啊。」

「你又要攬工作啊，你不要忘了你才剛出院，身體要注意一點，多休息。」

「哈哈，剛出院？都幾個月了，還剛出院。我只有這樣忙碌，身體才覺得有能量，活得才精神。如果真要我來統籌，我還真是願意呢。」德里笑著說。

「你好好想想啊。」莎姑本想多說什麼，西露古跟幾個老姊妹已經擠了進來，原本不寬的前廊，顯得更擠。

「我們這套衣服還真好看啊，自己一個人對著鏡子還不覺得怎樣，一群人穿著站在一起，還真是好看啊。」西露古還沒站定位便開口說。

「妳們聊聊，我去那裡看看，那邊那個人似乎是上次來的那個教授。」德里指著廣場外的街道，一個瘦高的男子正要跨進廣場。

「妳坐吧。」莎姑拉了西露古坐進德里的座位，「其實，衣服一致了，人數一多就好看。妳看我們這些年輕人的穿著，好好規定一下也會很好看的。」莎姑邊說邊望著場上年輕男女跳著排練好的舞。

「明年的聯合年祭，我們可以考慮把這一套舞拿去表演。」

「嗯，如果我們懶惰一點的話。」

「什麼意思？妳想再編一首舞？」

「不是，我記得德里去當兵的時候，我們編過一支舞。」

「什麼時候？我怎麼沒有印象了。」

「哈哈，妳忘了。那個時候我才生第二個孩子，因為德里跟村子幾個人又被招回去當兵，到金門打仗，村長老楊要我們準備幾個舞，準備跟其他村子的人一起去金門跳舞給阿兵哥看。當時請妳負責編舞，妳忘了？」

「我記得那件事，可那不是妳編的舞嗎？那個〈當兵好〉？」

「不是，〈當兵好〉是妳編的，後來我們商量了一下，妳回去就改了舞，大家都說好看有意思。」

「嗯？這個我就沒印象了，我只記得那個〈當兵好〉，後來怎樣我就沒印象了。」西露古側著頭說，「反正跟著妳編舞、跳舞就是高興快樂。」

「謝謝妳啊，這麼多年一直支持。」莎姑說，卻也感慨許多，才沒多少年，老人陸續走了，而年輕如她們，記憶卻已逐漸模糊。看著列子裡幾個家族的小孩，莎姑又覺得很有希望，假如村子多出幾個真正可以靠歌賺錢過生活的人多好？就像歌星那樣出唱片上電視，不必掙扎的在幾個小表演場賺小錢，那該多好啊？莎姑心裡想。

「對了，剛才的話沒說完，妳說什麼如果懶惰一點的話。」西露古說。

「我是說，我們不要太懶惰，請妳再編一支舞給我們這些上了年紀的活動筋骨，然後年輕的這些媽媽小姐也編一支舞，我們串連成長長的一支舞來跳，沒有冷場，可以跳進去又跳出來。」

「嗯？這個想法好，我來試試。嗯！我可以試試。」西露古眼睛亮了起來。

兩人津津於關於明年表演的事情，而廣場年輕的女孩正動感的表演著一首阿美族創作歌謠編成的舞。說話間，莎姑眼神一直注意廣場內那些還在讀小學的孩子們，有的跟著律動，有的在一旁與同伴玩遊戲。

節慶的時候，大家一起聚聚總是熱鬧，如果年年都這樣多好。莎姑微笑著心裡這麼說著。

「太熱了！」莎姑忽然喃喃說。

「妳說什麼？」

「我是說今天太熱了，太陽也太大了。」莎姑望著剛剛走來的瘦高男人，正與德里在入口旁那棵莿桐樹下的一小片蔭涼處說話，旁邊還有幾個部落男人一起。

「他們在談什麼？那幾個男人。」西露古指著德里那一群人。

「八月底去台北表演的事。」

「台北？八月？那是什麼表演？」

「好像是在國家劇院那裡。」

「那是什麼樣地方？我們可以一起幫忙編舞一起表演嗎？」

「不知道，我不知道那是什麼地方，聽說是蔣總統的廣場那裡。要表演什麼大家都還沒討論。」莎姑說著，卻見德里與那瘦高男子已經朝她們坐著的區域走來。

「哎呀，那得快啊，就下個月的事了。」西露古拉尖了聲音說話。

到國家劇院表演，究竟要表演什麼？五月份就已經傳來訊息，這對於早就熟練於依照表演性質選歌編舞的莎姑夫婦，卻也是個難題，對於部落其他人更是沒有概念。甚至因為是直接找德里接觸並開會，除了長老們女巫們之外，多數村民其實是並不知情的。至於一直沒有達成共識，是因為這個表演的主題是「祭儀展演」。展演沒問題，「祭儀」卻出現了待克服的技術問題。原因是最初前來聯繫溝通的明立國教授與南王林清美老師的想法是，把各部落的歲時祭儀的精華搬上國家劇院的舞台。但是部落人在解釋「祭」這個中文字時，用的是「巴里西」這個具有「祭祀」、「詛咒」的意涵，是部落女巫專事的工作。因此是讓巫師上場表演，還是把包括mangayaw（後來翻為「大獵祭」）、demuwal（後來翻為「除喪祭」）、buwalisen（後來翻為「成年祭」）等三項固定的歲時祭儀濃縮編成劇，就成了討論的重點。但這個討論只持續半天就沒再繼續，原因是因為部落祭司拉尤與女巫首領端娜似乎有顧忌，當下沒有指定誰來負責，也沒有人在這話題上打轉。以至於擱置了兩個月，沒有進展。

「我們應該主動嗎？」下午回到家，莎姑這麼問德里。

「妳是說……」

「到台北表演的事啊。我覺得我們應該主動提出想法，看起來大家都在等我們呀。」

「我們是應該提出我們的想法，今天明教授來部落的意思也是這樣。我想老人沒有任何表示，可能也是因為他們沒有想法。我們不及早提出，沒有時間準備了。」

「你有想法嗎？」

「我是想，不妨就依照最初的想法，把十二月底的幾個活動編成節目，順便看看能不能把七月的活動也放進去。」德里說。

德里說的活動，指的是歲時祭儀，在一九九二年時，部落還沒有使用後來的翻譯名詞。

「你果然念念不忘七月該挨餓的日子啊。」

「是啊，這麼特殊的日子，要一群挨餓的年輕人跑到海邊回來，這樣的事多讓人感動啊。只是，我還不知道怎麼加進來，七月與十二月的幾個活動項目非常不同啊。」

「所以，你別給自己找麻煩了，就先考慮怎麼呈現年底的幾個活動，怎麼從野外回到村子，推門除喪到後來你們給青少年圍上藍色圍裙，接受他們成為巴拉冠的一員。」

「嗯，我看這件事我們晚上再詳細討論，妳休息吧，我趁天黑前去幾個長老家，還有那些比較有意見的人聽聽他們的意見。或者我也聽聽小孩子們的意見。」

「也好，今天太熱了，我覺得快中暑了。」

等德里出門，她轉進房沖涼休息，腦袋卻在這問題上轉個不停，她早已經習慣，甚至很本能的將部落展演的事情當成是自己的事。她不同於男人習慣規畫整個活動的流程，她擅長的是如何把一項表演的所有概念具體化、優質化，爭取最高的榮譽或最佳的表演效果。這一點她非常有信心，部落人提起比賽，也不做他人想，非莎姑不可。

德里回到家是吃過晚餐的時間。

莎姑怕蚊蟲叮咬，所以坐在客廳靠紗窗的位置開著電扇納涼。下午留在家的妹妹們與兒子安將夫婦都帶著孩子回去，整棟屋子顯得異常安靜。德里的聲音在接近門口的十字路口上已經響起，那是他跟麵店、雜貨店老闆打招呼的聲音，聲音有些大。在經過妹妹伊布的家時，他似乎是停下與人交談，莎姑忽然感到不安。

他喝醉了。莎姑心裡說，心裡陡升起一絲的憤怒與不安，呼吸變得急促。當年等候她的父親麻迓醉酒回家的恐怖感覺瞬間襲上心頭，她全身僵硬又豎起耳朵，全程專注的聽著德里聲音的移動位置。

德里的聲音不是刻意暴烈揚聲，反而是試圖壓低音量，平和的說話，禮貌的說話，卻一點也掩飾不了喝過酒的人因為聽覺遲鈍而變大的說話聲。

「我回來了。」

莎姑抬起眼皮，看了德里一眼沒接話。原先的恐懼感，在德里開紗門的那一剎那全消失了，就像當年她面對她的父親，或者更早以前的夏絲那般。她一直說不上來這種現象是怎麼回事，就像即將面對一個極強的對手，預期有一場激烈的戰鬥，事前武裝著，警戒著，而真正面對面的時候，她反而變得冷靜，希望掌握全局。

「我今天跟好幾個人說了關於八月底在台北的事。」德里顯然是興奮的想把今天下午出門聽取意見的事好好說一遍，但舉動上又心虛的刻意表現出清醒沒喝酒的「常態」。他一直說話，聲音有時變得大聲。

莎姑聽著不接話，偶爾看著德里，偶爾皺著眉頭。約過八分鐘，德里忽然停止了說話。

「妳沒有在聽我說話，是嗎？」

「我們明天再說好嘛？」

「不，妳根本沒在聽我說話，妳生氣了。」

「我為什麼要生氣？」

「因為……我出去得太久沒有回來吃晚餐。」

「你喝酒了！」

「沒有！不是，我沒喝醉，出門商量事情，就是那樣的，妳又不是不知道。」德里否認又心虛的承認。

莎姑站了起來，她的動作讓德里嚇一跳。

「唉，我只喝一點酒，我醉了嗎？我沒有酒醉嘛！而我把事情問得徹底，也想好了所有的方案。咦？妳根本沒有在聽嘛！」德里聲音出現了一點爆裂聲，連他自己也嚇了一跳，「我沒有喝醉，只有喝一點點。你看，我還不是自己一個人安全的回來？我很清醒的。」

「醫生要你別再喝酒，要多休息。」莎姑聲音盡量維持平和的說，她走向飲水機旁倒了杯水。

「要休息，我知道啊，要休息也不能沒有朋友啊。」德里抗議著，聲音卻壓得很低，他似乎不希望別人聽起來，誤會他們在吵架。

「好，當然要有朋友啊，你喝點水，休息吧。」莎姑說完，逕自走到院子去了。

「我有天天休息嘛，妳又不是沒看到，我忍耐我自己，妳又不是沒有看到。」德里嘀咕著，留在客廳沒跟著出來。

莎姑感到生氣，又覺得不忍。她生氣德里不愛惜自己，又不忍心他不找朋友說兩句話。他是個豪爽、活躍、愛交朋友的人，這一生讓朋友陷害不知有多少回，怎麼可能拗得過朋友三兩句刺激而不喝酒？

這些村子的「朋友」也真是的，明知道他生病著，又要捉弄他讓他喝酒。她心裡嘟囔著。她任德里在客廳嘀咕，自己坐在院子好好的把兩個案子想了一遍。

她認為德里先前的想法並不是一個很特殊的構想。她不是很清楚其他部落關於年祭的做法，但既然被歸類為「卑南族」，歲時祭儀在形式與基本意義上一定也有相類似的地方，假如大家都表演了年祭的形式，那整個表演活動一定顯得枯燥，或者凸顯不出自己部落的特色，如果這樣，讓部落巫師上場表演可能是一項前所未有的事。部落女巫人多，能上場的自然不在少數，而且有好幾首巫歌可以選擇，若能配合一些劇情，一定格外生動與別具特色。至於怎麼安排，等明天她去巫師首領伊端家再問問。

莎姑對自己的決定滿意極了，她常常覺得，若要是真正計較老天爺公平不公平，她的這項近乎直覺的能力，總算是對她勞苦的一生，一個特殊的恩典或犒賞，而這也是她面對生活困境的平衡。她想著自己的孩子當中，在台北經營餐廳的大女兒有這個本事，活潑創意無限的小兒子廣榮，以及卡子都有這樣的特質與能力。

想起女兒卡子，她又稍稍憂心了。五燈獎的挫敗，一定在她心裡起了很大的陰影，莎姑知道，她這個當媽媽的，完全不需要多說明也能知道個透。因為卡子是她的女兒，從小到大，只要參加歌舞比賽，心裡只有第一，只要比賽，她自己就會想盡所有的辦法，讓自己從裝扮、出場與歌舞表現得與眾不同。但是這回，她輸了，在這麼多人觀賞的電視節目，一路贏了好幾個月，然後忘詞，輸了。莎姑深信這段時間對卡子而言一定非常難熬，對莎姑自己而言，也幾乎挫折到許久都無法思考這些過程。

我怎麼想到這個？莎姑心裡笑自己，卻又跌入好多年前的記憶。

4

賣藥的歌舞流動表演團，反常的連續來了兩三天，這讓莎姑很不舒服。這個流動表演團，按理說，要是生意好能賺到錢，連續來個兩天是可以理解的，但是沒有生意，一個流動綜藝團顯然就不是那麼單純了。莎姑是這樣想的，但是她又無法說服自己去相信，這些願意花時間來表演賣藝娛樂大家的綜藝團，不會有什麼企圖。

早些年，莎姑是很喜歡這些自稱為綜藝康樂隊的流動賣藥車。在大家窮困時期，晚上也沒有什麼特別娛樂的時候，這些「綜藝隊」提供了不少的娛樂。一輛箱型車帶著音響家當來，白布簾作為背景一拉開，蓄電瓶接上燈光，幾支麥克風，加上彈吉他或者是手風琴與爵士鼓的樂隊，就能撐上大約兩三個小時的賣藥。那個時期表演的女孩也比較多，而且多半是白皙漂亮的阿美族姑娘，偶爾也見得到輪廓較為明顯的太魯閣族的姑娘。她們大多能唱歌，不論是族語歌、改編的山地情歌或者流行歌都能上口，這很吸引莎姑，每一次聽著聽著就想把小孩丟在一旁，自己上去搶麥克風拚場。莎姑還記得，部落阿鄔那個就讀軍官學校的弟弟，經人介紹娶了其中一位姑娘，德里夫婦還參加了他們的婚禮。

最近幾年已經很少看到這樣的賣藥車，今年卻又重新再見到幾次，卻讓莎姑感到厭惡。

這一次，先不說這些唱歌的姑娘已經換成兩個平地人，年紀偏高，又像吸過毒或者酗酒成性，盯著人看的時候，特別是注意小女生的時候，眼神總是透著些奇怪的神韻，這讓莎姑不舒服又覺得不安。其他兩個女人，除了跟主持人嘻嘻哈哈對口，配合主持人故意撩起裙子或者不小心彎腰露出垂下的胸部外，唱歌的基本功在部落的標準來看，根本不行的。隨便找一個部落婦女都比她們強。樂師更差勁，一把電吉他撐場面，那遠不能跟過去那些三、五個人組成的樂團放在一起比較。另外還有一個皮膚較黑的，看起來應該是南部排灣、魯凱族的姑娘，唱歌還可以，可是沒有以前那些常來的團體，那些阿美族的姑娘來的開朗、笑臉、自信。

這種厭惡感，不只是莎姑有，賣藥車停擺位置的幾戶人家也嫌吵，私底下拿他們唱歌難聽開玩笑。儘管如此，他們還是在下午的時間開車進來村子，賣一些蚊蟲藥膏、萬金油、壯陽藥、止瀉藥，賣兩三個小時就回去。這是民國六十七年，賣藥的節目已經不太能吸引部落人觀眾，除了那些單身漢，或者太平營區一些老士官來等候那些女郎掀裙子，或者主持人的手不小心伸進她們的衣服裡的時候尖聲驚叫，滿足他們的想像與意淫。

莎姑只在第一天去看了幾分鐘便回來，第二天，她走到巴拉冠旁外省人老彭所開的雜貨店，同一群部落婦女看連續劇。電視是黑白的，部落也只有極少數人家有電視，部落婦女總喜歡約著一起到老彭的雜貨店看電視。老彭的妻子，大南部落魯凱人嫁過來的，尤其歡迎部落的這些姊妹光臨，大家坐在前廊一起掉眼淚，分享自己以為有看懂的劇情。

莎姑回到家，賣藥的綜藝團已經離開，而客廳外前廊的一幕卻讓她笑個不止。

只見客廳外前廊的一側，掛著攤平的蚊帳當背景布幕，布幕前豎著兩組他們的兒子廣榮留下的立式麥克風架子，已經放低，卡子正在唱歌，她妹妹惠英、惠春跟著搖擺跳舞，不時哼兩句，表情誇張。而台下正坐著德里以及幾個鄰居小朋友專心觀賞。客廳的燈光投射出來，加上「觀眾席」外的柱子下，擺著一張高椅子，上面放著一支手電筒向著卡子所在的麥克風架投射，恰似聚光燈向「舞台」投射的效果。莎姑站在後面看到這一幕，既驚訝又覺得好玩。她不住的笑著，順勢拉了張椅子坐在德里身旁，而正在表演的三人，並沒有因為莎姑的出現而停止，依舊投入的唱著歌。

那是一首當時才流行過的歌〈訴情〉，述說著一對情侶相約到海邊看海，但是邀約的一方竟爽了約，於是，女主角望著沙灘、夕陽，感慨這原應該有人相伴的甜蜜時刻，美麗景象，因為情人沒來讓她孤立在沙灘，而感到愁緒淡淡。原唱者蕭麗珠高亢厚實的聲音，將那股愁緒拉得悠遠與生動。這是部落這幾年一直流行的歌謠之一，也是最讓部落婦女三杯下肚以後，很自然的競相引喉高歌圍唱的首選。這歌，也變成了卡子想唱高亢的歌時，最自然上口的。

莎姑被卡子的動作吸引了，沒有音樂伴奏，卡子並不僅僅是在唱歌，而是在專注演繹這首歌的情境，那手勢身段與歌聲流轉，簡直已經是一個歌星在自己熟悉的舞台表演。

她才十一歲多，一個國小將畢業的小女生。莎姑心裡嘀咕著，忍不住用力的鼓掌，眼眶都泛淚了。她知道她在學校或者其他的這類比賽都會贏，但她不知道卡子已經是這樣的唱歌，像個大人，不，比多數的大人還厲害。

「謝謝！」卡子鞠了躬，兩個伴舞伴唱的妹妹也跟著彎腰說謝謝。

「實在太好聽了，妳們一定可以當歌星。要不要休息一下，喝個水，妳們已經唱了很多歌了。」德里說。

「不要，我們還唱，媽媽剛回來，還沒有看到我們的表演，我們還要再唱。」

「好吧，你們把剛唱的〈熱線你和我〉再唱一遍，我很喜歡你們唱歌跳舞這一首歌。」

「不要，這個今天唱過了，我們要唱〈為青春歡唱〉。」

「好吧，妳唱什麼我都愛聽。妳還真是有自己的想法啊。」德里搖著頭說。

「親愛的來賓，接下來為你帶來一首：〈為青春歡唱〉。」卡子說完，與兩個妹妹同時轉身背向觀眾席，高舉右手，開始擺動身體。

小孩都解散了，舞台很快的整理掉了，回了房間，莎姑腦海還是停留在剛才的畫面。

「我去找人聊天回來，剛好看到卡子她們兩個在布置，我問她們要幹什麼？她們說因為那些賣藥的唱歌太難聽，所以她們要自己唱。還不准我離開，一定要坐在下面聽她們唱歌。」德里開始了話題。

「這太驚人了，我知道她能唱，但是我不知道她能這樣唱歌，而且她的舞台布置得也很有味道啊，你看那個燈光，就好像真正的舞台，只有她在的地方是亮亮的，我們這些觀眾席都稍微暗一點。這不是你建議的吧。」

「不是，妳要相信他們的能力，我剛看到的時候，我也很詫異，這分明就是妳平常向人展示的能力，而他們竟然也自己摸索出這些。」

「這不完全是我的關係吧，你想想，她們的姊姊們，個個能歌善舞，也把這個當成目標希望能成功，還有她哥哥廣榮，舞台設計與掌握的能力那麼強，她光是看著學著，就一定領悟出許多道理了，那不一定是我啊。」

「哈，妳那麼謙虛幹麼？他們都是我們的孩子，都有妳的才華，我很驕傲有你們當家人啊。」

「是啊，將來，這種本事能不能讓她養活自己呢？」莎姑說著，而窗外，除了遠處的路燈，燈光已經稀疏了，夜深了。

「對了，我在想，是不是我們把她送給人家，看看能不能有機會得到更多的訓練，將來也有機會闖出一片天，我們孩子也夠多了，壓得喘不過氣啊。」

「你在說什麼？孩子怎麼可以送給別人？你嫌孩子多，我不是早就聽衛生所的建議，做了避孕了嗎？我們生活窮困，這個村有多少家裡是天天數鈔票的啊。」

「哎呀，我又不是不要孩子，我只是想著，他們愛唱歌能唱歌，要是有人能專業的訓練他們，他們可以有很好發展的發展。很多西部的小孩就是這樣送去訓練的。我們沒有錢讓他們找到好的老師，但是現在有機會可以這樣，我們可可試試。」

「可以試試什麼，你去喝了酒，又是聽那個阿珠講這些事？」說起阿珠，莎姑火氣頓時上來了，她總是認為德里是喜歡那個平地女人的，處處言計聽從。「連孩子要賣掉的事，你也聽？」

「我說要賣了嗎？」德里忽然吼了起來，「我說送給人家養，這是賣嗎？」

「你別對我吼吼叫叫的，你有一份永豐餘的工作，其他孩子們也在賺錢，日子不會過不去，再窮的日子，我們都過了，沒有理由這個時候，還在想孩子送給人養這種事。自己生的，我們就自己養。」

「妳怎麼就聽不懂？」德里的聲音降不下來，他也不想降低音量，「我只是這樣想著，妳怎麼就想到那些事了。沒錯，我是跟阿珠聊過話，她也認為我們的孩子有天分，如果有人指導會更好。阿珠說，綜藝團賣藥的老闆就有一個訓練的班，可以訓練小孩唱歌、化妝等等。將來也可以幫他們跟電視公司、唱片公司找工作，將來出唱片上電視。這樣不好嗎？」

「阿珠說，朋友說，你總是聽朋友的。我們這個家就不能有一件事是我們自己商量，自己決定？你要把家裡所有東西、土地都送朋友，我沒意見，但是要把小孩送給別人，這個我不允許。」莎姑難得把聲音拉高，耳朵卻傳進了女兒房間的啜泣聲，莎姑心裡一揪。

「妳還真是沒讀書，我說的話妳沒聽懂？這是給小孩機會。」

「我懂，我聽得清清楚楚，你聽從別人的話要將自己的小孩送給別人，而你根本不知道自己在幹什麼。既然你書讀得很多，你也給我聽清楚，這種事，你想都不要想。」

「妳……」德里簡直氣瘋了，踹了化妝檯一腳，氣匆匆的走出房，又用力的開了客廳的紗窗走出門外。

莎姑忍不住哭了，她無法相信德里居然像是被下了藥的，昏矇矇的一點警覺也沒有，這麼多年來，別人隨便說一說就相信別人的話，也從來不跟自己商量。她恨死了這個叫阿珠的平地女人，她恨死了這些年自稱跟德里是好朋友的王八蛋。

王八蛋？莎姑被自己心裡陡升起的這個詞給驚醒，這是老蔣的習慣語，也是他罵那些陰險狡詐的人的習慣用語。

莎姑驚醒了，徹底的冷靜下來而渾身顫抖。她想起了關於阿珠的一些傳聞。有人說阿珠是人口販子，專門替都市的一些人介紹小女孩，附近的部落已經有不少的人被騙，連村子裡也有人被騙說要找工作，結果後來賣到妓院。

這個德里又不是不知道這些事，怎麼聯想不到這些骯髒事呢？真是沒有心。莎姑心裡輕輕的咒罵著。怪不得綜藝團連續來了兩天，據說明天還要來；怪不得那個老闆還有那兩個唱歌的看起來就渾身邪氣，他們一定是人口販子，到部落騙人要女孩。莎姑這一想，急忙上樓看房間裡的女兒們，只見她們噙著淚沒睡，見到莎姑來，都哭了。她們被剛剛的爭吵嚇壞了，雖然不知道談話的內容，但是那些凶惡暴烈的聲音，讓他們不知道該怎麼辦。

「好了，都別哭了。妳們明天上課的東西都準備好了嘛？」

「媽，明天是禮拜天，不用上課。」

「啊？」莎姑楞了一下，而她的樣子，讓女孩們破涕為笑。

「妳看我，越老越笨了。既然不上課，那妳們現在多準備點衣服，明天我們出門玩幾天。」莎姑說，而心裡忽然糾結，淚水擠上了眼眶。

「媽媽，我們會被送走給別人嗎？」卡子忽然說。

「不會！」莎姑毫不猶豫的說，「妳的爸爸也沒有那個意思。妳們快點收拾，早點睡吧。」

當晚德里氣沖沖的出門整夜沒有回來。輾轉中，莎姑也久久不能入眠。破曉前她作了一個夢，夢見自己被一群人簇擁著一直移動，這一群裡面多半是自己熟悉的家族親人，大家興高采烈的。潘再霖一如平常那樣，手持著攝影機為他們拍攝影像。他們像是在觀光也像是在趕赴某個地方辦事。卡子與惠春也被一群年輕人簇擁著往另一個方向移動著，這兩群人，始終在可以看得見彼此的地方，有交流又沒交流。比較特別的是，村子裡的阿郇，那個曾經是莎姑鄰居的家族長輩阿郇，也在莎姑身旁一起走著，開著玩笑與說話。莎姑忽然問她，我們要往哪裡去，阿郇沉默很久，回答說要飛上雲端跨過很多山，去見一個離家很久了的親戚，一個失散多年，跟著一群軍人去打仗失蹤的親戚。

莎姑一聽忽然醒了，不，她似乎從一夢境中醒來跌進另一個夢。她看見到自己一個人沿著村子最上方的一條路走著，躲著怕被人看見她去找阿郇。阿郇依然開著玩笑，沒正經的跟她說話。莎姑沒等她問事，直接開口跟她說了自己作了一個夢。阿鄔哈哈大笑，說，妳現在夢裡，妳怎麼說妳作了一個夢？莎姑堅持她作了一個夢。她夢見卡子穿著像電視武俠片那樣的白色古裝，跟一個穿著黑色古裝的人在決鬥。莎姑很害怕，因為這那個黑袍人是部落的另一個女孩，而決鬥的兩個人背後各有一個老婦人在為她們兩個人輸出武功（內力），莎姑仔細看，那站在兩個人背後的竟然是同一個人。莎姑嚇死了，不知道那是怎麼回事，不知道那婦人想幹什麼，因為卡子表情很痛苦，臉部一下子變得紅通，一下子又變成冰寒。她搖搖晃晃，口中喃喃的喊著媽媽。莎姑訴說著，不料阿鄔忽然騰空而起，飛向卡子身後，卡子後面的婦人變成了阿鄔，而阿鄔仍然對著莎姑笑笑說著話，莎姑似乎聽見她說，該怎麼樣就怎麼樣啦，早就安排好了的。莎姑不懂，正想開口問，便醒來了。

我作了什麼夢？莎姑覺得喉頭乾澀心裡嘀咕著。看看時鐘，已經六點四十六分了，撇過頭，德里不在床上。她想起女兒們，趕緊起來上樓到她們房間叫醒盥洗。

約七點半，莎姑帶著女兒們，沿著村子上方的那條街道，然後直往後山的林道走去，她們走到當年麻迓的田地。那裡還有弟弟阿邵搭建的木造工寮，工寮四周還有些菜圃。

「媽媽，我們要住在這裡嗎？」惠英問。

「我們住幾天吧，這些田地需要我們整理，我也想教妳們怎麼種菜。」

「那我們讀書上學怎麼辦？」惠英又問。

「就住幾天，不影響功課的，到時候我跟老師說。」

「媽媽騙人，妳根本不會去學校跟老師說，有事都是爸爸去講的。」

「這個……」

「惠英妳別說這個啦，我們就在這裡住幾天，這裡很舒服，我們可以跟動物玩，我也可以帶妳去打獵，還有，我們一起唱歌、練歌，等回去的時候，我們再找他們一起表演。」卡子安慰著。

莎姑看在眼裡，心裡哭了，腦袋空白了。往後幾天惠英還一直問一直說，卡子卻始終安靜無語，也一直沒有笑容。

5

這個人還會記得這些事嗎？在前往部落女巫頭子伊端的路上，莎姑偷偷看著德里這樣想著。

「昨天，我很對不起，我沒有克制自己而喝了酒，讓妳擔心了。以後我不會這樣了。」德里憋了一個早上，終於說話了。

「沒事了，不講這個了，我們得好好商量一下，怎樣把八月的表演做完，這個部落，需要我們帶領著做啊。」

「是啊，推託不掉的，這是責任啊。還好有妳擔著。」

「不，還好有你幫忙，謝謝你。」莎姑半低著頭跟德里說話。她感覺，當年那個青澀向她表達心意的少年郎似乎又回來了。他是德里，這輩子唯一的男人，一個現在得了重病的丈夫，莎姑輕聲說：「我們都別再提這些了。」

女巫首領伊端似乎是等在家裡。關於莎姑提議，由部落女巫挑大梁參加在國家劇院的演出建議，幾乎沒有太大的異議，只是什麼時間開始練習，以及內容怎麼安排。巫師首領端娜指示所有女巫在「收穫節」結束的第三天，進行每半年例行的「祭巫袋」儀式，以便進行後續的工作。

這個「祭巫袋」，是部落女巫年度例行的儀式，以一年兩季的小米播種時間為祭祀的時間。這看似「例行」，卻是女巫最重要的儀式，因為，巫師必須通過各種祈福或除祟去穢等等儀式，讓自己與所承接的巫術力量（巫師的師承列祖列宗）有所接觸，藉著靈俗的經常接觸與溝通，一方面維持自己擁有巫的力量，二方面也可以增進運氣與身體的安順。但，不是每一個擁有巫師身分的女巫，有機會與能力執行個別的巫術儀式，所以，必須由資深的巫師帶領所有的巫師，逐一的到各個巫師的家，藉著集體的力量為個別巫師加持，並召喚她所屬的巫術體系的所有力量，達到庇佑與增加力量的期望。在這個儀式進行之前，必須配合著部落祭司，完成部落各家小米糧食的入倉祭儀（部落祭司執行）。而在小米開始收割後，未完成這個「祭巫袋」的儀式前的階段，巫師們不得進行任何巫術儀式，也不能食用新鮮的檳榔。

對於部落女巫的「祭巫袋」，莎姑是有期待的，她不是女巫，但是參加過幾次這類的儀式，她的妹妹伊端本身就是部落最年輕的巫師，莎姑甚至全程參與了幾次。她知道這個儀式中，她們會吟唱一些平時不太能作為表演節目的巫歌。如果這一次能把這些巫歌，與歲時祭儀的某些歌謠和在一起的話，也許可以編出一套好的東西。莎姑盤算著。

「可是，我還是有一點擔心。」老巫師端娜說。

「怎麼了？伊娜，什麼擔心？」端娜的女兒基古問。

「搭拉冒的這些儀式，雖然並不是不能讓旁人參觀，但是要變成表演的項目，我們還沒有嘗試過，也不知道我們的老人家會不會生氣。」端娜說著話同時朝天比劃了一下，大家也明白她指的老人家，是指巫師體系的諸多神靈。

「我看不會吧，妳看每一次表演的時候，別的部落都會先表演這一類的儀式，他們說那是祈福。」德里說。

「哈哈，那是表演啊，不是真正的巫師，就是做給人家看，表示一切都好了你們放心進行，這樣而已啦。你們看那個教會的人，一堆人出去幹什麼的時候就會禱告，那個意思就是那樣。我們真正的有巫袋的人，搭拉冒的時候都是離開人群，怕那些打噴嚏或者不懂事的人干擾打亂。這個你們不是知道的嗎？」端娜說。

「的確是，我也一直認為那是假的，做給人家安心的。」莎姑說。

「那怎麼辦呢？有沒有別的辦法可以減低這種不恰當的作法。我真的很希望我們部落的表演，能展現出跟別人很不一樣的東西。」德里說，他的聲音略顯得急。

「我前前後後也想了很多遍，我是阿福古樂（註：Avugule，資深巫師，巫師首領），能活著的歲數恐怕也不多了，有機會帶著大家跟其他人交流也是一件好事，能有機會好好的讓大家看一看，看看我們大巴六九的巫術儀式究竟有什麼不一樣，也是很好的。畢竟，我們的祖先一直很厲害的搭拉冒。」端娜說。

「嗯，我們也是這樣想的。」

「我們的老人家可能不會太責備我們吧，我看我得提早幾天好好的跟他們說一說。」端娜似乎是自圓其說，停了一下又說：「妳看我們怎麼做比較好呢？莎姑，這個妳比較懂。」

「我在想，如果別人都是展演上山打獵回來，我們也可以表演mangayaw（註：集體出征馘首或狩獵，後翻譯成大獵祭）回來以後，在村子口所做的儀式。」

「妳說的是哪一個儀式？」德里沒有立刻想起莎姑所提的儀式。

「就是獵人頭以後，在『魯瓦南』（註：意為跨越之地，部落出入口，迎接出征隊伍回來的地方，通常圍砌矮石牆當成老人休息座椅。）作巫術不讓敵人的魂跟隨到進入部落的儀式。」

「喔，我知道了，妳居然記起了這個儀式，我們搬到這裡建立這個村子以後，我們選擇在『魯瓦南』這裡做儀式，只做了幾次，後來就沒有在繼續做了。很久沒做了呀，我們可以試一試，用最早在舊蕃社的程序來做。」端娜覺得訝異莎姑居然能想到這個，因而語氣都興奮起來了。

「對，我是那樣想的，我們可以先做巫師的成巫儀式，然後接著做出征的bulu’em（註：增強出征力量的巫術）儀式，再來把打仗回來的這個儀式作最後的結束。

「看來，我們的節目已經有了樣子，我們準備開始吧！」端娜說。

節目在幾天內的反覆練習調整，大致有了雛形，參加展演的女巫大致以端娜、慕雅等老巫師的系統組成，加上莎姑，這個表演成員就有十位。部落其他女巫，如阿鄔所屬的體系則沒有參加。莎姑不是女巫，所以由她擔任操盾牌手。這樣剛好由全部女性成員擔任，視劇情在劇中分飾男女的角色。這一切看似順暢的節目，明的沒有人反對，畢竟，這是代表部落的表演團隊，而且時間已經逼近；但暗地裡還是有人覺得哪裡不妥，例如出征時，是男人武裝離開，但劇中只是由成員象徵性的，在具有巫術性質的歌謠中揮手離開；另外，由莎姑扮演的操作盾牌手，原先是應該由出征任務指揮官或者第一個成功馘首的戰士操盾牌，以表彰他的功勳。在巫師的儀式與咒語中對著頭顱操作，以摧毀敵人最後的意念與靈魂，使不至於危害部落。現由莎姑演練，有無禁忌？這些疑慮，包括莎姑自己也忐忑不安，但又不知道能有什麼改進方案。只好解釋為，「這是已經改變形式的表演，不是正式的儀式」。

一日練習完，莎姑跟德里在十字路口的雜貨店，打了兩碗陽春麵回家吃，小女兒惠春去了台北她姊那兒見習工作，家裡就只剩下他們兩人。

「我覺得很不安啊。」莎姑說。

「不安什麼？我們可是跟女巫們一起出門一起展演呢。」

「我也說不上來，我們越是演練，就越覺得有一股力量被召喚而來，圍在我們周圍，那似乎不完全是巫師們咒語召喚的力量。」

「妳是說，還有其他力量？那是好的嗎？還是會使壞的？」德里說，看來他是認真的看待這事。目光緊盯著莎姑。

「不知道，我向端娜伊娜說了，她只說這是正常的現象。」

「哈哈，她們巫師的工作都在這個狀況下進行，她們早就感覺不出來有什麼不對勁吧。」

「不對，我感覺得出端娜伊娜知道這裡面有問題，但是她不想改變劇情。」

「如果這樣說，那表示她都能掌握得住吧，也不需要改了，也沒時間改了。」

「哎呀，大的方向是沒問題，可是很難保證沒有意想不到的事情發生啊。」

「妳會不會想太多了，雖然，我相信妳的直覺。」

「你記不記得兩年前我們在太平國小辦理聯合年祭的事？」莎姑不想一直解釋，她直接說了她的憂心。

「妳是說……」德里不自覺瞠了眼，把目光移向莎姑的小腿骨。

「對，我說的就是這件事。」莎姑說。

莎姑說的「這件事」是指，兩年前（一九九〇）部落在太平國小承辦聯合年祭，在開幕前幾天，莎姑作了奇怪的夢，她夢到自己正沿著村子朝東的道路走，忽然發現都蘭山著火似的火紅通天，她最初不以為意，後來發覺造成都蘭山火紅景象的是一個移動的火球。莎姑楞了一下，火球便開始朝她的方向射來，她嚇得往回跑，但火球似乎有無數顆，一顆一顆的從都蘭山的方向射來，令她感覺渾身灼傷似的熱燙難受，她驚呼的醒來。

第二天清早，她與大兒子安將在路口雜貨店的牆上張貼行程表的時候，一輛摩托車偏過行進方向，直接撞向她。所以她缺席部落的表演，部落也僅僅得到第二名的成績，連精神總錦標的禮遇也沒有。巫師後來為她「搭拉冒」做巫事時告訴她，那是那些以都蘭山為聖山的家族部落，針對她所做的巫術。

「現在又到了大家競賽的時候，除了南王，還有別的部落巫師啊。我擔心的是這個，怕大家有什麼意外發生。」莎姑說。

「唉，我們也太愛巴里西（註：具有詛咒性質的巫術，一般在小說作品裡會給予黑巫術的說法）了。我看得央求端娜伊娜也搭拉冒了。」

「會，她一定會做這些，讓我們平安，但她不願意做針對性質的巴里西。但不管怎樣，這也沒有辦法完全避免那些針對我們的傷害。」

「我們只有小心一點吧，要不然怎麼辦呢？」

「也只能這樣了。」莎姑說。

莎姑的擔心還是發生了。

出發前一天，端娜的女兒，擁有二十八年巫齡的基古夢見一群身高大約一百多公分的矮小人種，擋住了她要離開村子的路。這一群矮小人種，不但排列著擋住去路，他們還拿出不知道從哪裡找來的一些板子、樹幹丟在她的面前。

第二天，奇怪的事發生了，她怎麼也找不到她自己的巫袋。為此，端娜不准基古跟著北上表演。另外，在出發前一天一大早，端娜找來第二資深的慕雅巫師一起做了儀式，並在快中午的時候給全體參與表演的人進行「真正的」，不是表演形式的buluham增強巫術力量。

事情似乎沒完，他們的道具在抵達現場之後，彩排的時間過後，不明原因的遺失了一大半，不得已只好動員莎姑在北部的小孩們補充道具，最後才順利表演完畢。這大致是國家劇院史無前例的，上演著一群女巫真實搖鈴召喚神靈的儀式。莎姑相信，不可能再有類似的表演在國家劇院。莎姑心念一轉，想起卡子的比賽失利，她忽然問德里：

「你覺得，卡子參加比賽有沒有可能被人家做巫術，讓她忘詞，或者聲音忽高忽低。」

「哈哈哈，你想太多了，除非有其他部落的競賽者，不過，唱不好，做巫術也不見得會贏。卡子的實力我很有信心。」

「但，如果我們部落同時出現了兩人，我是說卡子的對手也是部落的人，會不會有這個可能？」

「如果是那樣，也有可能的，我們部落能唱歌的年輕人很多，真要是一起同台競技比賽唱歌，那一定很有意思。」德里似乎被莎姑的話勾起了興趣，「喔，我弄懂了，你是說，萬一我們自己村子的年輕人一起比賽，會不會兩邊都找巫師在他們背後做巫術？哎呀，妳的想像力也太豐富了吧。」

莎姑想起自己先前作過的夢，夢見卡子與對手在同一個巫師的操作下的境況，她忽然打了個冷顫。

「這也是可能的事啊。」莎姑不服氣的說。

「好，到時候，我們再看看吧，那一定很有意思的。別說了，妳弄個泡麵給我吃吧。」

終篇

一九九四年二月，德里又住院了一段時間。在出院時，原本已經瘦削的身材，鼓出了腹部，臉頰又更加的憔悴蠟黃。對此，莎姑已經不知道該怎麼說了，也懶得再跟他吵，怕德里莫名其妙發脾氣，她也盡可能避開一些可能令德里動怒的話題。她觀察過一些人，知道肝癌病症患者，脾氣比正常的人還要大些。

莎姑不知道肝硬化、肝病變這些東西究竟如何生成的，她也不知道生病的過程與可能的結果，儘管她已經很努力的問過部落裡，那些曾經患了這種病的人。大家除了口徑一致的說是因為喝酒所致，一般也會被告知不能再喝酒，但部落人通常不會記住這些事，總是認為既然已經拿過了藥，也住了院治療後出院，說明身體已經好了，當然也就不需要那麼堅持不能喝酒的規勸，特別是去拜訪朋友或朋友來訪時。莎姑知道德里已經很節制了，不過，十二月底大獵祭開始的一個星期時間，一群男人在山林朝夕相處，不可能完全不喝酒。森林獵區涼寒的夜裡，不可能不喝點小酒驅寒，這些都可能造成德里允諾不喝酒的潰堤。

「我不是那麼愛喝酒了，後來。」德里他顯得虛弱，與莎姑走在屋子前方那一大片已經長滿雜草的釋迦園旁的小徑，他大喘了口氣繼續說：「我們在獵場的營地，大家配著酒一直說話。我喝了一些，沒有人勸我喝酒，也沒有阻止我喝酒，就是那麼的平和，營地裡更難得的沒有人大吼大叫。」

莎姑只是聽著，沒接話，她心裡想的卻是眼前的釋迦園。這些釋迦園原來是德里家種植稻米的水田，後來不知道什麼原因讓給人家，德里沒有說明原因，而莎姑跟德里結婚之後也沒真正下過一次田，她的種水田經驗反而是在馬路的對面，「受東宮」這座玄天上帝廟的北方，那一大片土地過去是水稻田。那個時候他們在白天插秧種田，傍晚回家前就在他們現在經過的位置旁的水溝清洗腳上的泥巴。有的時候，她跟一些婦女等天黑以後，躲在燈火稍暗的地方洗澡，民國六十二年，水災沖毀了灌溉水溝，這一帶的水田便報廢了。日後也不知道是誰的土地了。

「今年，我的感觸特別的深刻。」德里繼續說：「拉汗剛過世，陳世計剛剛接下這個祭祀的工作，我不知道他是不是真的懂這些，我不懂那些，也不在意，畢竟那是他們家族的工作，要不了幾年他也會熟練的。我比較擔心的是其他的人，他們哼唱呼喊之謠的能力不足，這樣子，我們進行大獵祭在獵場收隊，以及去推門的時候會顯得很吃力。於是，我要求跟我年紀差不多的，在營地裡一遍又一遍的練習唱歌。第一晚，我便覺得有醉意了，多奇妙啊，過去還在喝酒的時候倒是沒什麼特別感覺，等自己不喝酒了，再重新喝起酒來，味道全變了，看事情異常的理性清晰，情感卻變得更脆弱傷感，那一晚我居然哭了。我感傷這些人的來來去去，感傷自己這麼大了，居然也沒能夠好好的把這些推門的歌謠唱會、唱熟。也許我的哭聲不好聽吧，引來杜麥與達基斯的訕笑，說我沒有用，應該多喝一點。」德里說著，忽然停下了腳步，望向東邊，看著已經爬出海面的太陽，深吸了口氣。

莎姑還是靜靜的聽著。心中忽然怨懟起了杜麥與達基斯，尤其是杜麥。德里也不知道哪根筋不對，常常答應他的所求，送他東西，甚至到最後把家裡唯一剩下的有價值的柴油三輪車送給杜麥。現在德里生病了，肝出問題了，杜麥不但沒有幫著照顧與勸阻，還任德里一直喝一直喝。雖然德里說他喝了一些，但莎姑知道這「喝了一些」，是指一點點，一小口一小口的，一直喝下去，絕不可能停下來，直到醉倒。莎姑只是想著，她已經不想責罵德里，一點想指責的念頭也沒有。這是德里的性格，莎姑成為張太太以後，她所熟悉的性格，一直是如此，沒有變多或更少。

「第二天醒來，不，我不確定我是不是有睡覺，因為一開始營地生起了篝火，我們就在火堆旁說話喝酒，我也許睡了，也許只是喝醉了沒有記憶。等我稍微清醒了以後，我忽然忍不住笑我自己了。我覺得我的焦慮太多，那些原不該是我該煩惱的啊，部落有李阿財或其他更資深的人，他們才應該去擔心這些事，而不是我。我又想，我們夫妻一直是這個村子這個部落所倚靠的人，我們一起規畫許多的活動。大家信任我們，跟著我們，這使得我們一直就熱心大家的事，也不藏私。妳常說我重視朋友，耳根子軟，只聽人家胡說八道，我也不認真想想就跟著人家跑，不顧家人的生活。我想了想，確實是這樣子啊。我的這一生若要真的有什麼該被責備的，大致就這樣了，而我最覺得對不起的，還是妳，我一直讓妳吃苦了。」德里說。

「後來你們就不喝了嘛？」莎姑沒有去接德里的話，那些話對她來說已經沒有意義了。她想到一件事，故意打斷德里繼續說。

幾年前，德里幾乎已經把主要的田地都處理掉了，家裡頭一些有價值的東西也陸續送人，連最後一樣莎姑認為不可能送人的鐵牛三輪車，德里也送給杜麥。莎姑氣得直罵德里腦袋被人灌了水泥。莎姑甚至絕望到拉著德里去算命，看看到底怎麼回事，是德里合該敗家？或者自己就注定倒楣遇到德里這樣的人？當時德里居然也乖乖的跟著去了，算命師告訴他，他的命如果是被朋友拉著走，他定然是落拓了然，如果聽老婆的話，他或許可以成為一個好命的有錢人。算完命，莎姑厲聲的問德里說：你聽到了嗎？下次不能繼續這樣了。而德里也居然乖順的說：我知道了。

莎姑想到這個，忍不住揚起嘴角笑了，卻不小心讓德里看到。

「怎麼？妳一定覺得我們不可能不繼續喝，所以才笑對不對？」德里看了一眼莎姑又繼續：「沒錯，我們還是喝，我們為了不讓宿醉反撲，一大早的時間，我們還是一樣的一小口一小口的喝。那些年輕人從前一晚獵得的獵物中，拿了一些內臟做了一些湯，我們喝著熱湯，又繼續說話喝點小酒。我們聊到有一年部落那個信旦阿瑪在獵場摔下懸崖受傷，他的夥伴沒辦法一個人救他，所以一個人跑了回來報訊。巴拉冠隨即敲了緊急鐘，所有的萬沙浪立刻帶刀帶繩子、火把，能動員的全都動員跑上山去救他。杜麥說，那條路很小坡度很陡，他們打著火把沿著山路小徑，一個接一個的快步疾走。杜麥說那個景象十分壯觀，三、四十年過去了他再也沒有見過那個情形，印象卻深刻清晰。他說如果我們的年輕人也願意回頭看看，看我們過去是多麼重視我們的部落，也許，我們部落會像以前那樣團結有力。」

「你怎麼一直說『杜麥說』，難道你沒跟去？」

「我怎麼可能跟著去，妳忘了？那時我們結婚了呀，我不是沒結婚的單身漢只能住在巴拉冠，就算不住在那裡也要隨時待命啊，妳忘了？我們還去北邊的村子口『魯瓦南』，幫著一起搭建茅草屋，讓信旦阿瑪暫時居住療傷。」

「嗯。」莎姑只簡單的回應。她被德里那個「我不是沒結婚的單身漢」給揪了一下心臟。忽然一股氣就上來了。

德里比起他那些死黨好朋友來說，結婚算是早的。先不說早期他去當了兩次兵，就算後來當完兵，辛苦的去做了不少的工作，最後找到了永豐餘紙廠的工作，他仍然是把自己當成是大哥一樣，遇到別人困難就要幫，也不考慮自己家人的狀況。別的不說，就以他們結婚前，認識德里的那一塊小米田來說。他們可是花了很長時間去學些農作技術，然後在那一塊田上面種植了木梨，好不容易梨樹長大結果可以收穫了就被人騙去了。

莎姑一輩子也難以忘記這件事。當時有幾個德里剛認識的平地人，來找德里幫忙解決一件事情。莎姑不認識那幾個平地人，但德里說其中兩個剛認識，他們說正在想購買一塊好幾畝的田地，準備開墾種植跟德里一樣的木梨園，但是因為資金不是那麼多，所以，希望有擔保人協助借貸。他們知道德里很願意幫助別人，只要德里願意擔保，他們會很感激的，事後他們會好好的報答。

德里居然一口答應了，莎姑不願拿印章來蓋，還提醒這種事要多想想。惹得德里生氣，責怪她沒讀書，不懂這些事，硬是要莎姑拿印章出來蓋。莎姑被他那句「沒讀書」激怒了，把章拿給德里蓋。結果不到一個禮拜，那塊地的所有權居然轉移給了那幾個平地人。理由是德里認識的平地人，欠了他們很多錢，那個所謂的「擔保書」寫的是以德里的土地償還。莎姑想到這裡更氣了，自認有讀書的人，為了面子不好拒絕，連蓋什麼章也不細看。不考慮自己有家庭，隨便相信別人的話，也不聽家人的勸阻，說什麼不是單身，那跟單身有什麼不同？還好幾年後，那塊地，因為大雨造成崩坡走山，前後左右的幾塊田被毀掉了。田地收不回來，莎姑倒有一股幸災樂禍的紓解。

現在想起德里這個荒唐事，莎姑越想越氣，臉色忽然沉了下來。

「其實，說到這個，我都要感謝妳的包容，感謝天父讓我遇見妳。」德里說。

莎姑心裡舒服了些，心想德里應該是感覺到她的不悅。

「若不是妳願意跟我結婚，我可能會一直跟著我那些一起buvalisen（註：成年祭儀，男人從此屬於部落公共財）的夥伴待在巴拉冠，或者隨時要聽候差遣，這可是有很大的差別的。」

呸，莎姑心裡忽然有一股被戲弄的感覺，心裡頭咒罵了一聲。原來是自己自作多情，還以為德里要為過去的行為感到愧疚。她蹲了下來，在小徑旁摘採了一些鵝菜，也摘了一些龍葵，聽說這些苦味道的蔬菜對肝病人有幫助。

「我以前沒有特別注意這件事，我們在mangayaw（大獵祭）的營地，每天，任何時間都有人在喝酒，當然不是每個人，而是有一些不能上山打獵的，或者不想要去摘採食物的，會留在那裡說話聊天，講一堆沒有意義的話。我回想起來，部落裡那些平時最不得志，我們眼裡最沒有用的人，都會在那個時間裡留守在營地吹牛、喝酒，偏偏營地裡有許多人送來的酒。那些不能參加祭儀的，因為遠道工作遲來，沒有參加營地建設的，都拿了酒來當賠禮。營地有酒，有肉吃，有湯喝，結果呢，先前我自己因為身體不好不喝酒，今年我居然忍不住的喝了，才發覺自己跟那些沒有用的人一樣，只會吹牛、喝酒，啥事也沒有做上一件。」

莎姑聽到德里說那些「沒有用的人」又笑了，她實在不知道為什麼德里這麼認真的向她說明在營地的事情。這麼多年她陸續聽了一些男人在大獵祭的時候，確實有人這樣子，但大多數的人都在進行這個祭儀各自的事情，這也是大獵祭必須持續進行的原因。喝酒只是一個現象。

「可見你真的喝了不少酒啊。」莎姑不忍心讓他一個人說著關於在獵場營地的事，因此回了話。她並不喜歡聽這些太嚴肅的話題，也不覺得這些偉大的事，能讓她每天可以輕鬆過日子，讓她不必煩惱孩子們的工作與健康。可是陪著德里散步，她還是想讓他好好說話、曬太陽、走走路。德里的臉色太蠟黃了，氣息也太虛弱了，她還想要讓他陪著上台北呢。

「是啊，那幾天我一直喝酒、說話。後來，有一次，我去小便滑了一跤，忽然警覺到自己一直在說話，並不是因為我貪戀著酒杯，而是心裡著急。就像我前面說的，部落並不是我在當領導人，我們部落的人是不是能持續部落文化一直到永遠，理應不是我該著急的，但我就是著急啊，這麼多年我們不都是這樣在主導部落的許多事務嗎？我像個老人，一直想要把話說完說清楚，才覺得安心。」

莎姑心裡升起一股不安，德里的話似乎是在預告什麼。

「其實，我也不是只有跟那些沒有用的人喝酒打發時間，我跟每個人都說話了。不管是那些老人，還是年紀比我稍微小一點的，還是那些萬沙浪、發力甚（註：勞役級的青少年），我都一直努力的說話。真沒想到啊，人一說話就忍不住要喝個一兩口，不知不覺我就喝了三天。真是不要命啊，我。」德里說著，臉色忽然嚴肅了。他記得元旦過後，自己醒來時發現已經住進了醫院。

莎姑撇過頭，望向「受東宮」的廟檐，又向前延伸視線落在一片荒地。那個在民國六十年以前是一大片水稻田，跟他們現在站的位置一樣，因為灌溉水渠是在比較高的位置，這一大片土地都開闢了水稻田。有一回與人換工插秧，這是莎姑第一次體驗水稻田的農務。德里也跟著參加，他總是緊跟在莎姑左右，順著南北方向的插秧，換行時，德里會自動調整到莎姑的東面，為莎姑遮擋太陽。有好幾回，陽光穿透德里的肢體間隙斜射而來，汗珠沿著臉頰滾動流下落地的光影折射，吸引莎姑的目光，不時往德里臉上望去。德里那健康、年輕俊俏的臉孔令莎姑好感。她從來沒跟他說這些，甚至他表明心跡時，莎姑腦海裡閃動的還是這幅畫面。

多健康啊，那個時候。莎姑想著，又很難把現在的德里與那時的他作連結，畢竟當時年輕正盛，而現在……莎姑忽然停止聯想。

「如果有錢，我們應該想辦法把那塊田地買下來，或者，我們把現在所走動的田地也買下來，自己耕作。」莎姑抬起手來指著那塊荒地說。

「怎麼突然想到這個，做田是很累人的事。」德里問，但莎姑只是笑笑沒回答。

「我們能用的錢只有這麼多，想要耕地，只有到山上那幾塊地了。但是，如果有錢，妳想買那塊地，我們不妨就買下來，日後妳可以耕作打發時間。可惜我們沒有錢，我更希望妳別把自己搞得太累了。」德里又說。

莎姑心頭忽然一酸，眼睛覺得酸澀，擠上了不少淚水。德里用「妳」而不是「我們」，顯然他對自己的身體沒有信心了。她撇過頭望著德里說：「累了嗎？我們回去休息喝水吧，你要把身體養一養，過兩天我們上台北給卡子加油吧。」

「對啊，我明明才念著這件事，怎麼又忘了，我已經痴呆了嗎？她現在贏到了什麼程度？」

「二度三關，競爭很激烈啊，這段時間我都讓她姊姊陪她去比賽，卡子似乎已經完全恢復自信了。」

「那好，太好了，這幾天我想辦法再養養精神體力，我們這個禮拜就上台北去吧。」

「可是你的身體還需要休息。」

「不用擔心，我的感覺很好，體力也恢復了不少，雖然氣色可能沒有年輕時好看了，但我想，出個門還不是問題。我們盡早去吧，誰知道下個禮拜會是什麼狀況。」

「咦？你對你女兒沒信心？」

「哈哈，不是，我對她太有信心了，所以才要她再報名再接受挑戰啊。未來的事，只能想著規畫著，可是沒走到那兒，一切都是未知啊。妳問問其他人，我們要不要組一個加油團一起上去啊？我們可以一起禱告，為她增加力量。」

「嗯，這是個好建議，我們組個親友團上去加油吧。」

這一段時間，各部落忽然都陷入了忙亂，除了十二月以來各部落年祭活動的舉行，鄉縣政府又有些惱人的事務，例如一月份縣府辦理的文藝活動，二月表定的聯合年祭，加上農曆春節過年，大家都忙得過頭了。而一向肩挑起部落對外活動責任的德里夫婦，幾乎是天天備戰，令德里身體吃不消，盛情下，酒自然少不了。即使住了院，女兒卡子比賽的事，還是得排上第一優先。德里夫婦依計畫邀約了親人一道上台北打氣。

視覺上，五燈獎的攝影棚現場，比電視上看到的實際還小，大約只有四、五十個座位的容量，德里直覺有些地方是沒有開放的，心想也許是因為這是例行的週比賽。

卡子參加的這個項目是五燈獎的唱歌一對一的挑戰賽，成王敗寇，贏的，留下來成為衛冕者，等待下一週來的歌者挑戰。每一週一關，過了五關就是一度，因此要闖過五度五關需要很長的時間。對遠道的人來說，交通往返與住宿都是一大筆開銷。不過，因為是電視的歌唱比賽，全國人都能看得見，一旦闖出名堂來也有可能被電視節目簽約走，或者讓唱片公司注意到，所以，全國報名人數始終高居不下。電視公司還不得不採取措施，製作另一個節目到南部做一個預賽，一方面紓解報名之後，還要選拔出挑戰者的麻煩，二方面也保障了挑戰者至少有一定的實力。可以說，衛冕者所面臨的挑戰者，都有相當的實力，場場都是硬戰。

德里穿著了他的傳統禮服，那帶有羽飾的帽冠，以及縫有傳統民族圖飾的衣褲，在現場顯得耀眼奪目。莎姑與其他家人也穿著各自的傳統禮服，安靜的坐在德里周邊，宛若在部落般等候一場祭儀開始的莊嚴與肅穆，對應衛冕寶座看起來戰戰兢兢的卡子，在節目開始錄影以前，攝影棚內的現場觀眾席與選手區，氣氛略顯緊張。

「我們會不會讓卡子感到緊張？」德里望著正默默記誦歌詞的卡子，發覺她臉上全無笑容，除了無聲的翕動嘴唇，眉頭似乎輕皺著。

「應該不會，她不是很能夠接受失敗的人，也不是那種臨場緊張的人，她現在正準備上場中，只是表面上看起來緊張。你放心，我看挑戰者更緊張啊。」莎姑輕輕擺頭示意德里看挑戰者，但心裡卻又莫名的浮起了稍早前關於卡子與人決鬥的夢境。

「沒錯，我想任何人到了這裡應該都會緊張吧？特別是要面對我們女兒的把關。」

「哈，你還真是支持卡子啊。」

「當然啊，她是我的女兒。」德里面容上露出笑容，莎姑卻頓時有種陌生的感覺。

德里有著很好看的笑容，純真、靦腆，生病的這一段時間裡，她已經不知道有多久沒看到這樣的笑容了。

挑戰者幾乎沒犯什麼錯誤，這讓莎姑感到緊張，她知道一個會唱歌的人在聲線的表現上，不太容易出差錯。這個挑戰者聲線好，沒有不自然，轉音也流暢，莎姑還聽出了一些在職業歌手為了演出效果才會出現的技巧，抖音或者刻意讓兩節的音產生大落差，以加強讓人感到「驚豔」的效果。這一發現，讓莎姑更為緊張，她聯想到她曾聽說的，很多南部的家庭有讓小孩去歌唱訓練班接受訓練的情形，當年德里想把兩個女兒送出去，也是出於這個想像。

莎姑的擔憂，在挑戰者演唱最後一段歌詞的時候，才放下心來。她聽不懂中文歌詞的意思，她抓的是歌曲音樂與聲嗓在演唱中的協調與合鳴，莎姑認為最後這一句，挑戰者求好心切，反而顯得造作矯情，破壞了整首歌的協調性。

希望評審能聽得出啊。莎姑微笑著心裡嘀咕。

莎姑放心了，但德里卻吊著心，看著卡子拿著麥克風站了起來走向舞台中央。她向著德里與其他族人的方向露了齒微笑，算是打招呼。

德里很想撇過頭看看莎姑，因為他已經緊張得心口「咚咚」的響個不停，聲音幾乎衝出耳廓來了，他覺得。直到卡子的第一個音出口進行到第一句結尾，他才平撫下來。而後泛著淚到結束，他高興得忘了拍手，心情也複雜得，甚至忘了怎麼離開攝影棚。

「卡子最終會贏得五度五關。」回台東的火車上，德里在經過一座隧道時輕輕的說。

「咦？你沒睡啊？我以為你睡著了，這麼安靜的不說話。」莎姑說。

「覺得太疲倦，上了車便睡了。」

「你怎麼突然醒來說這個。」

「喔，我已經醒來很長時間了。心裡一直想著卡子比賽。」

「怎麼了？我看你到後來發呆了，也沒立刻鼓掌拍手，還一直掉淚。」

「是嗎？我真是那樣啊？」

「是那樣的，我以為你是因為太感動了，所以沒去問你為什麼。」

「我是很感動，卻也心疼，又覺得放心了，這個裡面很複雜啊。」德里指了指腦袋又拍了拍心窩說。火車輾過鐵軌的聲音，節奏規律的傳上來，倒像是為德里的動作打拍子。

「你還真是複雜啊，說說吧，為什麼你會覺得卡子會贏。」

「我這陣子生病住院，其實也沒多認真的聽卡子唱歌。這不是我不用心，而是……妳知道生病就是那樣，無法專心，心浮氣躁也很難安定下來，可是這一次在現場，我認真的投入她的歌聲，我忍不住就掉淚了。她的歌聲成熟多了，詮釋歌曲的感情也飽滿，那跟前一次參加比賽的狀況不同，雖然歌聲一樣的好，這一次卻更穩定，更有味道。這是經歷過生活磨練，有過創傷，有過折磨，有過徬徨無助的經歷才有可能的。真不敢想像這兩年她怎麼度過失敗的挫折，在台北又遇到了多少的事。她沒跟妳說過什麼嗎？」

「她怎麼會說這個，你又不是不知道她的脾氣，她是個愛哭鬼，但是受了委屈，就算淚水吞得肚子都鼓起了像癩蝦蟆，也不會跟你說那些委屈的。就算在你面前哭了，也不會覺得這跟你有什麼關係。我真不知道她那個脾氣哪裡來的。」

「哈哈，是妳的脾氣吧，唱歌與脾氣都是妳給的吧。我脾氣這麼柔弱的人，我哪有可能憋屈自己，吞忍不說？」

「確實委屈她了，我一直擔心她調適不來，而我也不知道該怎幫助她度過。」

「這些不用擔心了，她應該贏得到五度五關，就算拿不到，她出唱片或者靠這行吃飯應該沒問題了。」

「吥，什麼就算？她一定會拿到的。」

「當然！到時，我一定坐在觀眾席，親眼看著她領取最後的勝利，到時候我們一起回到村子，我們開個慶祝會。」德里說。

德里最終沒有等到那一天。三月底他住進了醫院，清明節前的四月初在醫院過世了。四月十日最後一場的比賽，卡子始終是愁著臉的，只在主持人爆出五個燈聲音的剎那，笑臉露齒的綻開了一下又立刻消逝，甚至登上了象徵最高榮譽的座位，她無力的揮手表情與帶著哀愁的落寞神情，緊緊的揪起了莎姑的憐惜。

莎姑神情黯淡與哀傷，著一身傳統禮服去除了彩豔裝飾後的黑色素服，格外引人注目，觀眾席中不斷有人傳來好奇的目光與竊竊私語，也絲毫引不起她的注意。卡子贏了，終於贏得五度五關的最高榮譽，她上前擁抱著她時，臉上擠出的笑臉，也只是輕淡淡浮掠著的喜悅還有些淒苦。日後她回憶起這一情景時，她也說不出個所以然。她是高興的，卻又覺得這一切都不真實，就在自己相伴一生的先生過世不到一週，她卻迎來女兒奮戰數個月的最終勝利成果，既甜美又苦澀。這一切是那樣的真切卻又那樣的不實際。

送走了孩子們各回工作崗位，莎姑頓時感到孤單。她一如過往象徵性的攤開了經文，在客廳十字架前，靜靜的禱告完了之後，整個人鬆懈了下來，忍不住地哭了出來。剛開始時輕輕聲的，後來也還是細細聲的哭，她不知道為什麼要哭，只覺得想哭，而一直哭，直到院子的狗吠叫聲不連續的響起，她才停止了哭泣。她洗了個臉，狗又激烈的吠叫著，她以為有訪客，走出院子，才發覺狗兒朝著隔壁圍牆上的一隻貓吠叫。她「啐」了一聲制止那狗兒。隨即取了外套，走出院子，沒意識的朝村子上方走去，然後折向巴拉冠的方向走去。

這兩側都已經是平地人居住了三、四十年的住家，幾乎就是以巴拉冠為中心的四周分布居住著。這些區域還是當年的部落祭司家人所居住的「部落中心區」。莎姑已經不想去責怪這些取得部落土地的平地人，他們取得土地容或有一些詐欺的手段，例如德里被設局擔保而白白送掉一大片的梨園，或者請喝酒然後不停的「勸說」被要下一片地來耕作，造成事實而不還的。但土地多半還是出價購買，儘管那個價錢一定也不是合理的數字。

「妳上哪裡去呢？一個人。」莎姑不知不覺已經走到阿鄔的家路口，讓阿鄔先打了個招呼。

「咦？我怎麼就走到這裡了。」

「小心『巴辣日』（註：魔神或孤魂野鬼）把妳牽走了，進來坐吧，本來想打電話給妳，事情過了這麼久，也該要請妳來家裡走走散心的，剛好妳就出現了。」阿鄔語調是半開玩笑，但是真心的邀請莎姑進院子。按照習俗，親友在處理喪事完以後，要請她到家裡坐坐散心。

莎姑並不常往這兒走，除非有事。畢竟這裡是村子的西北方，算是村子的邊邊角角，除非婚喪喜慶或者來找阿鄔作巫事，或者到後山工作途經這裡。一般而言，村子人是不會走來這裡。阿鄔家是莎姑老家的鄰居，對莎姑而言這區域是她感情記憶裡最初的一部分，她是從這裡被日本人父親松本揹走的，也是莎姑逃離她那凶暴的姑媽夏絲，回到村子居住的家，她父母親的家，她出生的家。那棵作為兩家邊界的芒果樹還活著，高壯結實，上頭攀生長著愛玉。這芒果樹往北約十步左右是當時的院子口，這直線距離的西邊是當年莎姑種植地瓜與一些糧食的旱地。莎姑第一次注意到阿鄔一家人，便是在這塊田地鋤地的時候。莎姑喜歡這些記憶，但隨時插進來的關於她的父親麻迓的不愉快記憶，卻是她在最初的十幾二十年會刻意避開這裡的理由，她始終不知道怎麼去面對這個區域。

現在，她的老家已經是平地人居住著。莎姑結婚後的第二年，麻迓以買獵槍的理由，逕自賣給平地人，而後全家搬回舊蕃社定居。巧的是，阿鄔的先生後來也想把土地賣了搬回舊蕃社，理由是舊蕃社土地肥沃，氣溫涼爽，食物獲得容易，而族人回遷居住的人口越來越多。後來阿鄔說她先生其實是想仿照麻迓的例子賣地買槍，但聰明的阿鄔，利用她大兒子跑遠洋積存的錢，趕緊找人幫忙到地政事務所辦理登記確認，清楚載明土地所有權人是阿鄔，她不允許土地變賣，而最終保住了土地與住家。

要是她的母親桂妃腦袋夠清楚，也夠聰明的話，應該可以保住土地家產。但莎姑認為不可能，桂妃太懦弱了，她連保護自己的小孩都不可能了。

「妳在想什麼？還在傷心啊？」阿鄔端來了兩盤菜，見莎姑坐著想事。

「我在想，日子過得好快啊。我在剛剛回到村子遇見妳的時候，我們還都只是個小女孩，後來我們都結婚也各自生了一堆小孩，都面臨了一些孩子的健康問題，到現在我也要進入老人的行列了，我們熟悉的人一個個不見了，土地房子也一個一個賣掉了，這一切變化太大了，感慨啊。」

「妳別想太多啊，這個時候心傷胡亂想事情是正常的，可是妳要提醒自己千萬要想些快樂的事啊。德里不在了，妳可以好好的按照妳的意思過日子啊。妳坐一下，我開一瓶紅酒，我們兩個慢慢喝。」

紅酒帶有些澀味，令莎姑縮了縮舌頭，莎姑直覺這是一瓶好酒。去年下半年以來，聽說紅酒對身體好，部落一時之間開始風行了，很多人家裡會有兩瓶存放著，因為經濟狀況不同，各家紅酒的等級也不一樣。德里剛走，莎姑原本不想喝任何跟酒有關的東西，但心念一轉，又覺得應該好好喝上一杯，順便評鑑一下阿鄔伊娜的酒，究竟有何不同。

她們聊起了酒，聊起了卡子的比賽，聊了許許多多的過往，莎姑眼眶始終紅潤著帶著酸澀，她知道，自己需要時間消化這些，也許到山裡躲起來，也許到台北跟女兒們一起住上幾天。她認真的想著。

「你們上哪裡去啊？」阿鄔的聲音響起，她的叫喚聲讓莎姑回過神。原來院子外經過了兩個人，他們是陳清山兄妹。

陳清山族名卡沙一，一九四五年跟著部落其他十九名青年隨國軍七十軍離家，一九四七年到中國大陸作戰，一九九二年才回到部落，同行回來的還有兩個人。莎姑知道這個人，因為他們老家就住在德里家斜對面的路口，是部落五個擁有曬穀場的人家之一，只是他們家跟土地後來賣給了移民進來的平地人。情況跟阿鄔的先生高魯的家相似，也賣給了平地人。田地都賣人了，這個村，只剩下我們這幾個山地人了。莎姑心裡說著。

「阿鄔伊娜，我們是不是也有家人跟著去？」

「有啊，我的哥哥，還有妳母親的哥哥都去了。」

她們試著跟陳清山交談，但是陳清山濃重的大陸腔與零星的族語，大家也只能佐著酒，哈哈笑笑的你一句我一言，各自說話又似乎很能溝通。

莎姑心情似乎舒服了些，約莫兩個小時過了，她起身告別，回家前，她刻意走到阿鄔鄰居的圍牆外，站在當年老家那個院子口的位置，彷彿聽到麻迓的怒責聲，也看到幾個弟妹從屋子往外衝出去的樣子。她靜待了一會兒，隨後苦笑地沿著來時路回家。

快抵達家裡時，一輛貨車由廟的方向駛來，莎姑認出那是安將的車，裡頭坐著他們夫婦倆，他們似乎也發現了莎姑，減緩速度停在折往莎姑家的路口。

「你們要去哪裡？」等接近車子，莎姑問。

「媽，我們要去山上的田，先過來看看妳。妳怎麼臉紅紅的？」安將問。

「我去妳阿鄔姆姆，她請喝了兩杯紅酒。」

「哈，那很好啊。對了，妳要不要跟我們一起上去走一走？妳一個人在家會很孤單吧。」

「山上的田？嗯，好啊。你們等一下，我準備個東西。」

莎姑換了衣服，拿了鐮刀，像她往常上山那樣，帶著錄音機。

安將的山坡旱地，位在沿著利家林道而上五公里的地方，那是他的父親德里繼承家族眾多田地的其中一塊。利家林道經過這裡一直通往稜線後方的廣大林地，供林務局砍伐珍貴樟木、檜木。

安將體貼的將車子停在他的田上方的林道會車處，讓莎姑不至於由下往上爬坡太辛苦。那是一座山坡的突出部，視野極佳。德里家的曾祖父開闢這塊田地時，就是看中這一塊地是平坦，能俯瞰山腳下的部落與整個平原，往上又能直接進入大巴六九山區的獵場。他們家族在這裡經營很久了，唯一讓他們感到疙瘩的，是這裡有一處非常老舊的石板地基與一些石磨。他們刻意留出一個範圍不去開墾，老人家還特別叮嚀，不准接近那個地方。

「這個地要是不賣給人家，該有多好？」安將感慨的說，他的感慨讓莎姑忍不住多看他一眼。安將很少在她面前這樣，這讓他看起來老成得多。

「你想到了什麼？」

「以前你們在這裡種生薑的時候，我們一邊偷懶玩耍，一邊又跑到那些石板做的屋子。」

「這個我倒記得，我說了很多遍，你們好像都不當一回事，那裡有那麼好玩嗎？」

「也不是很好玩，實在是沒地方玩，也沒有玩具玩，那個時候我跟廣榮常常拿那邊的罐子玩丟準遊戲。」

「那是什麼？」莎姑好奇了，她只知道他們常常玩耍，不知道他們玩什麼。

「就是，拿一個陶罐放在樹下，我們再拿其他的陶罐瞄準丟。」

「有那麼多的罐子可以丟嗎？」安將的太太好奇了。

「也沒有很多，剛開始還有一些完整的，後來就拿那些破的來丟。最好玩的是，那裡有幾個圓圓的磨穀子的石頭，我們從上面往下推滾。」

「啊，那樣不會砸到下面的人嗎？」

「那個時候，我們哪裡懂，只顧好玩啊。其實這裡面還有很多東西，隨便挖，都可以挖到以前的箭頭，還有一些像綠色玻璃的玉，或是石頭，我也不知道。後來聽說那些都是古董，應該可以賣個好價錢。」

「那些陶罐到底是什麼人的呢？我知道這些石板的牆已經很久了，也不敢隨便接近，老人家說會生病有魔鬼。」莎姑也覺得好奇，在這裡跟著德里耕作也有很長的時間，他去了永豐餘紙廠上班後，這塊地還保留著。

「不知道，後來這塊地賣掉了，沒多少年過去，百朗開墾這裡的時候，挖到我剛講的那些東西，他們通報鄉公所，以為可以賣些錢，結果政府說那是古蹟文物，東西都要歸國家的。」

「古蹟是什麼意思？」

「就是說，那是很早以前的東西，早到不知道是誰製作的東西，或者知道原先製作的人是誰，可是東西已經是別人的，也不可能再製作，我的理解是那樣。」

「也就是說，如果那個時候你們沒有把它們打破打爛，而是帶回家收好藏好，也許可以賣得好價錢？這樣的意思嗎？」莎姑心裡也覺得可惜。

「可能是吧，誰知道。不過，那已經很久的事啊，如果沒賣掉，妳看，這裡平坦，前面剛好可以看得遠闊，我們蓋個小房子，像現在的百朗那樣，應該很舒服的。」安將說。

這台地的視野確實好，左側是大巴六九溪，那廢棄的發電所就在下方，台地的右側是舊部落右側的溪谷，前方則是台東平原，一望無際。安將所說的那些石板與陶罐，其實是距離現今二千至四千年的遺址，經考古專家鑑定屬於罕見的高山遺址，與平原的卑南遺址有相當的關聯，這些先民會看中這個地方建立居住地，也有可能與這裡的視野與地理特性有關。安將自己的旱作田，則是連接這塊台階以下的坡地，當時平地人只買下上方平坦的部分，陡峭的其他部分則沒買下。安將在幾步路的下緣，蓋了一棟工寮，供他平常不上班的假日勞動與休憩的地方。他常常感慨這塊平坦地太可惜了。

莎姑沒再接話，心情莫名的又往下掉。這一直是她心裡的疙瘩，當初德里什麼原因要賣？他沒說。賣了多少錢？他沒講。錢用到哪裡去了？也完全不提一字。是用到某個女人身上？還是他另外有一個家要養？或這又跟其他那些他幹的糊塗事一樣，讓人騙了去？莎姑曾生氣的質問這件事，德里也不回答，只要她別去追問這件事。莎姑也從此不再追問德里任何關於財產的事情。

這個糊塗的男人啊。莎姑忍不住忿忿的心裡嘀咕著。

「你們讓我一個人在這裡清靜休息一下吧。」莎姑說。

「也好，等一下我們煮了湯，會叫妳下來喝。我們先下去了。」

莎姑等安將夫婦離開，自己便穿過平台，抵達這田的前緣坐下來。她不清楚古蹟是什麼意思，即使安將解釋了，她也不懂，但她記得那段時間在這裡種植或除草，都是一件苦差事，因為地是平坦，大小約三座籃球場，做起事來得大角度的彎下腰來，那是非常累人的事。莎姑往好處想，或許是德里知道這個苦，所以把地賣了，不讓莎姑太疲累。是這樣嗎？莎姑懷疑卻也懶得再想那些。畢竟，他賣了地，而現在，地是人家的，他已經不在了。

她深吸了一口氣，遠遠的看著有著魚的形狀的鯉魚山，再往前延伸向太平洋的方向，有兩架志航基地的戰鬥機編隊，正在接近台東市區上空，繼續向北移動準備降落富岡機場。因為距離遠沒有暴烈的引擎聲伴隨，讓莎姑覺得安詳靜謐。

她按下了錄音機的播放鍵，那是她在德里兩三次住院期間，想起的一首又一首的歌謠。偶爾興起便隨口哼唱，並按下錄音鍵錄下自己的聲音。錄音帶裡，有的是她早年學的日本歌謠，有的是部落流傳已久的歌謠，有的是自己一段一段試著創作的歌曲，那些腦海裡常浮起的旋律與自己隨性的填詞。她剛剛想到，也許等中午休息夠了，或下午天氣涼爽些，她可以一首一首完整的重新錄音。

不自覺的，她開口唱：

Andini gu yi Hachidensio la（我在發電所佇立守候）
Lawas za zinanuman（那溪床寬敞遼闊）
A nu menahu da malemes yi lawuz（望著向東流逝的溪水）
Maruwaniruni a hayam, maruwaniruni a hayam,（耳裡卻響起了鳥鳴聲，啁啾吱喳）
Gaviriviring（那真教人感傷與憂慮啊）

Hei hei ho, hei hei ho（嘿嘿吼，嘿嘿吼）
Muviyiviyi, Wuwa la zawuwa（去吧，鳥兒啊，去你該去的地方吧）

Andini gu yi derevuluan（我在出水處的坡堤邊等候）
Vulay ya zanaban（那岩壁的石塊真是俊美啊）
A nu menahu da vangsar na wanay（望著那岸偉的榕樹）
Maruwaniruni a hayam, maruaniruni a hayan,（耳邊忽然想起了鳥鳴聲，聒絮不止）
Gaviriviring（那真叫人心煩與思念）
Hei hei ho, hei hei ho（嘿嘿吼，嘿嘿吼）
Muviyiviyi, Wuwa la zawuwa（去吧，鳥兒啊，去你該去的地方吧）

Andini gu yi gazenan la（我在山谷的山徑入山口翹盼）
Damadenah ni gazanum（那水流充盈而淙淙澎湃）
A nu menahu da merahad yi na ranum（望著水藍色的流水出神）
Demalazehang a suwan, Demalazehang a suwan,（耳邊響起了狗兒吠叫聲）
Gaviriviring（引發我無盡的焦慮與盼望）
Hei hei ho, hei hei ho（嘿嘿吼，嘿嘿吼）

Merezerezek, yi ama zi mai lusy（哎呀，原來是父親揹著藤心回來了）

「媽，這很好聽耶，這是什麼歌啊？」安將夫婦不知何時已經站在莎姑身後。

「喔，我做的新歌。」莎姑說。

「我想念你爸爸。」莎姑又說，語帶哽咽。

安將不知如何接話，只安靜的望著莎姑。

「我想起了我的過去，那些細細瑣瑣的事，想起我的兩個父親，想起你們的父親，我不知道該哀愁，還是該慶幸自己一直還過得去，唉，這總是命吧。幸好你們都還健康，我們都一起認真的活著吧。」莎姑低聲的說，帶著濃重的鼻腔聲。

二〇一六年十一月三十日岡山

小溪之歌
（後記）

我一直想起一條無名溪，尤其當我焦慮部落的未來時。

那是在村子北面，一條地圖上沒註記名稱的無名溪。在我童年時期的印象中，那是一條終年不乾涸的溪水，也是記憶最多的小溪流。溪床最寬廣處只有二十公尺左右，水利失修以前，小溪會流入並溢出橫越溪床的灌溉小水道，繼續往下流去，再匯入村子下方更大的灌溉渠道，在冬天或較為乾旱的季節，除了水量變小，這情形大致不變。橫越溪床的灌溉水道旁，是村子向北出入的路徑。這溪段，經常是村民洗衣、簡單梳洗的地方。早年還經常可以看見太平營區的軍人老兵，採割生長在溪床的瓊麻，在溪中拍打揉洗，並帶回瓊麻線。這也是我們戲水游泳，以及學校辦理遠足活動常來的旅遊地。

溯著溪床往上，有一大片水麻生長的溪段，溪水流經較大的卵石區逐漸上升，那大致是比較寬直、穩定、無水窪的溪段，溪水流速較快。在往上到溪水出山口之間，溪水的落差變大，其中錯落著大小、形狀不一的大石塊，那是每一次颱風沖刷而下，經年累積淘洗所形成的，水流鑽著大小石塊之間，或成細長的瀑布，或像桶子倒水那般從一個石縫間迸出，形成一個水量充沛的小潭，隨後在幾個已經深埋固定在溪底的石頭上，又向下分岔流洩。過了大石區往上，溪床變得稍稍平緩，幾戶村民在這裡栽種了不少的經濟作物，我總是沿著既成的農作小徑繞過這個區塊，再進入溪床。這裡幾乎就已經是小溪的上游段，這裡的岸生植物非常茂密，水道因為長年的下切力量，形成兩側高水道低深的凹谷地形，有些溪段變得既深且窄。因為日照亮減少，兩側植物接連著溪水競相爭高與枝長，枝葉經常大面積的掩覆溪床，以至於溪床的石板石塊都成了暗黑色。大體而言，這一溪段的水流較為活潑與不穩定，大小不一的石板石塊間，高低落差會形成大小不一的空間。有的形成水簾洞似的掛著水簾，有的開散形成可容納一個人平躺的水潭，甚至又分流出去，安靜的形成一處有許多落葉、斷枝、水面下青苔雜生的，看似死水的小水窪。於是，蝌蚪聚生、螞蝗、水蛭暗伏，而毛蟹在水底石塊找尋食物或爬上露出水面石頭上，各自盤據與觀望。青蛙在大小不一的水簾洞內的石層、石片上集體歇息，或偶有幾隻在水道兩側涼濕處獨享空間。於是，蛇來了，食蟹獴來了，探險的我們來了，專業採集捕食青蛙、毛蟹的村民趁著黑夜來了，這裡成了整條溪最繽紛熱鬧又卻極其安靜的溪段。再往上，地勢更陡，陽光卻忽然多了起來，不再切割的地形，有三五處不斷滲出的水流，涓滴成串往下流淌，流經之處，長滿了翠綠的水生苔以及諸多我始終叫不出正確名稱的低矮、伏貼生長的植物。這裡，已經是小溪的源頭之一了。

這溯溪的旅途獨特、處處令人驚豔啊。而最被忽略的，卻是溪水那時刻存在，有時令人煩躁的聲音，但仔細聽，協鳴、錯落、各自有韻味。

先說那源頭吧。水氣從斜坡壁滲出，分別在青綠的苔葉上附著、凝結成水珠，逐漸變大，而後順著壁面滑落，紛紛又爭先恐後的掉落在壁面下端，那山壁剝離堆積的一攤碎屑上，發出極輕微的，連續不斷的「喳」聲。再往下滲透、匯集而後順著一株有數根節理條狀的植物，向下滑落滴成一處淺淺小窪，而終於發出較大的「滴哩」聲響。接著，順勢沿著小水窪的縫隙流成一條逕流流竄，與其他逕流結合壯大，在高低落差下，開始發出「稀哩」的聲響，以慶祝眾多水珠們開始奔向遠方的旅途，聲音越發清亮與持續。到了那日照大多被遮蔽的溪段，形成更多的匯集，發出更自信的「嘩啦啦」聲響；來不及加入的，被擠向一邊的水流，順著石塊表面凹處，跳水似的縱跳而下，發出不間斷的「唆」聲；迷了路的水流，流向一灘看似死水的水窪，瞬間認分的，安靜無語的不停轉圈圈伺機找罅隙重回溪流。再往下，農作區的流水聲「空蔥」「里拉」的回應山壁的娑撫與碰撞；大石塊區的各個水流，倒像是慶祝終於流出山口奔向大溪床，因而「淅瀝」「嘩啦」「轟隆」地聲嘶力竭吶喊，以至於到了水麻區，變得沙啞，只能發出「撒啦」的啞音，甚至終於抵達瓊麻與灌溉水道後，勉強的竊竊低語，偶而「稀啦」偶而「唰」的發出聲響，令人一時無法辨識出那是水流聲，抑或是長腿水鳥走過的划水聲。

無名的小溪就是如此生猛、活躍，一如其他的名江大河，有著各自的身世與獨特的故事，也有著相同的滲出、交融、匯集與奔流的過程，如歌如泣，歡樂或悲喜，情緒俱在。

這條小溪後來成為一條乾涸溪床，只在颱風來時，或長期強降雨的非常時期才有出現沖刮、吞噬一切的洪水、土石流。那是在我剛好熟記長江、黃河的地理、歷史資料的時期，也是我剛探索淡水河、濁水溪的故事的時候。多年來，我，或者村子裡的人，似乎都接受溪水死去的事實，沒有人對上游集水區被伐木開墾的事提出異議。直到後來，我開始做部落文史工作的調查、記錄與整理，我忍不住給小溪以她所在地之名，取名「法魯古溪」，紀念我的記憶，紀念村民們來不及產生的警覺。

我寫《野韻》，也是我對部落文史工作的調查、記錄與整理之後，一種文化的警惕與焦慮。部落，會不會如小溪那般，在大社會主旋律之外，即便鮮明的擁有自己的記憶、節奏、旋律、音韻與情感，也迴避不了外部因素的強烈主導與干擾。部落的未來，終究只是瘖啞、無語？或者慘落到悲鳴甚至消失而「無鳴」？最後，只能成為別人的記憶與記錄？

盡管心驚，收稿前，仍不免俗的，借書頁一角，感謝妻子阿惠全心的支持與鼓勵。也謝謝「財團法人原住民族文化事業基金會」的創作補助，讓我可以專心創作。更謝謝「印刻出版社」的全體夥伴，辛苦付出順利出版，讓我獲得持續寫作的動能。

INK PUBLISHING
文學叢書 568

野韻

作　　者　巴　代
總 編 輯　初安民
責任編輯　陳健瑜
美術編輯　黃昶憲
校　　對　吳美滿　陳健瑜　巴　代

發 行 人　張書銘
出　　版　INK印刻文學生活雜誌出版有限公司
新北市中和區建一路249號8樓
電話：02-22281626
傳真：02-22281598
e-mail : ink.book@msa.hinet.net
網　　址　舒讀網http : //www.sudu.cc

法律顧問　巨鼎博達法律事務所
施竣中律師
總 經 銷　成陽出版股份有限公司
電　　話　03-3589000(代表號)
傳　　真　03-3556521
郵政劃撥　19785090　印刻文學生活雜誌出版有限公司
印　　刷　海王印刷事業股份有限公司

港澳總經銷　泛華發行代理有限公司
地　　址　香港新界將軍澳工業邨駿昌街7號2樓
電　　話　852-27982220
傳　　真　852-27965471
網　　址　www.gccd.com.hk

出版日期　2018年7月　初版
ISBN　978-986-387-243-6

定價　350元

國家圖書館出版品預行編目資料

野韻／巴代 著；-- 初版. -- 新北市：
INK印刻文學, 2018.07
面；　公分. -- (印刻文學；568)
ISBN 978-986-387-243-6(平裝)
863.857　　107008822